Tracy Wolff enseigne l'écriture à l'université, et passe le plus clair de son temps plongée dans les univers de son invention. Mariée depuis douze ans au héros de ses rêves, elle est l'heureuse maman de trois garçons qui s'appliquent à lui faire s'arracher les cheveux. Tracy a signé de nombreux romans, relevant aussi bien de la fiction contemporaine que du paranormal ou du suspense érotique.

CE LIVRE EST ÉGALEMENT DISPONIBLE
AU FORMAT NUMÉRIQUE

www.milady.fr

Tracy Wolff

Déchaîne-moi

Backstage – 1

Traduit de l'anglais (États-Unis)
par Aurélie Montaut-Pernaudet

Milady Romance

Milady est un label des éditions Bragelonne

Titre original : *Crash Into Me*
Copyright © 2013 Tracy Wolff

Tous droits réservés.
Publié avec l'accord d'Entangled Publishing (Colorado, USA)

© Bragelonne 2014, pour la présente traduction

ISBN : 978-2-8112-1339-8

Bragelonne – Milady
60-62, rue d'Hauteville – 75010 Paris

E-mail : info@milady.fr
Site Internet : www.milady.fr

Pour Shellee Roberts.

Remerciements

Les mots me manquent pour exprimer l'enthousiasme qui est le mien au moment où cette série voit enfin le jour. J'ai toujours eu envie d'écrire une saga mettant en scène des rock stars, et je ne remercierai jamais assez Entangled de m'avoir offert la possibilité de raconter ces histoires comme je l'entendais. Alors, merci à vous pour vos très précieuses suggestions et votre aide sur ce livre.

Stacy Cantor Abrams, j'ai une chance inouïe de pouvoir travailler avec toi. Tu es une éditrice épatante, une personne encore plus épatante, et je suis tout simplement enchantée de pouvoir écrire de nouveau pour toi. Merci infiniment pour ton indéfectible enthousiasme à propos de ce livre et de cette série. Cela compte énormément pour moi.

Liz Pelletier, merci encore et encore de m'avoir permis de raconter l'histoire de Ryder comme j'en avais envie. Ton inventivité, ton entrain et tes encouragements ont considérablement amélioré ce roman. Merci.

Heather Howland, merci mille fois de m'avoir permis d'écrire pour cette collection qui déchire ! Merci de tes suggestions très astucieuses et de m'avoir offert la plus excitante des couvertures !

Tara et Jessica, merci à vous aussi de m'avoir si bien aidée à tirer le meilleur de *Déchaîne-moi*. Les filles, vous êtes vraiment géniales.

Shellee Roberts et Emily Mc Kay – je ne crois pas être capable de rédiger un livre sans vous mentionner dans les remerciements. Vous êtes les meilleures amies, partenaires d'écriture et de brainstorming dont une fille puisse rêver. Je vous en remercie du fond du cœur.

Emily Sylvan Kim : que dire ? Je n'avais pas mesuré ma chance le jour où tu as accepté de devenir mon agent et je remercie tous les jours l'univers de m'avoir fait croiser ta route.

Et pour finir, mes garçons, que j'aime plus que je ne pourrai jamais l'écrire. Nous avons passé une année éprouvante, difficile, et je tiens à vous remercier d'avoir tenu le choc, et d'être restés les fils les plus adorables au monde. Vous m'impressionnez chaque jour.

Chapitre premier

La voix rugissait au-dessus de la foule. Toujours aussi puissante, sensuelle, et tellement décadente que Jamison Matthews sentit ses jambes se dérober sous elle. D'émotion. De fièvre. De désir. Bien sûr, elle n'était pas la seule femme du public à éprouver un tel émoi à l'écoute des chansons de Ryder Montgomery : sa voix au timbre profond et écorché vous mettait dans tous vos états, il y avait de quoi perdre la tête. Mais public ou pas, ce chant mettait tous ses sens en effervescence. Elle faisait pourtant partie des fans de la première heure. Depuis une bonne décennie. Depuis qu'elle avait treize ans, et qu'elle en pinçait pour le chanteur du groupe de son frère.

Certaines choses ne changeaient jamais.

D'autres, si. Shaken Dirty avait fait un sacré bout de chemin depuis l'époque où ses cinq membres fondateurs, encore gamins, répétaient dans leur garage. En attestaient les dizaines de milliers de hurlements de fans qui envahissaient l'amphithéâtre ce soir-là. Ou encore les soutiens-gorge et autres culottes qui jonchaient la scène de part et d'autre. Jared, le frère de Jamison, avait ramassé un string rouge vif qu'il avait enroulé sur le manche de sa guitare, tandis que la basse de Micah était ornée d'un boxer en dentelle violette. Ce qui était absolument répugnant si l'on prenait la peine d'imaginer où se trouvaient ces sous-vêtements quelques minutes auparavant.

Or pas question de se laisser impressionner. Pas question de laisser quoi que ce soit gâcher ce spectacle. Car pour Jamison, le simple fait d'être là, de voir son frère et ses amis jouer dans cette arène gigantesque et de partager la tête d'affiche du festival *Rock on Tour* avec les plus grands groupes du moment, c'était un rêve devenu réalité. Et elle n'en perdrait pas une miette.

La chanson touchant à sa fin, le public en délire se remit à hurler, à siffler, à scander à tue-tête. À en redemander. Jamison n'était pas en reste, et se laissa presser de plus en plus contre la barrière de sécurité qui protégeait le podium de la déferlante de fans à la ferveur inconditionnelle. Car c'était son frère, là-haut, sur scène. Son grand frère, avec Ryder, Wyatt, Quinn et Micah. Quel chemin parcouru depuis l'époque où Jared l'autorisait à assister à leurs répétitions dans le garage… Rien n'aurait pu la rendre plus fière. Après toutes ces années de galère, ils avaient fini par percer.

Contrairement à elle…

Car il y avait de quoi paniquer devant le champ de ruines qu'était devenue sa vie du jour au lendemain. Oh, pas à cause de ce malheureux accident qui avait bel et bien laissé sa voiture à l'état d'épave – estimée par l'assurance à tout juste trois mille dollars, cela ne lui laissait pratiquement aucune chance de se racheter un véhicule fiable une fois qu'elle aurait été indemnisée.

Pas même à cause de son crétin de petit copain qui l'avait larguée juste après ce premier choc. Certes, elle avait cru être amoureuse de Charles, mais avec le recul, elle admettait ne pas avoir prêté attention à de nombreux signaux d'alerte au cours de leur relation. Le plus notable étant son incapacité à garder son pantalon en présence d'autres femmes.

Ni même à cause du fait que Lisa, l'amie – enfin, disons plutôt ex-amie – la plus proche de Jamison depuis son emménagement à San Diego, couchait justement avec le crétin qui lui servait de petit ami. Lisa avait beau être du genre cool, elle avait toujours ouvertement assumé ses penchants libertins.

Mais, cerise sur le gâteau particulièrement dégueulasse qu'était devenue sa vie, elle avait appris ce matin-là qu'elle avait perdu son boulot – un job qu'elle adorait et dans lequel elle s'était investie plus que de raison. La pilule était d'autant plus dure à avaler qu'elle avait tout plaqué moins de six mois auparavant pour s'installer à San Diego et pouvoir accepter ce fichu boulot. Ce qui devait constituer la première étape de son projet de vie sur dix ans, projet désormais parti en fumée.

Si seulement elle pouvait se pelotonner sous la couette et faire comme si les dernières quarante-huit heures n'avaient jamais eu lieu… Ou au moins, revenir en arrière pour mieux anticiper les ennuis qui devaient s'abattre sur elle. Oui, ne serait-ce qu'une partie : cela l'aurait aidée de savoir que le restaurant où elle avait décroché son premier vrai travail à la sortie de l'école de cuisine allait fermer boutique avant qu'elle ne puisse s'offrir la plus belle paire de Louboutin qu'elle avait jamais vue. Ou avant que Charles ne l'oblige à écouter sa diatribe exposant toutes les raisons pour lesquelles il l'avait trompée. Raisons qui, bien entendu, revenaient à dire que tout était sa faute à elle.

Évidemment, elle l'avait envoyé balader, mais tout de même. Le fait de se tenir au milieu de toutes ces femmes, dont la plupart étaient plus minces, plus jolies qu'elle, ne semblait qu'accréditer les paroles de cet abruti. Sans parler du fait que la dernière chose à faire en ce moment, c'était s'époumoner en chœur avec des fans de Shaken Dirty, tout en fantasmant à mort sur le chanteur du groupe de son frère.

Sur scène, le groupe entama *Awake*, une des ballades rock qui l'avaient rendu célèbre. La foule cria son approbation et Jamison ne fut pas en reste. Tellement pas son genre de réagir ainsi, mais tant pis, elle ne résistait pas. Quelque chose dans le fait d'écouter Ryder susurrer ces paroles sombres et envoûtantes fit chanceler ses jambes et battre son cœur beaucoup trop fort. En fermant les yeux, elle fit comme toutes les autres femmes dans le public : elle imagina qu'il chantait rien que pour elle.

C'était bien plus simple que se rappeler qu'il avait écrit ces paroles bouleversantes pour une autre femme. Pour Carrie, qui avait mis fin à ses jours et avait laissé Ryder en vrac, bien des années auparavant. Rien qu'à y repenser, Jamison en était malade. Pour lui. Toujours pour lui. Car à vingt-neuf ans, Ryder avait déjà rencontré plus de noirceur et de désespoir qu'une seule personne ne devrait avoir à subir en une vie.

À la fin de *Awake*, la dernière note de musique resta suspendue en l'air plusieurs secondes, résonnant dans un silence chargé d'émotion. Le groupe retrouva le silence, de même que le public, comme si tout le monde retenait son souffle. Ryder abaissa sa guitare, avança de quelques pas nonchalants puis tapa du pied, une fois, deux fois. Un geste familier pour Jamison. Au fil des ans, elle avait décrypté qu'il s'agissait de sa façon à lui d'évacuer un trop-plein d'émotions.

Son cœur se serra de plus belle. Ça la rendait dingue de voir que plus de dix ans après le drame, Ryder était encore hanté par ce qui s'était passé. Il demeurait déterminé à enfouir tout cela sous une carapace qui l'isolait de sa propre douleur. Une carapace qui dissimulait si bien le véritable Ryder de celui que tout le monde voyait. Si bien qu'elle se demandait parfois si le premier existait encore. Ou si le garçon qui avait toujours été là pour la serrer dans ses bras quand elle avait un chagrin, qui avait accueilli ses confidences d'adolescente sans jamais se moquer d'elle, si ce garçon avait disparu pour toujours.

C'est ce garçon-là qu'elle chercha durant ce moment suspendu dans le temps. Dans ce regard noir de jais qui fendait la foule tout en barricadant son émotion.

Passant au peigne fin ses propres souvenirs, ses propres espoirs, elle s'efforça de voir Ryder tel qu'il était vraiment – et non tel qu'il s'offrait au regard des autres.

Et quand ses yeux – ses yeux d'une beauté inouïe – croisèrent les siens, elle trouva le vrai Ryder. Plusieurs secondes s'écoulèrent, longues, intenses... C'était comme si elle n'entendait plus rien. Elle ne respirait plus, elle ne pensait plus. Tout ce qu'elle pouvait encore faire, c'était regarder Ryder droit dans les yeux, affronter cette fièvre sauvage entre eux. Ce *désir*.

Elle lui sourit, et fit un signe de la main. Il répondit par une petite moue. Mais pas une moue qui signifierait « lâche-moi ». Non. Certainement pas. Celle-là voulait dire : « Toi, je vais te baiser sauvagement ». Elle connaissait bien cette expression dont il avait eu l'occasion de tester les effets sur de nombreuses femmes au fil des années. Sauf qu'elle sentit ses jambes chanceler quand elle comprit que cette fois, enfin, c'était à elle que ça s'adressait. Tant pis s'il n'avait pas semblé la reconnaître, s'il ne s'était pas aperçu que la femme qu'il déshabillait ainsi du regard n'était autre qu'*elle*. Jamison. Car en cet instant unique, il avait envie d'elle comme elle avait toujours eu envie de lui.

Que rêver de plus ?

Puis Jared leva un poing en l'air et mit fin à cet instant de grâce. Brisant le silence, la foule explosa en une myriade de sifflets, hurlements d'approbation, suppliques et autres serments d'amour éternel. C'était impressionnant. Mais c'était aussi une leçon d'humilité. Jamison avait encore le souvenir de la bande de lycéens dégingandés qui répétaient dans le garage de ses parents. Puis d'apprentis rockeurs qui avalaient des kilomètres en voiture le long de la côte pour jouer lors de concerts qui ne leur rapportaient rien. Puis en ouverture de groupes nettement plus populaires et aguerris qu'eux.

Elle contempla Ryder qui flirtait avec la foule en véritable crooner qu'il était devenu. Les femmes le gratifiaient de hurlements stridents, tandis que les hommes l'acclamaient sous des salves d'applaudissements. Et quand Ryder rejoignit l'extrémité de la scène pour troquer sa guitare acoustique contre une électrique, Jamison crut tomber en pâmoison à l'unisson avec les autres. Pas moyen d'y échapper.

Étant donné que les gars avaient attendu un certain temps après la fin du morceau précédent, elle avait craint que le spectacle ne soit terminé, mais ils allaient à présent entamer la seconde partie du concert.

Jared s'avança aussi vers le public et lança :

— Alors, San Diego ! Faites-moi exploser les tympans, bordel !

Nouveau tonnerre d'applaudissements et de trépignements. Jamison se retrouvait là, au beau milieu des fans, à se casser la voix tandis que Ryder et son frère attisaient leur ferveur. Alors, juste au moment où l'amphithéâtre semblait prêt à exploser, ils se lancèrent dans un duo de riffs effrénés.

C'était la chose la plus belle, la plus parfaite qu'elle ait jamais vue. Son frère était dans son élément, un immense sourire aux lèvres, survolant de ses doigts les cordes de la guitare à une telle vitesse qu'on avait du mal à les distinguer. Il joua encore et encore, son talent aussi époustouflant que son sourire était contagieux, jusqu'à atteindre un crescendo renversant.

Les dernières notes de son solo résonnaient encore dans l'arène quand il recula pour laisser Ryder prendre la relève.

Ryder avait beau être leader et chanteur du groupe, il était presque aussi bon guitariste que Jared. Mais alors que son frère se montrait totalement entraînant, enchanteur, observer Ryder revenait à ouvrir une faille vers les méandres les plus sombres de l'âme humaine. C'était un spectacle aussi frappant que terrifiant, tellement envoûtant qu'il capta les trente mille personnes de la salle dans son sillage, toutes suspendues aux plaintes agonisantes de sa guitare.

Soudain il engagea une série d'accords particulièrement complexes, et les fans derrière elle crièrent leur approbation. Il sourit – ondulation tragique et ensorcelante de ses lèvres, tellement furtive qu'elle crut presque l'avoir imaginée. Sauf qu'à présent, elle se trouvait plaquée contre la scène, si proche de lui qu'elle voyait distinctement ses yeux. Malgré leur noirceur abyssale, elle y avait, l'espace d'un instant, décelé un éclair de plaisir. Mais très vite, il avait penché la tête en avant et ses cheveux bruns étaient retombés sur son visage, dissimulant jusqu'à son menton, le soustrayant pendant quelques secondes aux regards indiscrets de la foule.

Jamison en profita pour le contempler sans réserve, ni retenue. Normalement, quand il se trouvait près d'elle, elle craignait trop d'être surprise en train de se rincer l'œil. Mais ce soir-là, inutile de s'inquiéter. Il était clair qu'il ne l'avait pas reconnue tout à l'heure, aveuglé par les projecteurs. Et il n'en fallut pas plus à Jamison pour le déshabiller du regard, bouche bée.

Pour admirer ce corps longiligne qui dépassait d'une bonne tête son mètre soixante-dix à elle.

Pour agoniser sur ses bras bronzés et musclés ornés de splendides tatouages – motifs tribaux à droite, phœnix à gauche.

Sans parler du piercing de son téton droit que l'on devinait à travers son tee-shirt noir moulant à l'encolure en V.

Il était sublime – grave, ténébreux, tellement irrésistible avec ce visage délicat – et elle savait parfaitement qu'une fois dans son lit, seule, ce soir-là, cette image de lui continuerait à la hanter.

Le visage incliné, replié sur son petit monde à lui, Ryder joua une nouvelle série de notes complexes qui s'acheva si brusquement que le public sursauta, tout comme elle. Puis il recula d'un pas, laissant Jared revenir sous les projecteurs.

Et le duo se poursuivit ainsi, au point que l'un et l'autre devaient avoir les doigts en feu. En transe, le public, hommes et femmes confondus, s'égosillait, bouillonnant littéralement de plaisir.

Puis Jared et Ryder se retrouvèrent pour jouer la dernière section à l'unisson, leurs doigts courant de plus en plus vite sur les cordes de leur guitare, jusqu'à ce que leurs notes se mélangent pour former le son le plus époustouflant qu'on puisse imaginer.

Leurs tee-shirts étaient trempés, les traits de leurs visages crispés, et pourtant ils jouaient…

Leurs bras étaient parcourus de spasmes à cause de l'effort prolongé, leurs épaules se crispaient comme pour résister, et pourtant ils jouaient.

Enfin, les dernières notes retentirent dans l'amphithéâtre – puissantes, belles, limpides – en même temps que des effets pyrotechniques à couper le souffle envahissaient la scène. Les gars avaient toujours rêvé d'avoir recours à de telles extravagances, mais n'en avaient jamais eu les moyens avant cette tournée. À ne plus savoir s'il fallait pleurer ou applaudir.

Shaken Dirty jouait désormais dans la cour des grands.

La foule dans le dos de Jamison ne se posait pas toutes ces questions : le public explosa de joie au même moment, à l'unisson avec les feux d'artifice sur la scène.

Jared – toujours prêt à se donner en spectacle – s'avança vers le micro et lança ses deux poings en l'air pour revendiquer la victoire. Ryder se mit à rire – et s'adressa à la foule de sa voix suave qui résonna dans toute l'enceinte.

— Faites plaisir à Jared. Laissons-le croire que c'est lui qui a gagné, sans quoi il va passer le reste de la soirée à bouder.

— Va te faire voir, Ryder, c'est moi qui ai gagné ! Pas vrai les gars ? lança Jared en agitant les bras en direction du public afin d'obtenir son soutien.

L'instant d'après, la moitié de l'amphithéâtre scandait son nom.

— Bien joué, les gars, reprit Ryder avec un sourire enjôleur. Il ne se doutera de rien ! Mais pour que les choses soient bien claires, on sait tous qui a gagné, pas vrai ?

L'autre moitié de l'arène se mit à crier le nom de Ryder, et une fois encore, Jamison se surprit à faire comme les fans. Oh, elle savait bien que techniquement, Jared était meilleur guitariste. Mais Ryder arrivait à sortir un son extraordinaire. Un son aussi sombre que celui de Jared était lumineux, aussi mélancolique et dangereux que celui de Jared était léger. Là où Ryder attaquait sa guitare, là où il lui faisait sauvagement l'amour, Jared berçait son instrument comme un nouveau-né.

Les deux styles fonctionnaient, ensemble ou séparément. Sauf que regarder Ryder, c'était comme assister aux ébats d'un couple. Cela éveillait en elle des sensations très intenses, même si elle savait que cela ne la mènerait nulle part. Car elle s'était déjà jetée sur Ryder une fois, quand elle avait dix-sept ans. Mais il l'avait repoussée – aussi gentiment qu'il était capable de repousser quelqu'un. Et cela avait fait mal. Très mal. Voilà pourquoi on ne l'y reprendrait plus. Au lieu de cela, elle se contenterait de le vénérer à distance. Comme chacune des femmes présente dans cette enceinte.

Alors qu'ils débutaient *Battleground*, un de leurs plus célèbres singles, Ryder déchira son tee-shirt et le lança dans le public. Le vêtement atterrit juste à droite de Jamison, et les fans en délire autour d'elle se l'arrachèrent. Mais elle ne broncha pas, incapable de détacher ses yeux de cette peau hâlée, de ces tablettes de chocolat. Elle était littéralement hypnotisée par cette silhouette qui se dressait devant elle, avec ses tatouages tribaux noirs s'étalant sur tout son torse, comme pour corroborer son image médiatique de bombe sexuelle.

Frémissante, elle pressa ses genoux l'un contre l'autre, pour tenter d'enrayer l'onde de désir qui la traversait de part en part. Puis elle croisa les bras sur ses seins durcis de désir.

Même pas en rêve! se dit-elle alors que Ryder continuait de chanter.

Oh, cette attirance n'avait rien de nouveau. Ce qui était nouveau, en revanche, c'était son intensité. Une envie dévorante. Et largement attisée par ce regard brûlant qu'il lui avait adressé tout à l'heure.

Après avoir joué des coudes pour s'extirper de la foule en délire, Jamison brandit son badge d'accès *backstage* devant les vigiles qui gardaient la porte dérobée menant aux coulisses. Ils la laissèrent se faufiler entre eux. Quand la porte claqua derrière elle, elle ne put réprimer cette impression de se trouver dans une réalité parallèle.

Tous ces fans qui hurlaient dans l'arène, ils étaient venus pour Shaken Dirty.

Toutes ces filles en pâmoison qui s'agrippaient aux vigiles – ou entre elles – étaient venues pour le groupe de son frère.

Bref, les frontières de l'étrange avaient été franchies. Bien sûr, depuis le début, les gars avaient toujours eu des fans qui leur tournaient autour. Des tas de groupies, même. Plus d'une fois, Jamison avait été obligée de se frayer un chemin au milieu de jouvencelles hystériques pour pouvoir rejoindre ses copains. C'était là le lot de n'importe quel groupe de musiciens chevelus. Mais à l'époque, ils écumaient encore les petits clubs miteux, et elle les suivait partout où ils voulaient bien l'emmener. Or ce à quoi elle assistait ce soir-là relevait d'une tout autre envergure. Elle avait l'impression d'être dans un film, ou dans un article de *Rolling Stone*. Cette fois, les groupies se comptaient par centaines, par milliers… Et toutes espéraient avoir droit à leur Shaken Dirty personnel.

Il allait lui falloir un peu de temps pour s'habituer à cette nouvelle donne, à la fois émotionnellement et physiquement. Rien de tel que de se frayer un chemin dans une foule de femmes en furie pour calmer ses ardeurs.

Jetant un regard circulaire autour d'elle, elle tenta de se repérer. Elle se tenait au bout d'un long couloir sinueux. De chaque côté, une rangée de portes, mais aucune d'elles n'affichait de noms : elle ne savait pas où se trouvait la loge de son frère. Et vu que Shaken Dirty tournait avec quatre autres groupes, elle ne se voyait pas frapper à chaque porte au hasard. La dernière chose dont elle avait besoin, c'était de se faire virer pour avoir dérangé un des artistes de la soirée.

Derrière elle, la porte d'accès s'ouvrit de nouveau, laissant apparaître deux jeunes filles. Jamison leur donnait dix-neuf, peut-être vingt ans. Et elles semblaient surexcitées.

— Oh, là, là ! couina celle dont la jupe était la plus courte et le maquillage le plus outrancier. Tu te rends compte ? Ça a marché !

Son amie sourit.

— Je te l'avais dit ! À présent, souviens-toi bien d'une chose : tu peux choisir celui que tu veux, sauf Ryder : lui, il est rien que pour moi !

— Je sais, je sais. Moi, c'est Micah qui me branche de toute façon. Il est teeeeeellement mignon ! Rien à voir avec ce vicelard de Ryder...

— Ce n'est pas forcément un défaut... Plus on leur laisse faire de choses, et plus ils t'adorent ! En tout cas, Ryder peut me faire *tout* ce qu'il veut... Ce côté sexy et ténébreux me rend folle !

Jamison se raidit devant le ton possessif de la jeune femme. Avant même d'avoir rencontré Ryder, elle parlait de lui comme si elle connaissait tous ses petits secrets. Pire, elle semblait convaincue que lui et ses comparses seraient ravis de faire d'elle ce qu'ils voudraient – sans parler de ce prétendu côté vicieux de Ryder.

Cette seule idée la fit frissonner, mais elle se ressaisit. Ryder l'avait déjà rejetée une fois, et s'il en était réduit à des aventures d'un soir avec des ados – oui, des ados – alors elle ne lui trouvait plus rien d'attirant.

Mais elle avait beau tenter de s'en convaincre, elle demeurait hantée par ce moment où il l'avait dévisagée parmi la foule. Ce moment où il lui avait adressé sa moue. Ce moment où il avait réveillé en elle ce désir qu'elle croyait éteint pour toujours. S'il gratifiait toutes ses fans de ce regard-là, pas étonnant de les voir se battre ainsi devant sa loge, dans un effort désespéré pour se faire remarquer de lui. Pas étonnant qu'elles s'imaginent avoir une chance avec lui.

Plus dérangée par cette prise de conscience qu'elle ne voulait bien l'admettre, Jamison décida de reprendre ses esprits. Groupies ou non, ces gamines avaient l'air d'en savoir bien plus sur le groupe que Jamison elle-même. Bref, pourquoi ne pas les suivre ? Après tout, peut-être lui montreraient-elles le chemin vers la bonne loge…

Mais elles n'avaient fait que quelques pas quand la porte d'une des loges s'ouvrit. Un homme que

Jamison ne reconnut pas mais que les filles, elles, semblaient parfaitement connaître, passa une tête en dehors et lâcha d'une voix traînante :

— Salut les filles !

Elles répondirent par des piaillements stridents, puis celle qui avait revendiqué l'exclusivité pour Ryder se passa outrancièrement une main dans les cheveux.

— Salut Simon ! articula-t-elle d'une voix essoufflée.

— Salut, dit-il en s'effaçant sur leur passage pour les laisser entrer.

Les filles se prirent la main – geste de nervosité ou d'excitation, difficile à dire – avant de se précipiter vers la loge comme si une meute de chiens de chasse était à leurs trousses. Ou comme si elles redoutaient qu'il ne change d'avis si des filles plus attirantes venaient à passer par là.

Simon resta planté là bien après qu'elles se furent engouffrées dans la pièce derrière lui, et il fallut bien une minute à Jamison pour s'apercevoir qu'il la scrutait d'un air interrogateur.

— Tu viens aussi ? finit-il par demander.

Ses joues s'enflammèrent aussitôt.

— Euh... non. Merci.

— Tu es sûre ? On fait une fête d'enfer là-dedans, insista-t-il en ouvrant un peu plus la porte pour lui laisser entrevoir qu'il n'exagérait rien.

— En fait, je viens voir Jared Matthews. Je suis sa sœur.

— Cool, fit Simon avec un sourire lumineux.

Soudain, il ressemblait plus à un petit garçon sage qu'à un rockeur digne de ce nom. Face à ce changement d'attitude, elle comprit que ce maudit pacte était toujours d'actualité. Car depuis le lycée, elle s'était assez vite rendu compte qu'il existait une sorte d'accord tacite entre tous les dieux du rock : « Et ta sœur me sera interdite, que cela lui plaise ou non. »

Jamison ignorait si c'était cet interdit qui avait tenu Ryder éloigné d'elle durant toutes ces années. Mais elle savait que la plupart des musiciens s'y conformaient. Et puisqu'elle avait passé la majeure partie de son temps au lycée à traîner dans les concerts de son frère, autant dire que sa vie sociale avait été particulièrement morne.

Non pas que cela ait beaucoup changé, à présent qu'elle vivait loin du groupe. Mais elle savait que cette théorie continuait à se vérifier tous les jours dans les faits. Elle n'en démordait pas.

— Jared est un type bien, reprit Simon en lui donnant une petite tape fraternelle sur l'épaule.

— C'est clair, approuva-t-elle. Tu ne saurais pas par hasard où est la loge de Shaken Dirty ?

— Je crois qu'ils sont de l'autre côté de la scène, dit-il avec un geste vague vers la gauche. Derrière l'entrée de la cabine de mixage.

Ce n'étaient pas là les explications détaillées qu'elle espérait, mais elle devrait s'en contenter. Car Simon refermait déjà sa porte, visiblement pressé de rejoindre ses groupies.

Sortant son téléphone de sa poche, elle composa le numéro de Jared, puis se dirigea vers le couloir indiqué par Simon. Elle avait espéré faire la surprise à son frère en venant au concert de ce soir-là plutôt qu'à celui du lendemain, mais manifestement, son idée avait échoué. Badge ou pas, elle ne pouvait quand même pas passer la soirée à frapper à des portes en espérant trouver la bonne.

Au bout du couloir, elle s'arrêta brièvement pour envoyer un SMS, avant d'attendre impatiemment la réponse – en vain. Cela faisait déjà un quart d'heure que Shaken Dirty avait quitté la scène. Jared avait dû récupérer son portable. À moins qu'il ne soit sous la douche, ou en train de faire l'amour au téléphone avec sa fiancée. Chose à laquelle Jamison refusait de penser, même si une telle éventualité demeurait tout à fait envisageable.

Cette seule idée lui faisait mal au ventre à vrai dire. Pas à cause de Jared. Mais plutôt à cause des paroles de cette fille qui résonnaient encore et encore à son esprit. « Ryder, vicieux… Ryder, rien que pour moi. » Que faisait-il à cet instant ? Était-il en train d'emballer une jouvencelle qui avait à peine l'âge de conduire, pour lui faire sa fête ? Argh…

Elle envoya un nouveau SMS à Jared, plus insistant cette fois. Pourvu qu'elle ne se retrouve pas à tenir la chandelle…

Elle attendit encore quelques minutes, regardant plusieurs dizaines de filles lui passer devant par groupes de deux ou trois. La plupart portaient assez de maquillage pour assurer la rentabilité d'une boutique entière de cosmétiques. Et si peu de vêtements que l'on pouvait s'étonner de ne pas les voir succomber d'hypothermie en attendant patiemment leur tour, dans l'espoir que l'une des portes s'ouvre. D'autres affichaient une mine fraîche et un réel enthousiasme à se retrouver dans les coulisses. Ces filles-là lui rappelèrent douloureusement ses années de lycée et d'apprentissage. Certains jours, Jamison avait l'impression d'avoir attendu la moitié de sa vie que Ryder ne la remarque.

Quelques secondes plus tard, le groupe Darkness commença à jouer sur scène.

Tant pis, se dit Jamison.

Elle traversa la zone juste à l'arrière de la scène qui grouillait d'activité, et fit de son mieux pour ne pas gêner les *roadies* qui s'activaient. À deux ou trois reprises, elle tenta de demander son chemin, mais tout le monde était tellement affairé qu'elle n'insista pas. En plus, la musique était tellement assourdissante en ces lieux que personne n'aurait pu distinguer sa voix de toute façon – tous les techniciens portaient des oreillettes.

Regrettant de ne pas s'être munie des siennes, elle finit par tomber sur un couloir aussi sinueux que celui par lequel elle était arrivée. Pensant qu'il s'agissait là du passage que lui avait indiqué Simon, elle s'aventura jusqu'à frapper à une porte située à mi-chemin. Personne ne vint lui ouvrir, mais difficile de savoir si c'était parce que la loge était vide ou parce que le volume de la musique provenant de la scène était trop élevé.

Elle frappa quelques coups à la porte une fois que Darkness eut joué les derniers accords de sa chanson d'ouverture. Le chanteur se mit alors à plaisanter avec le public, mettant en sourdine cette musique à vous déchirer les tympans. Dieu merci !

Quelques secondes plus tard, la porte s'ouvrit enfin, et Max Casey, le chanteur d'Oblivious, se planta devant elle, son visage de mannequin illuminé par un sourire radieux. Torse et pieds nus, il avait un bouton de son jean défait, ainsi qu'un air enjôleur que n'importe quelle femme normalement constituée se devait de fuir.

Jamison avait beau se dire que tout cela était stupide, elle peina à trouver ses mots pendant de longues secondes. Là, devant elle, se trouvait Max Casey, chanteur d'un de ses groupes préférés depuis toujours… Et il la dévorait du regard comme s'il voulait la prendre là, au beau milieu du couloir. Oh, elle n'était pas du tout tentée, mais une telle fébrilité, une telle intensité étaient quasi palpables. Bon sang, mais qu'avaient-ils, tous ces chanteurs ? C'était comme s'ils exhalaient des phéromones qui transformaient toute femme dans un rayon de cent mètres en écervelée.

— Entre donc, proposa-t-il en faisant un pas de côté pour la laisser passer.

Bon, elle n'était pas intéressée, mais elle était quand même une femme. Et ce serait mentir que de dire que cet homme ne lui faisait aucun effet.

— Non merci, dit-elle, fière d'avoir réussi à dénouer sa langue pour proférer des paroles à peu près sensées. Je cherche Shaken Dirty.

— Qu'est-ce que tu leur veux ? Je te garantis qu'on est bien plus marrants qu'eux.

Ces mots furent ponctués d'éclats de rire dans son dos, comme pour illustrer son propos.

— Oh, je n'en doute pas, mais Jared…

— Oublie Jared. Je suis meilleur que lui au lit… Et aussi en dehors.

Qu'est-ce que c'était que ça ? Elle essaya d'imaginer Jared ou Ryder débitant des paroles aussi abjectes, mais impossible. Peut-être était-elle plus naïve encore qu'elle ne le pensait ?

À moins que ce ne soit Max Casey, l'abruti. Le trouble involontaire qu'elle avait ressenti face à lui céda la place à un certain dégoût, et elle recula d'un pas.

— Si tu pouvais juste m'indiquer la bonne direction pour…

Un éclair de colère traversa son visage, mais s'effaça si vite que Jamison crut l'avoir imaginé. Surtout lorsqu'il ajouta :

— Je peux faire mieux que ça. Si tu tiens vraiment à voir Jared, je peux t'accompagner jusqu'à lui. On a tendance à se perdre facilement par ici.

C'était peu de le dire. Pourtant, Jamison hésita en entendant deux filles qui appelaient Max d'une voix mutine.

— Euh, je ne voudrais pas t'interrompre dans le feu de l'action, dit-elle en regrettant aussitôt l'ambiguïté de ses mots. Enfin, je voulais dire… Tu as l'air occupé.

Mais Max se mit à rire et referma la porte derrière lui.

— Elles attendront, murmura-t-il en posant une main au creux de son dos pour l'entraîner plus loin dans le couloir.

Jamison tiqua au contact de sa paume un peu trop possessive à son goût, et surtout à son haleine empestant le whisky. Mais lorsqu'elle tenta de s'écarter de lui, il enroula sa main autour de sa taille et la ramena contre lui.

— Sérieusement, Max, articula-t-elle alors que toutes les alarmes dans sa tête viraient au rouge. Jared est mon frère. J'ai seulement besoin que tu m'indiques par où…

— Détends-toi. Je t'ai dit que je t'accompagnerais, et c'est ce que je vais faire.

La main autour de sa taille se fit pressante, et c'est à cet instant que Jamison passa du mode suspicion au mode panique totale.

Pourtant, difficile d'imaginer Max Casey, aussi flippant soit-il, cherchant à lui faire du mal. Surtout que tous ces gens faisaient la fête à quelques mètres d'eux seulement. Cela dit, Jamison avait toujours été une fervente partisane de la doctrine « Mieux vaut prévenir que guérir ».

Elle s'éloigna une nouvelle fois, en faisant tout pour qu'il la relâche. Sans plus attendre, elle s'empara de son téléphone.

— Ah, voilà ! Jared vient de m'envoyer un SMS, mentit-elle. Je sais où le trouver maintenant.

— Tu n'es pas obligée de t'enfuir si vite… Reste. Et parle-moi encore un peu.

— Jared m'attend.

Ce qui n'était pas tout à fait vrai, mais elle se voyait mal prendre le temps d'expliquer tout cela à Max. Pas après avoir pris le temps de le regarder dans les yeux. Car il ne planait pas seulement à cause du whisky – à vrai dire, il semblait même être dans un assez mauvais trip.

— Merci de ton aide, reprit-elle en traversant le couloir au pas de course.

Mais à peine avait-elle fait quelques pas qu'il se lança à sa poursuite.

Et lui plaqua le visage contre le mur avant de se coller tout contre elle.

— Mais qu'est-ce que tu fais ? demanda-t-elle avec la fâcheuse impression d'être piégée dans un monde parallèle.

— Tu te trompes de chemin, marmonna-t-il en posant ses lèvres contre sa nuque.

Les épaules crispées, elle lutta de toutes ses forces pour s'échapper. Mais Max était beaucoup plus fort qu'il n'en avait l'air, et Jamison se rendit compte très vite qu'elle n'irait nulle part sans son assentiment.

—Allez, Max, lâche-moi ! reprit-elle en espérant l'amadouer.

Mais les vibrations sourdes reprirent du côté de la scène toute proche, et elle n'eut d'autre choix que de lui hurler dessus.

Cela le fit rire, puis il posa ses lèvres près de son oreille :

—Ne t'en fais pas. Jared peut attendre un peu. Je veux juste goûter pour voir si tu es aussi douce et gentille que tout le monde le prétend.

—Lâche-moi ! cria-t-elle en se débattant de toutes ses forces à présent qu'elle avait compris qu'un simple « non » ne suffirait pas.

Il était trop drogué ou arrogant pour prendre conscience qu'elle n'avait vraiment pas envie de lui. Et qu'elle ne jouait pas à se faire désirer.

À moins qu'il ne s'en fiche complètement. Difficile à dire. De toute façon, là n'était pas la question. Tout ce qui comptait pour elle, c'était de s'extirper de ce mauvais pas avant que Max Casey ne lui fasse la totale. Comment avait-elle pu le trouver attirant, ne serait-ce qu'une seconde ?

—Tu ne sais donc pas qui je suis ? Je suis Max Casey. Personne ne me dit non ! s'insurgea-t-il.

Sa voix était tellement décontenancée que Jamison aurait presque compati, si elle n'avait pas été terrifiée à l'idée qu'il allait peut-être la violer, là, en plein milieu du couloir, à quelques mètres seulement de ces fêtards qui n'entendraient jamais ses appels à l'aide.

— Non ! hurla-t-elle. Non, non et non !

Elle tenta de lui donner un coup avec la pointe de son talon aiguille – il fallait bien que ces accessoires futiles servent à quelque chose – mais il en profita pour se presser un peu plus fort contre elle. Impossible de bouger à présent. Le seul fait de sentir son corps contre elle lui donna un haut-le-cœur.

— Max, arrête ! supplia-t-elle en s'agitant en tous sens pour se dégager. Arrête ! Je t'en prie !

Mais il l'étreignit si fort qu'elle eut du mal à respirer.

Et il ne l'écoutait pas – sans doute était-il trop défoncé pour cela. En tout cas, Jamison sentit son estomac se retourner alors que les lèvres humides de Max remontaient le long de son épaule.

— Allez ma belle, marmonna-t-il en lui relevant le visage pour lui donner un baiser baveux. Laisse-toi faire…

Elle le mordit de toutes ses forces. Cette fois, c'est lui qui hurla et la repoussa violemment. Il leva alors la main sur elle, et elle se protégea le visage. Mieux valait se faire tabasser que violer, non ?

Mais la main de Max n'arriva pas jusqu'à elle. Au lieu de cela, quelqu'un l'empoigna par les épaules, l'écarta d'elle et le projeta sur le mur d'en face dans un tel fracas qu'elle perçut le « boum » par-dessus la musique tonitruante. D'abord entraînée dans le mouvement, elle finit par se détacher de lui quand il extirpa enfin sa main de ses cheveux.

Même à ce stade, il fallut quelques secondes à Jamison pour comprendre ce qui se passait, pour prendre conscience qu'elle était libre. Quand ce fut le cas, elle se précipita le long du couloir, dans un effort désespéré pour fuir. Mais au moment de prendre ses jambes à son cou, elle entrevit le visage de son sauveur, qui était en train de cogner Max contre le mur.

Ryder.

C'était Ryder qui l'avait trouvée. Ryder qui l'avait sauvée. Et Ryder qui hurlait des obscénités tout en rouant de coups l'autre chanteur.

Chapitre 2

— Putain, mais qu'est-ce qui te prend, Max ? s'écria Ryder en furie avant de lui assener un coup de poing en plein nez. Tu es tellement défoncé que tu te crois autorisé à violer une fille, bordel de merde ?

Et un direct dans l'estomac.

— Non mais pour qui tu te prends, bordel ? reprit-il en transe.

Il retint alors ses coups – Max n'était même pas en état de les lui rendre – et le jeta violemment contre le mur.

— Non mais pour qui tu te prends ? répéta-t-il en articulant à l'excès.

Pour toute réponse, Max grommela quelques syllabes incompréhensibles. Un message d'alerte vint à l'esprit de Ryder, lui intimant l'ordre d'arrêter tout de suite. Mais la rage aveuglante qui le submergeait était plus forte. Quand, à la sortie de sa loge, il avait surpris Max en train de violenter cette fille, il avait aussitôt pensé à Carrie. À ce qu'un salopard lui avait fait subir le soir du concours de rock local. Elle ne s'en était jamais remise et lui avait par la suite reproché de ne pas avoir été là pour elle.

Il s'en voulait encore.

Il envoya une nouvelle fois son poing dans le visage de Max. Ce type était un crétin de la pire espèce. Depuis longtemps, Ryder le soupçonnait de se comporter de façon déplacée avec les femmes, mais c'était la première fois qu'il assistait à quelque chose d'aussi flagrant – assez flagrant pour ne pas se contenter de simples remontrances. Pour la première fois, il avait tout vu : Max avait clairement posé ses mains sur une femme non consentante. La seule idée que ce genre de chose s'était peut-être déjà produit auparavant, sans qu'il en soit témoin, lui donnait la nausée. Il préféra la chasser de son esprit et continuer à se déchaîner sur Max. Une fois qu'il en aurait terminé avec lui, cet abruti y réfléchirait à deux fois avant de sauter sur une femme qui n'avait pas envie de lui.

— Ryder ! appela d'une voix chevrotante la victime des ardeurs de Max.

Mais il l'entendit à peine, trop occupé à faire passer l'envie à Max d'agresser des femmes sans défense.

— Ryder, arrête ! répéta la voix avec insistance.

Une voix familière. Très familière, même.

— Ryder, je t'en prie ! Arrête, tu vas le tuer. Je t'en prie, ça suffit !

Abasourdi, il se tourna vers elle, le poing encore en l'air. Pendant de longues secondes, il ne fut pas certain que c'était elle.

— Jamison ?

Elle hocha doucement la tête.

— Je vais bien, Ryder. Tu as pu l'arrêter à temps. Tu es arrivé avant qu'il ne me fasse du mal.

— Jamison, répéta-t-il avant de relâcher enfin la chemise de Max.

À peine eut-il réduit son emprise que l'autre chanteur s'écroula lentement à terre dans une petite flaque de sang.

Ryder ne lui accorda pas un regard. Au lieu de cela, il passa un bras autour de la petite sœur de son meilleur ami et la serra contre son torse.

— Jamison… Tu es sûre que ça va?

Il n'arrivait toujours pas à croire qu'elle soit là. Qu'elle avait failli être la victime de Max.

Le sentiment de rage s'empara de nouveau de lui, telle une véritable torture. Quelque chose au fond de lui voulait frapper Max jusqu'à lui faire perdre connaissance. Il aurait pu le démembrer à mains nues.

Ce salopard avait touché Jamison. Il l'avait effrayée. Il ne méritait pas de vivre.

Plus déterminé que jamais à finir le travail, il pivota sur ses talons en rugissant. Et il se serait de nouveau acharné sur Max si Jamison, livide mais encore d'aplomb, ne l'avait pas saisi par les mains et vigoureusement secoué. Pas par les bras, non. Par son regard. Par les mots qu'elle prononça.

— Je vais bien, assura-t-elle comme pour le réconforter. Et c'est grâce à toi. Tu m'as sauvée, Ryder.

Il se raidit alors que ces paroles résonnaient en lui. Il s'écarta brusquement, mal à l'aise devant le ton doux de sa voix. Il ne méritait pas sa reconnaissance :

il était intervenu *in extremis*. Sa gorge se noua. Son esprit fut soudain bombardé par les images atroces de ce qui aurait pu arriver à Jamison s'il n'était pas sorti de sa loge à cet instant précis. Pire, il imagina ce qui avait dû arriver régulièrement à d'autres femmes au cours d'autres soirées, alors que lui se prélassait confortablement dans sa loge.

Non, pas question de s'engager sur ce terrain glissant ce soir-là. Sauf que la réalité dépassait son imagination. De toute façon, chaque nuit, il était rattrapé par ses cauchemars. Et cette nuit ne ferait pas exception à la règle.

Surtout après ce qui venait de se passer avec Max. Sans même parler de ce qui lui avait fait quitter la loge, à l'origine. Car après s'être douché en quatrième vitesse et avoir bu un verre, il avait couru dans le couloir avec une seule idée en tête : essayer de retrouver cette rousse voluptueuse dans sa robe violette. Celle qu'il avait repérée depuis la scène, et qui l'avait mis dans tous ses états. Celle pour qui il avait chanté pendant toute la deuxième partie du concert, l'esprit assailli d'images lascives.

Mais en découvrant Jamison, là, devant lui dans sa petite robe violine, il se sentait plus bas que terre. Il ne l'avait pas reconnue depuis la scène. Sans le savoir, il avait fantasmé à mort sur la petite sœur de Jared – qui accessoirement se trouvait être une de ses meilleures amies. Or à présent qu'il l'avait reconnue, il n'avait pas la moindre idée de ce qu'il devait faire de ces images – de cette fièvre – qui continuaient à le consumer de l'intérieur.

Derrière lui, Max finit par se remettre à bouger et Ryder dut serrer les poings pour se retenir de le frapper de nouveau. Après tout, cela ferait d'une pierre deux coups : le soulager de cette tension qu'il sentait monter en lui, et faire comprendre à ce salaud qu'il était fondamental pour lui d'assimiler la signification du mot « non ».

— Allez, je t'emmène dans ma loge, dit-il à Jamison en se penchant vers elle pour couvrir les notes de Darkness qui jouait encore sur scène. On va s'assurer que tout va bien pour toi.

— Je vais bien, répéta-t-elle en levant les yeux vers lui comme pour le forcer à affronter son regard lilas.

Elle le dévisagea sans ciller, ce qui eut pour effet de le calmer instantanément. Enfin, jusqu'à ce qu'il s'aperçoive que le rouge qu'elle avait sur les lèvres était du sang, et non du rouge à lèvres.

— Tu saignes, fit-il remarquer, horrifié. Ce salopard t'a blessée.

Jamison porta une main tremblante à sa bouche, et c'est à cet instant qu'il comprit qu'elle avait été plus affectée par l'incident qu'elle ne voulait bien lui laisser croire. Car si son regard se voulait rassurant, ses ongles maculés de sang séché livraient une tout autre version. Il dut lutter contre un nouvel accès de fureur.

— Je ne pense pas que ce soit mon sang, déclara-t-elle au bout d'une minute d'une voix satisfaite. Je lui ai mordu la lèvre quand il a essayé de m'embrasser.

C'est cette satisfaction très froide qui convainquit Ryder qu'elle allait effectivement bien.

—Dommage que tu ne lui aies pas chopé la langue. J'aurais bien aimé le voir expliquer ensuite pourquoi il ne pouvait plus chanter...

—Eh bien, je préfère en être restée aux lèvres et ne pas avoir eu à la rencontrer, sa langue... À mon avis, vu son état, il ne pourra pas chanter pendant quelque temps. Ni même faire quoi que ce soit d'autre, ajouta-t-elle en regardant par-dessus son épaule. On devrait peut-être appeler une ambulance ?

—Il va s'en sortir. Je ne lui ai rien cassé.

—Comment tu le sais ?

Parce qu'il connaissait cette sensation d'os brisé – sur lui comme sur les autres, d'ailleurs. Il savait exactement le niveau de pression qu'il fallait exercer pour parvenir à ce résultat. Et il n'était pas allé jusque-là avec Max. L'envie ne lui avait pas manqué, mais s'il avait cassé quelque chose à cet abruti, la bagarre se serait terminée bien trop tôt.

—Je le sais, c'est tout, finit-il par lâcher en espérant qu'elle ne poserait pas plus de questions.

Elle n'insista pas. Oh, pas par manque de curiosité. Plutôt parce que l'ombre du passé de Ryder planait toujours entre eux. Une des raisons pour lesquelles il avait gardé ses distances avec Jamison depuis une dizaine d'années. Elle était trop gentille. Quand elle le regardait, avec cette lueur de compassion qui brûlait au fond de ses yeux améthyste, il avait envie de lui dire des choses qui ne se disent pas. Des choses qui, une fois dites, ne pouvaient plus s'effacer.

Le simple fait d'y penser réveilla son désir pour Jamison. Soudain, il s'imagina en train de lui arracher cette petite robe violette pour embrasser sa peau soyeuse, ses courbes voluptueuses. Mais cette violente envie fut suivie par une salve encore plus intense de dégoût de soi. Bon sang, il s'agissait de la petite sœur de Jared ! De cette même fille qu'il avait consolée quand elle avait oublié son texte lors de la pièce de fin d'année à l'école, ou encore quand elle avait rompu avec son premier petit ami. Il n'avait pas le droit de penser à elle autrement que comme une amie.

— Où est Jared ? s'enquit-elle alors en le tirant brusquement de sa rêverie.

Il désigna du menton la loge que Shaken Dirty occupait depuis deux jours.

— Viens avec moi, je vais t'emmener, répondit-il en passant un bras autour d'elle pour l'entraîner le long du couloir le plus délicatement possible.

Il ne savait pas si Max l'avait blessée, ou s'il lui avait juste fait peur. Mais une chose était sûre : Ryder, lui, ne lui ferait jamais aucun mal.

Quand ils arrivèrent devant la loge d'Oblivious, il tambourina assez fort contre la porte pour être entendu malgré la musique assourdissante. Quelques secondes plus tard, le bassiste torse nu vint leur ouvrir.

— Salut, mec ! Tu viens faire la fête ? lança Jack en s'écartant pour les laisser entrer.

Mais Ryder posa un doigt sur son épaule.

— Tu devrais aller voir comment va Max.

— Qu'est-ce qui lui arrive ?

— Je viens de lui coller une raclée.

— Pourquoi donc ? s'étonna l'autre musicien, l'air moins inquiet que surpris.

— Parce que c'est un salopard.

L'espace d'une seconde, on aurait dit que Jack s'apprêtait à le défendre. Finalement, il hocha doucement la tête.

— C'est pas faux…

Jack se défit tant bien que mal des groupies accrochées à lui, puis appela :

— Les mecs, Max a encore merdé. Venez me filer un coup de main.

Satisfait de constater qu'il n'y aurait pas plus de problème du côté d'Oblivious – et de toute façon c'était le cadet de ses soucis –, Ryder reprit le chemin de sa propre loge. Évidemment, il avait oublié sa clé et dut frapper comme un sourd à la porte avant qu'un de ses amis daigne venir lui ouvrir.

Wyatt se manifesta en premier, le visage barré d'une moue renfrognée.

— Doucement, mec, y a pas le feu ! J'étais en train de…

Il s'arrêta net en apercevant Jamison. Ses pommettes saillantes – désormais mondialement célèbres – s'empourprèrent.

— Miss Lollipops ! Mais qu'est-ce que tu fais là ? Je croyais que tu ne venais qu'au concert de demain !

— Je voulais vous faire une surprise, les gars !

— Eh bien, c'est réussi ! s'esclaffa Wyatt en ouvrant grand ses bras.

Il la serra contre lui comme on serre son nounours pour le câliner. Puis il la passa avec réticence à Quinn, qui la passa ensuite à Micah, qui étaient arrivés tour à tour dans son dos.

Voyant Jamison entre de bonnes mains, Ryder rejoignit la salle de bains. Il ouvrit la porte sans prendre la peine de frapper, et cria en direction de la douche.

— Jamison est là !
— Quoi ? Déjà ?
— Oui, déjà. Et je viens de flanquer une raclée à Max Casey. Ça me paraît important que tu le saches.

Il referma la porte avant que Jared ne le bombarde de questions, puis se dirigea vers le bar où il servit à Jamison un verre de tequila. Elle tenait le coup, mais il savait d'expérience qu'il n'existait rien de tel qu'un bon shoot de tequila pour se calmer les nerfs.

Wyatt et Quinn l'avaient déjà installée sur le canapé entre eux, pendant que Micah raccompagnait trois groupies à la porte. Les gamines semblaient déçues et quand ils arrivèrent devant la porte, l'une d'elles s'agrippa à lui et refusa de partir. Ryder n'enviait pas son ami. D'autant que la fille se mit à pleurer et à le supplier de la laisser rester. Quelques secondes plus tard, il lui claqua carrément la porte au nez. Ce qui manquait un peu de délicatesse, bien sûr, mais s'avérait souvent nécessaire. Une des nombreuses raisons pour lesquelles Ryder ne traînait jamais avec des groupies, sauf s'il n'avait pas le choix.

Il tendit la tequila à Jamison au moment où Jared sortait en trombe de la salle de bains. Une serviette enroulée autour de la taille, il était évident qu'il s'était précipité – il dégoulinait encore.

Cela ne sembla pas gêner Jamison qui se jeta à son cou. Il la souleva et la fit virevolter avant de faire claquer un baiser sur sa joue.

— Miss Lollipops ! Je ne pensais pas te voir avant demain soir ! Si j'avais su que tu étais là, j'aurais fait envoyer quelqu'un pour que tu puisses venir en coulisses avant le concert.

— Je ne vous avais pas vus jouer depuis un an et demi, les gars. Le dernier endroit où j'avais envie d'être pendant votre concert, c'est bien les coulisses... D'ailleurs, vous avez été impressionnants. Le public était conquis !

— C'était un public indulgent, objecta Jared.

— De ton point de vue, rétorqua-t-elle. Le public ne s'est pas montré aussi enthousiaste quand Oblivious était sur scène. Ou encore ce groupe qui a fait l'ouverture. Comment s'appelait-il, déjà ?

— Eclipse, déclara Ryder en desserrant à peine les dents. De toute façon, Oblivious est nul.

Rien que d'entendre Jamison prononcer leur nom, Ryder était repris par l'envie de rouer de coups ce salopard.

— Waouh, qu'est-ce qui t'arrive ? demanda Micah.

Avant qu'il puisse répondre, Jamison s'empara du verre de tequila et le vida d'une seule traite, comme si elle avait fait ça toute sa vie. Il ignorait où elle avait appris à boire ainsi, mais la personne qui l'avait initiée avait fait du bon travail.

— C'est ma faute, dit-elle après un instant en regardant du côté de la porte. Mais croyez-moi, les mecs, j'ai retenu la leçon. Plus *jamais* je ne vous ferai de surprises.

Jared et les autres semblèrent confus, du moins jusqu'à ce que Ryder ne leur explique ce à quoi il avait mis fin dans le couloir. À ces mots, Jared se redressa violemment avec un regard meurtrier. Mais Ryder avait prévu sa réaction.

Il traversa la loge pour se planter devant la porte, le temps que son meilleur ami se calme. Cela ne prendrait pas plus que quelques minutes. Pour Jared comme pour les autres. Car Wyatt, Micah et Quinn étaient aussi protecteurs que Jared envers Jamison. Non pas qu'il leur en veuille d'être énervés, mais la dernière des choses dont ils avaient besoin, c'était de recommencer à s'en prendre à Max. Car dans l'hypothèse où Oblivious aurait appelé la police, Ryder ne voulait pas voir un de ses amis se faire coffrer à cause de ce qu'il avait fait.

— Laisse-moi passer, Montgomery ! rugit Jared.

— Dès que tu te seras calmé, Matthews, rétorqua Ryder avec une insolence délibérée.

— Je me calmerai dès que j'aurai donné une bonne leçon à cet enfoiré, articula Jared en le prenant par le col.

— Ryder s'en est déjà chargé, assura Jamison en se glissant audacieusement entre eux deux. Il s'est occupé de moi, Jared. Je te le promets.

Ils étaient à présent serrés comme des sardines tous les trois, et Ryder ne put que constater combien les courbes de Jamison étaient généreuses.

— Est-ce que Ryder lui a brisé le cou ? Parce que si ce n'est pas le cas, alors il ne s'est pas chargé de l'affaire comme moi je compte m'en charger.

— Il a essayé, dit-elle en commençant à ôter les mains de son frère de la chemise de Ryder.

Mais avec ce geste, ses fesses rebondies frôlèrent le pubis de Ryder à travers son jean. Pour la première fois. Oh, quelle sensation délicieuse – et honteuse. C'était la petite sœur de Jared, il n'avait pas le droit de la toucher.

Bon sang, elle était pratiquement sa petite sœur à lui… Ryder s'efforça d'éteindre le désir que ce contact inopiné avait attisé. Il avait passé tellement de temps chez les Matthews, durant son adolescence, qu'il faisait pratiquement partie de la famille.

Inspirant par la bouche – Jamison sentait aussi bon que son contact était doux –, il se plaqua le plus possible contre la porte pour échapper à cette douceur tentatrice. Ce qui aurait peut-être fonctionné s'il n'avait pas déjà été adossé à cette fichue porte. Ou si Jamison n'avait pas profité de ces quelques millimètres qu'il avait réussi à gagner pour se redresser plus fermement encore entre Jared et lui.

— Lâche-le, Jared, ordonna-t-elle. Il essaie juste de te protéger, comme il m'a protégée.

C'est clair, Jared, lâche-moi, implora Ryder en silence.

Car s'il n'obtempérait pas dans les secondes à venir, ils ne tarderaient pas tous les trois à constater à quel point ce qu'il éprouvait pour Jamison n'avait rien de protecteur. Rien qu'à y penser, il avait l'impression d'être le pire des salauds. Surtout qu'il se souvenait de la façon dont il l'avait surprise avec Max : ce salopard avait le bas-ventre plaqué contre elle. Tout comme lui à cet instant.

C'en était trop. À court de patience, il repoussa violemment Jared. Et il résista, du mieux qu'il put, à l'envie d'aller achever Max.

Jared ne s'était pas attendu à un tel coup, et il tituba en arrière. De quelques pas seulement. Juste assez pour que Ryder puisse s'extirper de cette situation qui frôlait l'insupportable.

— Je lui ai réglé son compte, affirma-t-il en se dirigeant vers le bar pour servir un verre à tout le monde cette fois. Cet enfoiré n'embêtera plus Jamison, ni aucune autre femme, pour un bon bout de temps.

Il cherchait à rassurer Jared autant qu'à se rassurer lui-même. Ryder se promit d'avoir une autre petite conversation avec Max d'ici quelques jours. Juste pour s'assurer qu'il avait bien retenu la leçon.

En tout cas, son meilleur ami semblait avoir renoncé à se battre.

— Je ne supporte pas l'idée qu'il ait pu la toucher. J'ai envie de le voir saigner.

— Jamison s'en est chargée.

Tandis qu'elle expliquait comment elle avait mordu Max, Ryder vida son premier verre de tequila avant de s'en servir un second. Il avait l'impression de la sentir encore contre lui. De respirer son odeur, fruitée et crémeuse, riche et suave. Son parfum était à se damner. Tout comme la douceur de sa peau.

Jared se mit à rire quand Jamison imita le cri haut perché de Max quand elle l'avait mordu. Puis il vint rejoindre Ryder et lui donna une tape sur l'épaule.

— On dirait que vous vous débrouillez très bien sans moi tous les deux, déclara-t-il en vidant à son tour sa première tequila. Même si je ne promets pas de ne pas casser la figure à cette ordure, la prochaine fois que je le croise.

— Laisse tomber, implora Jamison. Je ne vous ai pas vus depuis plus d'un an, les gars. Je n'ai aucune envie de passer la soirée à parler de ce minable.

— Et de quoi tu as envie, alors ? demanda Micah en passant un bras amical autour de l'épaule de Jamison.

Ryder l'observa en plissant les yeux, avant d'avaler son deuxième verre. Ces derniers temps, il trouvait Micah trop entreprenant envers des femmes avec qui il n'était pas censé traîner. Pas plus tard que la semaine précédente, à Houston, il l'avait surpris enlacé à la fiancée de Jared quand ce dernier n'était pas dans les parages. Bien sûr, ils ne faisaient rien de mal, mais tout de même. Cela n'avait pas plu à Ryder – pas plus que cela lui plaisait de voir Jamison dans les bras de Micah. Et il déploya des trésors de self-control pour ne pas crier à son ami de s'éloigner de Jamison.

Laquelle ne semblait d'ailleurs nullement perturbée, puisqu'elle se lova encore un peu plus entre les bras de Micah.

— Qu'en dites-vous, les gars ? Ce soir, vous avez assuré grave. Et j'ai envie de fêter ça !

— Excellent ! se réjouit Wyatt. Allons nous soûler !

— Pas exactement ce que j'avais en tête, rétorqua-t-elle sèchement.

— Ah bon ? Et qu'avais-tu en tête, au juste ? murmura Micah en rejetant une de ses longues boucles rousses derrière son oreille.

À cet instant, Ryder dut lutter contre une envie soudaine et inexplicable d'envoyer son poing dans la figure de son comparse. Après tout, le problème ne venait peut-être pas de Micah. Mais de lui-même.

Il relâcha son poing. Il n'avait aucune raison de penser une telle chose. De ressentir une telle chose. Et il ferait mieux de garder cela à l'esprit.

— Les gars, ce soir, vous m'emmenez danser !

— *Danser* ? répéta Quinn d'un air incrédule.

— Oui, *danser*. Il y a des tas de clubs géniaux, ici. Ce sera sympa. Pas vrai, Ryder ? insista-t-elle en se tournant vers lui.

Oui, elle cherchait son appui, son soutien. Comme elle le faisait depuis qu'elle avait dix ans.

— Mouais. Bien sûr. Très sympa, marmonna-t-il avant de vider un troisième verre.

Jared le dévisagea d'un air étrange, mais Ryder n'y prêta guère attention. S'il devait vraiment se retrouver sur une piste de danse avec Jamison et ses courbes féminines irrésistibles – ou, pire encore, s'il devait la regarder danser avec ses potes – il ne surmonterait cette épreuve qu'à condition d'être ivre mort.

Autant dire que moins il aurait les idées claires, mieux cela se passerait pour lui.

Chapitre 3

Assise au bar pour V.I.P. d'un des clubs les plus en vue du quartier du Gaslamp à San Diego, Jamison descendit son troisième verre de tequila sous la surveillance de son frère. Elle connaissait ce regard, et il ne tarderait pas à lui remonter les bretelles. Car si elle appréciait une bonne tequila de temps en temps, elle n'avait jamais été du genre à en vider trois verres d'affilée. D'ailleurs, elle n'avait jamais été du genre à se soûler.

Ce qui, à bien y réfléchir, était quelque peu déprimant. Comment avait-elle pu arriver à vingt-trois ans sans jamais connaître la moindre cuite ? Elle avait pourtant été étudiante, avait même eu quelques petits amis. Sans parler du fait qu'elle avait passé toute son adolescence dans le sillage d'un groupe de rock. Comment se faisait-il qu'elle n'ait baissé sa garde à aucun moment durant toutes ces années ?

Ce soir-là, elle allait rattraper tout ce temps perdu en abstinence : sans perdre une seconde, elle fit signe au serveur de lui apporter un autre verre. Jared s'apprêta à lui faire part de ses objections, mais elle le fit taire d'un regard assassin. Si après avoir perdu son petit ami, son travail et sa voiture en l'espace d'une semaine, une fille ne pouvait pas noyer son chagrin avec ses cinq meilleurs amis, alors franchement, quand est-ce qu'elle le pourrait ?

Le barman remplit le verre devant elle, et elle allait s'en emparer quand une main se posa dessus. Exaspérée, elle se tourna pour dire ses quatre vérités à celui qui avait eu l'outrecuidance de s'accaparer sa boisson. Sauf qu'elle tomba nez à nez avec Ryder, qui la dévisageait de son regard intense, scrutant sa réaction.

Il faisait une chaleur suffocante dans le bar, même en zone V.I.P. pourtant nettement moins bondée, et l'attention de Jamison fut attirée par une goutte de sueur qui roulait le long de sa pomme d'Adam. Elle disparut sous le col de son tee-shirt en V et, l'espace d'une seconde, elle eut envie de la suivre. De goûter à sa saveur salée, avant de promener ses lèvres, sa langue, le long de ce torse sculptural, de ces abdos… Après toutes ces années passées à convoiter Ryder, elle mourait d'envie de découvrir enfin le goût de sa peau.

Ryder plissa les yeux, un peu comme s'il avait deviné ses pensées. Puis il s'approcha d'elle. Ses cuisses musclées effleurèrent sa hanche, et son torse ne fut plus qu'à quelques centimètres de sa poitrine. Elle savait qu'il jouait avec elle, qu'il se pressait contre elle juste pour la tester. Et si cela avait été n'importe qui d'autre du groupe, elle lui aurait asséné un bon coup de coude dans le ventre, ou un coup de genou taquin.

Mais il ne s'agissait pas là de Wyatt, ni de Micah, ni de Quinn. Il s'agissait de Ryder, et peu importait son envie dévorante de le toucher, elle savait qu'elle n'en ferait rien. Pas maintenant. Elle était tellement troublée par cette promiscuité avec lui qu'elle osait à peine ouvrir la bouche. Car si elle parlait, elle trahirait le désir qu'il lui inspirait. Ce qui n'était pas l'option la plus perspicace, surtout que son grand frère à l'instinct surprotecteur n'était qu'à quelques mètres de là.

Captivée, elle regarda Ryder soulever le verre et le porter à ses lèvres. Pencher la tête en arrière et avaler sa boisson. Jamison devina le liquide qui descendait le long de sa gorge, de sa pomme d'Adam et elle fut tellement tentée de lui sauter dessus qu'elle envisagea un instant de se ligoter les mains, juste pour ne pas faire de bêtise. Mais voilà qu'il se rapprochait encore d'elle, son torse bombé frôlant la pointe douloureuse de ses seins. Alors elle oublia toutes ses bonnes résolutions. Et perdit le contrôle de ses mains, qui atterrirent sur sa taille, avant que ses doigts ne se faufilent entre les boucles de sa ceinture. Ryder la plaqua alors contre le bar.

Bon sang ! Elle avait beau être pompette, elle n'arrivait pas à croire ce qu'ils étaient en train de faire… Qu'après toutes ces années, après tout ce temps, Ryder osait se montrer aussi entreprenant. Ici. Maintenant. Avec Jared à quelques mètres d'eux seulement…

De toute façon, elle se fichait de Jared. À cet instant précis, la seule chose qui comptait, c'était ce véritable feu d'artifice entre Ryder et elle. Il la touchait ouvertement, se penchait pour l'embrasser…

Son rêve devenu – presque – réalité s'évanouit quand elle le vit saisir la rondelle de citron du verre posé sur le bar. Puis il recula d'un pas, croquant la pulpe de l'agrume avec un sourire désinvolte. Il lança même à Jared un commentaire au sujet d'une jolie fille assise un peu plus loin au bar. Mais son frère ne prêta aucune attention à la pin-up : il était trop amoureux de sa fiancée – qui se trouvait être sa petite amie de lycée – pour poser son regard sur les nombreuses jeunes femmes qui leur tournaient autour.

En tout cas, les joues de Jamison s'embrasèrent quand elle comprit à quel point elle avait pris ses rêves pour la réalité. Cette tension brûlante entre Ryder et elle, ce désir qu'elle avait senti monter, tout cela n'était qu'à sens unique. Il ne s'était frotté à elle que par stricte nécessité, et non par choix délibéré.

Quelle humiliation… D'une certaine façon, c'était pire que s'il s'était rendu compte du trouble qui avait envahi Jamison. Car si cela avait été le cas, il aurait au moins pu la considérer enfin comme une personne à part entière. Comme une femme, et non juste comme la petite sœur de son meilleur ami. C'est qu'elle avait plus l'impression d'être une sorte de mascotte asexuée de Shaken Dirty que la femme désirable, sensuelle, qu'elle rêvait d'être aux yeux de Ryder. Et de lui seul. L'humiliation était plus douloureuse encore si elle songeait à cette groupie, tout à l'heure, qui n'avait pas douté un seul instant de sa capacité à attirer Ryder dans son lit. À le satisfaire. Qu'est-ce que ces petites pétasses surmaquillées avaient de plus qu'elle ? se demanda amèrement Jamison. Pourquoi est-ce qu'elles y arrivaient, elles, à attirer Ryder ?

Il fit signe au barman de leur apporter une nouvelle tournée, puis s'installa entre Jared et elle, s'accoudant au bar. Il lui tourna le dos pour parler à Jared et soudain, elle ne supporta plus cette proximité avec lui. Elle ne supporta plus ce corps qui l'effleurait de façon insouciante, alors qu'elle était encore en proie à ce désir brutal, à cette brûlante envie de le toucher. Bien sûr, elle ne s'abaisserait jamais à une telle chose. Si Ryder n'avait pas envie d'elle, alors elle n'allait pas l'implorer.

Le barman déposa trois verres de tequila devant eux, et avant de réfléchir à ce qu'elle faisait, Jamison les vida un par un. Elle reposa le dernier sur le comptoir avec un bref vertige, puis s'aperçut que Ryder et Jared la dévisageaient en écarquillant les yeux.

Souriant à contrecœur, elle leur adressa son regard de dure à cuire. À cet instant, le DJ – qu'il soit béni – lança une vieille chanson de Beyoncé, et Jamison se tourna vers la piste de danse.

—J'ai envie de danser, lança-t-elle par-dessus son épaule en se dirigeant vers la piste bondée.

À présent qu'elle marchait, tout se mit à tourner autour d'elle et il lui fallut se concentrer au plus haut point pour ne pas tomber. Jouant des coudes parmi la foule, elle était bien décidée à faire une sortie digne de ce nom. Elle sentait peser de nombreux regards sur elle, et n'avait aucune intention d'apparaître comme cette pauvre gamine qui ne savait pas tenir l'alcool devant Ryder.

Ce qu'elle était, malheureusement.

Au moment où elle posa le pied sur la piste, Micah en sortait, entraînant dans son sillage une jolie blonde en mini-robe rose. Elle lui adressa un petit signe de la main, auquel il répondit en agitant un doigt entre elle et lui – pour lui demander si elle préférait qu'il reste avec elle. Elle aurait bien aimé, mais ne pouvait pas non plus lui casser son coup. Et puis, la blonde n'avait vraiment pas l'air du genre à partager.

Jamison secoua donc la tête et se mêla aux autres danseurs. Elle ne s'arrêta qu'une fois au milieu de la piste, ferma les yeux, puis commença à se déhancher. Après tout, ce n'était pas parce qu'elle ne pouvait pas avoir Ryder qu'elle n'avait pas le droit de passer un bon moment.

— Tu ne vas quand même pas la laisser y aller seule ? lança Ryder à Jared.

La foule était dense, surtout sur la piste de danse, mais la crinière rouge flamboyant de Jamison la rendait facilement repérable. La mâchoire crispée – comme le reste de son corps, d'ailleurs –, Ryder la regarda rejeter la tête en arrière et se trémousser au rythme de la musique. Elle n'était pas la femme la plus légèrement vêtue du club, et il savait objectivement qu'on pouvait ne pas la considérer comme l'une des plus belles. Mais à ses yeux, c'était bien elle. Captivé, il ne put s'empêcher de la contempler.

Elle dansait comme si la chanson avait été écrite pour elle, balançant ses épaules, ondulant ses hanches arrondies en rythme avec les paroles entêtantes. Ses boucles rebelles s'agitaient en tous sens, et elle était plus sexy que jamais. Les yeux fermés, les joues rosies, ses lèvres pulpeuses et empourprées s'entrouvrirent de façon suggestive. On aurait dit une déesse.

Et quand elle se pencha en arrière, remuant ses cheveux en rythme, il s'aperçut qu'il n'était pas le seul homme du club à la regarder. Un certain nombre de danseurs, dont beaucoup avaient pourtant une partenaire, la regardaient avec convoitise. Et ça le rendait dingue. Presque aussi dingue que lorsqu'il avait effleuré ses seins tout à l'heure.

Il n'aurait jamais dû faire une telle chose. Mais ça avait été plus fort que lui. S'emparer de cette rondelle de citron n'était qu'une excuse. Ce qu'il avait voulu, au fond, c'était toucher Jamison, sentir toute sa douceur contre lui, ne serait-ce que quelques secondes… Il avait cru la provoquer un peu, mais en réalité, tout ce qu'il avait réussi à faire, c'était se torturer lui-même.

Tout cela n'était que pure folie. Jamison était une amie de longue date, sans parler du fait qu'elle était la petite sœur de son meilleur ami : il n'avait absolument pas le droit de s'attarder sur sa poitrine, aussi généreuse soit-elle. Ni sur ses fesses aux courbes affolantes. Ni sur ses jambes interminables. Il l'avait connue à un âge où elle portait encore des couettes et jouait à la poupée. Et le seul fait de se complaire à la regarder ainsi était déplacé. Malsain.

Tout comme il était malsain de rester assis là, alors que tous ces hommes fantasmaient sur elle. Jamison s'était déjà retrouvée en position délicate ce soir-là. Et il ne comptait pas rester à rien faire en attendant qu'elle ait de nouveaux soucis.

— Tu ne bouges pas ? demanda-t-il avec insistance à Jared, qui semblait plus absorbé par le contenu de son verre que par ce qui risquait d'arriver à sa petite sœur.

— Pourquoi ? Pour me retrouver encore une fois sur les roses ? fit remarquer Jared avec un sourire suffisant. Tu sais comment réagit Jamison quand je me montre trop protecteur... Et puis, Wyatt et Quinn dansent aussi. Ils surveillent ses arrières.

Ryder se retourna et balaya du regard les danseurs qui s'activaient autour de Jamison. En effet, son batteur et son claviériste avaient largué les filles avec qui ils traînaient jusque-là et commençaient à se déhancher avec Jamison. Ce qui aurait dû le soulager – bon, c'était le cas, mais seulement un peu. Puis il y eut ce slow, au cours duquel elle enroula ses mains autour du cou de Quinn en lui parlant à l'oreille.

Quinn se mit à rire à ce qu'elle disait, puis il posa ses mains sur sa taille pour la serrer un peu près de lui. Trop près de l'avis de Ryder. Mais un seul regard du côté de Jared – qui sirotait une bière de façon très détendue – lui indiqua qu'il réagissait peut-être de façon disproportionnée. Ce qui ne l'aida en rien à se calmer, ni à chasser cette envie soudaine de briser les mains de son camarade. Après tout, tant pis s'ils n'en étaient qu'au début de leur tournée mondiale. Quinn avait-il vraiment besoin de tous ses doigts pour jouer du clavier ?

Ryder avait beau se sentir bête d'être tellement possessif, c'était plus fort que lui. Alors il se tourna vers le barman pour commander un autre verre. Un verre qu'il vida d'une seule traite. Avant d'en demander un autre. La soirée s'annonçait foireuse – elle l'*était* déjà – et après une décennie à les enchaîner, il savait que la seule façon de survivre à ces mauvais moments était de s'abrutir d'alcool.

Sauf que quand il se retourna vers la piste de danse, il vit Quinn se frayer un chemin pour rejoindre le bar, et Jamison danser un slow avec un autre homme.

Un homme qui n'était ni Wyatt, ni Micah.

Un homme qui était sur le point de poser ses mains sur les fesses affriolantes de Jamison. Elle ne semblait pas le repousser, mais elle avait beaucoup trop bu ce soir-là : ce n'était pas comme si elle avait les idées claires. Jared était peut-être trop bête pour comprendre que sa petite sœur était en danger, mais Ryder, lui, ne comptait pas commettre deux fois la même erreur.

Une bouffée d'adrénaline s'empara de lui, et il avait déjà traversé la moitié du club quand il comprit ce qu'il était en train de faire.

Sur la piste, le salaud avait déjà descendu ses mains au creux des reins de Jamison. Ce n'était qu'une question de temps avant qu'il n'atteigne ses fesses. Et dès qu'il le put, Ryder empoigna Jamison par le coude.

—À mon tour, déclara-t-il en la faisant pivoter face à lui.

—Eh là! objecta le don juan d'un soir avant que Ryder ne l'interrompe d'un grognement.

—Toi, tu dégages, lança-t-il en le repoussant violemment.

Le type serra brièvement les poings, comme pour s'en prendre à Ryder. Mais un regard savamment distillé le convainquit d'en rester là, et il tourna piteusement les talons avant de fendre la foule pour retourner là d'où il venait.

Ryder sourit d'un air grave. Parfois, cela avait du bon d'avoir une allure d'emmerdeur.

Et parfois non. Quand il se tourna vers Jamison, elle lui jeta un regard assassin.

—Non mais à quoi tu joues, Ryder? s'exclama-t-elle d'une voix nettement plus haut perchée qu'à l'accoutumée.

—*Toi*, tu joues à quoi?

—Je danse!

—Tu es soûle.

—Et alors?

—Ce type avait ses mains partout sur toi!

Plissant les yeux, elle passa une paume dans sa crinière rousse et Ryder dut déployer des efforts surhumains pour ne pas plonger la main dans ses mèches soyeuses. Pour ne pas enlacer Jamison et la serrer fort contre lui. Pour ne pas…

Il dut se balancer sur ses pieds, en proie à une douloureuse salve de désir. Bon sang, mais qu'est-ce qui n'allait pas chez lui ?

— Ça s'appelle danser !

Là, il vit rouge, et lui adressa un regard sceptique.

— Ah oui, eh bien de mon point de vue, ça ressemblait plutôt à une invitation à s'envoyer en l'air.

Elle blêmit.

— Tu te conduis comme un crétin, Ryder.

— Et toi comme une petite conne ! Tu ne connais pas ces mecs. Tu ne peux pas leur faire confiance.

— Je voulais seulement danser ! insista-t-elle d'une voix tremblotante alors que ses yeux améthyste étaient incandescents de colère.

De colère, mais pas seulement. Il y avait autre chose. Elle semblait blessée. Et il se sentit affreusement mal de lui avoir balancé l'incident des coulisses à la figure. Il avait seulement voulu la protéger. En aucun cas lui faire de mal. Jamison était son amie, elle était la petite sœur de Jared. Sa mission consistait à la protéger, non ?

Il regarda du côté du bar, où Jared était en grande conversation avec Quinn. Mais si Jared ne montrait pas d'inquiétude, de quoi se mêlait-il ? Jamison avait bien le droit de s'amuser un peu, n'est-ce pas ? Surtout après la soirée qu'elle venait de passer.

Bien sûr que oui. Il recula alors d'un pas et se passa une main dans les cheveux, visiblement gêné.

— Désolé, marmonna-t-il. Je n'aurais pas dû.

Sauf qu'il ne le pensait pas vraiment. Virer les sales pattes de ce cochon des fesses de Jamison lui avait paru aussi vital que respirer.

Il secoua la tête pour s'éclaircir les idées. Il lui fallait un autre verre. De toute urgence.

— Tu ne vas quand même pas me laisser toute seule ici ? reprit Jamison en glissant une main sur la couture arrière de son jean. Il me faut un partenaire pour danser.

Il se figea. Les doigts de Jamison lui effleurèrent le bas du dos, éveillant tout un tas de sensations au plus profond de lui.

— J'ai besoin d'un verre, articula-t-il sans se retourner.

— Et moi, j'ai besoin de danser.

Elle lui lâcha le pantalon et Ryder poussa un soupir de… soulagement ? Déception ? Impossible à dire. Du moins pas tant qu'elle gardait ses bras autour de sa taille en se lovant contre lui. Il manqua de gémir en sentant ses seins se presser contre son dos. Bon sang, mais à quoi jouait-elle ? Puis elle se remit à bouger, se déhanchant au rythme de la ballade qui commençait à résonner sur la piste.

C'était un morceau de Shaken Dirty, *Entice*. Il avait écrit les paroles avec Wyatt après une beuverie de trois jours – juste après que Wyatt avait quitté sa copine – et Ryder en avait composé la musique une semaine plus tard. C'était un de ses préférés. Comme pour beaucoup de gens, apparemment, puisqu'elle était classée troisième au hit-parade après avoir culminé dix-sept semaines à la première place.

Il avait écouté cette chanson un million de fois, avait analysé chacun de ses mots, chacun des vers qu'il avait aidé à rédiger, mais pour la première fois, il saisit pleinement le sens du refrain qui tenait énormément à cœur à Wyatt :

> « *I push, you pull.*
> *I walk. You run.*
> *I reach for you and you slip away.*
> *Why do you entice me so ?*
> *Why do you entice me so ?*
> *I'm stunned. I'm stunned. I'm stunned.*[1] »

Il y avait quelque chose de surréaliste à être planté là, à écouter sa propre voix chanter les émotions qu'il ressentait précisément en cet instant.

— À quoi tu joues, Jamison ? demanda-t-il alors en se tournant enfin vers elle.

— Comment, à quoi je joue ?

---

[1]. « *Je vais dans un sens, toi dans l'autre,*
Je marche, tu cours,
Je te tends la main, mais tu m'échappes.
Pourquoi tu m'allumes comme ça ?
Pourquoi tu m'allumes comme ça ?
Je suis scotché, je suis scotché, je suis scotché. »

Il s'apprêtait à lui dire ses quatre vérités, à lui demander de cesser de se jouer de lui, mais son regard était perdu dans le vague, et quand elle recommença à se déhancher, il comprit que cela était plus dû à l'alcool qu'elle avait consommé qu'à la musique qui résonnait dans tout le club. Il ne pouvait pas lui faire une scène alors qu'elle était soûle. Et il ne pouvait pas lui en vouloir d'être soûle après ce qui lui était arrivé tout à l'heure. Autrement, il ne lui restait plus qu'une chose à faire : danser avec elle. Car il était hors de question de la laisser là, vulnérable, offerte au premier venu qui ne manquerait pas d'abuser de son état. Jared avait beau faire comme si de rien n'était, Ryder savait qu'à la seconde même où Jamison enlacerait un inconnu comme elle était en train de l'enlacer, son grand frère ne mettrait pas deux secondes pour venir casser la figure au malheureux. Il lui parut donc… plus simple de danser lui-même avec elle, et d'éviter ainsi un scandale.

Serrant les dents, il se tourna vers Jamison, la prit dans ses bras, et fit de son mieux pour ignorer son parfum envoûtant. Ou la douceur de sa peau. Ou cette sensation étrange que leurs corps avaient été conçus pour aller ensemble.

Elle posa son visage sur son épaule ; et il lui fut soudain immensément reconnaissant d'avoir mis des talons aiguilles. Pour une femme, elle était assez grande – environ un mètre soixante-dix. Mais du haut de son mètre quatre-vingt-quinze, lui pouvait rarement se permettre de simplement poser sa joue sur un visage de femme. C'est donc ce qu'il fit, savourant son parfum fruité, de même que ces boucles rebelles qui lui chatouillaient le nez.

— Merci, murmura-t-elle.

— De quoi ?

— De t'inquiéter, dit-elle dans un soupir. Personne ne s'était encore jamais inquiété comme ça pour moi. Et j'avoue que c'était plutôt agréable.

Il se figea à ces mots.

— Jared s'inquiète pour toi, tu sais.

— Ce n'est pas pareil. C'est mon frère. C'est son boulot.

— Et moi, qu'est-ce que je suis ? demanda-t-il en retenant son souffle, appréhendant sa réponse.

D'ailleurs, il ne savait pas très bien quel genre de réponse il attendait.

Elle s'écarta légèrement, et leva les yeux vers lui, le regard pétillant.

— Tu es Ryder.

Il s'efforça de ravaler la frustration – et l'excitation – qui le consumaient.

— Qu'est-ce que ça veut dire ?

— Tu vois qui je suis vraiment au lieu de voir celle que tu as envie que je sois, soupira-t-elle avant de se blottir de nouveau contre lui. Tout comme moi, je te vois…

Il se figea à ces mots. Elle insinuait qu'elle voyait tout ce qu'il s'efforçait de dissimuler. Cette seule idée le terrassait, le terrifiait. Mais il la trouvait aussi très excitante – il détestait l'admettre, mais à quoi bon se voiler la face quand son corps lui-même réagissait sans équivoque au moindre contact avec Jamison ? Il s'écarta doucement, refusant qu'elle s'aperçoive de l'effet qu'elle avait sur lui.

Mais elle trébucha et retomba sur lui. Serrant les dents, il tenta une nouvelle fois de s'éloigner. Et une fois encore, elle s'avachit contre lui.

Un accès de colère s'empara de lui. Bon sang, mais à quoi jouait-elle ? Elle avait décidé de le rendre dingue ?

Il posa ses mains à plat sur ses épaules pour la regarder en face. C'est alors qu'il comprit. Quel imbécile !

Jamison ne cherchait pas délibérément à se coller à lui, encore moins à le rendre fou de désir. Pendant tout ce temps où il avait cru qu'elle le désirait, elle s'était tout simplement évanouie sous l'effet de l'alcool. Là, au beau milieu de la piste de danse.

Chapitre 4

Jamison se réveilla dans le noir avec une migraine à se taper la tête contre les murs. L'esprit brumeux, elle se demanda où elle pouvait bien se trouver. La dernière chose dont elle se souvenait, c'était d'avoir vidé cul sec trois verres de tequila d'affilée. Bon, elle se rappelait aussi vaguement avoir dansé avec Wyatt, puis Quinn un peu plus tard, mais rien de plus. Mais elle n'avait pas la moindre idée de la façon dont s'était achevée la soirée. Encore moins de la façon dont elle était arrivée là.

Il y avait sans doute de quoi paniquer – en d'autres circonstances, c'est probablement ce qu'elle aurait fait. Mais elle avait passé la soirée avec Shaken Dirty. En aucun cas son frère, Ryder ou les autres ne l'auraient laissée faire une bêtise – comme rentrer avec un inconnu par exemple. Avec eux, elle se savait toujours en sécurité.

Poussant un grognement, elle se retourna entre les draps et enfouit son visage sous l'oreiller. Argh. Et ses amis d'apprentissage se demandaient à l'époque pourquoi elle n'aimait pas faire la fête ? Mais quel plaisir pouvait-on éprouver à perdre la maîtrise de soi au point de ne plus se souvenir de ce qu'on avait dit ou fait la nuit précédente ? Ou pire encore, au point de devoir s'en remettre à quelqu'un d'autre pour rentrer au bercail ? N'y avait-il pas quelque chose de particulièrement humiliant à cela ? Surtout vu ce à quoi elle avait échappé après le concert de la veille.

S'enfonçant un peu plus dans l'oreiller, elle s'efforça de reconstituer le puzzle. Bon, elle se souvenait clairement avoir dansé avec Wyatt. Et aussi avoir vaguement flirté avec Micah – sans toutefois se rappeler ce qu'ils s'étaient dit. Ensuite elle avait… dansé un slow avec Ryder ? Cette seule image la fit trembler comme une feuille et la submergea d'une sourde appréhension : de quoi avaient-ils parlé ? Qu'avait-elle fait au juste ? Pourrait-elle le regarder de nouveau dans les yeux après cette soirée ? Et dire qu'elle avait passé des années à dissimuler ses sentiments pour Ryder… Pourvu qu'elle n'ait pas gâché tous ses efforts à cause d'une seule soirée trop arrosée.

Or elle avait beau tenter de se remémorer les événements, rien ne lui revenait. C'était comme si ses souvenirs étaient là, à portée de main, mais se dérobaient à elle, happés par des sables mouvants. Plus elle essayait de recouvrer la mémoire, plus il lui semblait approcher de la vérité, plus elle s'enfonçait. C'était tout bonnement épouvantable.

Prenant une grande respiration, elle s'efforça de garder son calme. Plus facile à dire qu'à faire. D'autant que cette délicieuse odeur sur l'oreiller avait tendance à la distraire. Une odeur douce, fraîche, savant mélange d'agrumes avec une pointe iodée, qui lui rappelait l'océan, tumultueux et indomptable.

Cette odeur... Mais c'était celle de Ryder ! comprit-elle soudain à son plus grand désarroi.

Non, ce n'était que pure folie. Si quelqu'un lui avait laissé son lit, cela aurait dû être Jared – lui-même se serait fait prêter une banquette ou quelque chose dans le genre. Car son frère avait beau faire une confiance aveugle à Ryder et aux autres membres du groupe, il leur avait depuis longtemps fait comprendre que sa petite sœur était hors catégorie pour eux. Elle lui avait d'ailleurs largement reproché son côté protecteur quand elle était plus jeune. À vrai dire, cela la mettait hors d'elle. Mais en même temps, elle ne pouvait s'empêcher de trouver cela charmant. Et même appréciable. Car quand elle était avec lui ou le reste du groupe, elle s'était toujours sentie en sécurité.

Elle se leva avec précaution et regarda autour d'elle. Difficile d'y voir clair dans la pénombre, mais elle comprit qu'elle ne se trouvait pas dans le bus de tournée. Le lit était beaucoup trop grand, le décor bien trop opulent. Non, elle était manifestement dans un hôtel. Et d'après le mobilier qu'elle distinguait autour d'elle, dans une des meilleures chambres.

Les gars avaient dû la raccompagner dans une suite de leur hôtel. Jared lui avait expliqué qu'ils ne dormaient dans le bus de tournée que lorsqu'ils voyageaient entre deux villes. S'ils devaient donner plusieurs concerts au même endroit, la maison de disques leur réservait généralement un hôtel.

Sachant qu'elle ne se rendormirait pas avant de découvrir précisément où elle se trouvait, Jamison sortit du lit sur la pointe des pieds. Elle avait la tête qui tournait un peu, mais ne se sentait pas nauséeuse. Elle avait juste soif. Et terriblement mal à la tête.

Elle alluma la lampe de chevet, mais proféra un juron car la lumière décupla la douleur lancinante dans son crâne. D'un geste fébrile, elle l'éteignit aussitôt, puis s'affala sur le lit, attendant quelques secondes que la douleur s'estompe. C'est alors qu'elle fut assaillie de remords. Bon sang, mais comment avait-elle pu croire qu'elle pourrait faire la fête comme une rock star en toute impunité…

À cet instant, le visage à la fois énervé et inquiet de Ryder apparut devant ses yeux mi-clos. Un cri de stupeur lui échappa, et elle pria pour que cela ne soit qu'une hallucination, et non un souvenir. Car si elle était capable d'encaisser un certain nombre de choses, se ridiculiser devant Ryder n'en faisait pas partie. L'espace d'une seconde, elle envisagea même sérieusement de filer à l'anglaise en pleine nuit plutôt que d'avoir à affronter son air méprisant au petit matin. Si elle prenait la fuite, les autres seraient morts d'inquiétude. Et malgré ses souvenirs épars, elle savait qu'elle les avait déjà suffisamment inquiétés la veille au night-club.

Finalement, la douleur se fit moins paralysante et elle put se relever. Elle se dirigea alors vers la salle de bains attenante, où elle s'aspergea le visage d'eau et se brossa les dents dans une tentative désespérée de retrouver figure humaine. Puis elle s'engouffra dans le petit couloir qui menait vers ce qui devait être le salon. Quelqu'un avait laissé une petite lampe allumée, et la télévision diffusait en sourdine une publicité vantant les mérites d'un produit contre l'acné. En d'autres circonstances, ce genre de bêtise lui aurait fait lever les yeux au ciel, sauf que pour l'instant, le simple fait de respirer constituait pour elle un gros effort, pour ne pas dire une torture.

Au lieu de cela, elle s'avança vers le canapé, puis vers la télévision qu'elle pensait éteindre. Mais elle se figea en apercevant Ryder allongé sur le canapé, plongé dans un profond sommeil.

Son sang ne fit qu'un tour. Elle avait donc *vraiment* pris son lit ? Ses joues s'enflammèrent à la seule idée qu'elle sortait tout juste des draps de Ryder. Que cette odeur d'agrume qui avait chatouillé ses narines était bel et bien la sienne. Qu'il avait bien dormi dans ce même lit, dans ces mêmes draps, la nuit précédente.

Elle le regarda remuer en marmonnant dans son sommeil quelques mots inaudibles. Il était tellement beau, étendu, là devant elle. Tellement relâché, vulnérable, innocent. Aucun de ces qualificatifs ne lui serait venu à l'esprit au sujet de Ryder en temps normal. Mais il n'avait pas été épargné par la vie, et quand il ne dormait pas, lui-même n'épargnait personne. Sauf que là, endormi devant elle, il lui parut tellement vulnérable qu'elle en eut un pincement au cœur.

Sans réfléchir, Jamison s'agenouilla près de lui. Torse nu, il n'était vêtu que d'un bas de pyjama qui descendait assez bas pour révéler les lignes musclées de ses abdos. Oh, comme elle brûlait d'envie de poser ses mains, ses lèvres sur la peau hâlée de son torse ! Sur les lignes sombres, sensuelles de ses tatouages qui recouvraient la majeure partie de sa poitrine. Mais elle n'en avait pas le droit. Cet homme n'était pas pour elle. Il ne serait *jamais* pour elle. Et elle n'était pas désespérée au point de lui voler dans son sommeil ce qu'il n'était pas prêt à lui offrir quand il était réveillé.

Au lieu de cela, elle resta assise, à le contempler dans la pénombre, laissant chaque détail s'imprimer dans sa mémoire. Après tout, une telle occasion ne se reproduirait sans doute jamais.

Elle examina longuement ses tatouages, se demandant comment elle n'avait jamais remarqué que les épaisses bandes noires à motifs tribaux semblaient emprisonner le phœnix se relevant de ses cendres sur le bras de Ryder. C'était un des plus beaux tatouages qu'elle avait jamais vus, mais à bien y réfléchir, à le contempler sous cet angle, elle se rendait compte qu'il avait quelque chose de violent qui reflétait le côté destructeur de Ryder.

Oh, elle l'avait déjà vu dans une pose similaire – cheveux en désordre, torse nu et tatouages de *bad boy* – en couverture de *Rolling Stone*. Tout comme en cet instant, ses joues étaient assombries par une barbe de trois jours, ses oreilles – et un de ses tétons – affichaient de multiples piercings argentés. Mais la ressemblance s'arrêtait là. Pour la séance photo, Ryder avait effacé toute trace de fragilité, offrant de lui l'image que le public attendait : celle d'un dur à cuire, menant une vie très *sex, drugs & rock'n roll*. Et il incarnait ce rôle à merveille. Tellement bien qu'il était presque impossible de se souvenir qu'il ne s'agissait que d'une façade.

Et puis, quand il dormait, il n'y avait plus cette distance qu'il instaurait entre lui et les gens. Évaporée, la muraille qu'il avait érigée entre lui et le reste du monde. Au lieu de cela, il semblait fatigué, abandonné, comme si le fait de dissimuler sa vraie nature l'avait épuisé.

Ça lui fit mal de penser à tout ça. Si seulement Ryder pouvait se rendre compte à quel point il était formidable… À quel point il n'avait plus besoin de se fuir. Non pas qu'elle ne comprenne ce qui le poussait à agir ainsi. Quand on avait grandi avec un père comme celui de Ryder, qui frappait femme et enfant et passait sa vie à vous renier et à vous en vouloir de tout ce qui ne tournait pas rond, il était difficile d'aller de l'avant et de se reconstruire une dignité. Plus difficile encore de laisser qui que ce soit entrer dans votre vie, alors que vous déployez des efforts surhumains pour faire bonne figure, pour dissimuler vos fêlures.

Ryder s'étira de nouveau, et elle se leva d'un bond. Elle aurait pu passer le reste de la nuit assise là, à le contempler, mais cela aurait été une intrusion dans son intimité. Intrusion qu'il n'apprécierait guère s'il venait à se réveiller.

Un peu plus alerte qu'à son réveil, Jamison rejoignit le bar dans un coin de la suite. Elle prit une petite bouteille d'eau dans le Minibar, et en but de longues gorgées. Après l'avoir vidée, elle s'en servit une deuxième et avala deux comprimés d'Advil dans le flacon qui semblait l'attendre sur le bar. Puis elle se dirigea vers l'immense baie vitrée qui offrait une vue plongeante sur San Diego.

La ville semblait si paisible vue d'en haut. Ses lignes épurées, harmonieuses, tutoyaient la perfection. Jamison ignorait dans quel hôtel ils se trouvaient, mais le port ne devait pas être loin à en juger par la masse noire et ondulante qu'elle devinait derrière la lueur fluorescente des gratte-ciel.

Elle sourit, saisie par un vertige. Elle avait beau ne pas apprécier les excès de la vie de rock star, cela ne la dérangeait absolument pas de partager leur quotidien. La suite était splendide, la vue à couper le souffle. Rien à voir avec l'appartement que partageaient les gars à l'époque où Shaken Dirty en était encore à ses débuts. Et encore moins avec le minuscule studio où elle vivait, en lointaine banlieue, dans un quartier où personne ne pouvait se dispenser d'installer des barreaux de sécurité aux fenêtres ou des serrures à triple points.

Posant ses doigts sur la vitre, Jamison admira la ville endormie qui s'étalait devant elle. Elle se mit à penser à son avenir immédiat. Celui-ci lui paraissait compromis.

Combien de temps était-elle restée ainsi, à siroter son eau en s'efforçant de ne pas se poser trop de questions, malgré la fatigue qui l'envahissait ? C'est qu'elle n'avait pas fermé l'œil de la nuit précédente : trop énervée au sujet de sa voiture, de son ex-petit ami, de son travail, et de ses économies qui fondaient comme neige au soleil, elle n'avait pas pu trouver le sommeil. Et elle n'avait pas dû dormir beaucoup cette nuit-là non plus. La dernière fois qu'elle se souvenait avoir consulté sa montre, il était 2 heures du matin. Et à en juger par les premières lueurs de l'aube qui pointaient à l'horizon, elle n'avait pas dû se reposer longtemps.

Elle venait à peine de traverser la pièce pour éteindre la télévision quand Ryder émit quelques sons étouffés. Sa voix était inintelligible, on y devinait l'inconfort, la détresse. Le cœur de Jamison se mit à battre plus fort, et elle se retourna d'un bond vers lui, persuadée qu'il allait vomir. Sans doute n'avait-elle pas été la seule à abuser de la tequila, la veille au soir.

Sauf qu'au premier regard, elle comprit que même une violente nausée aurait été préférable à *cela*. N'importe quoi aurait été préférable à *cela*. Ryder semblait terrifié, traumatisé. Les paupières crispées, il ouvrit grand la bouche d'un air horrifié. Puis il se débattit, donnant des coups de pied dans le vide, poussant des cris sinistres qui glacèrent le sang de Jamison.

— Non ! hurla-t-il. Ne fais pas ça, non ! Je t'en supplie !

La gorge nouée, Jamison se jeta au sol, tout près de lui.

— Tout va bien, Ryder, ce n'est qu'un rêve.

Sauf qu'il était trop pris dans son cauchemar pour l'entendre.

Elle avait lu quelque part qu'il ne fallait surtout pas réveiller quelqu'un en plein rêve. Mais pas question de laisser Ryder dans cet état. Car cela crevait les yeux : il souffrait le martyre. Des plaintes gutturales s'échappaient de sa gorge. Non, elle ne pouvait en aucun cas le laisser dans cet état.

— Ryder, je t'en prie, reprit-elle en posant une main sur son épaule pour le secouer doucement. Tout va bien, je suis là, mon cœur, je suis là.

Comme cela ne fut suivi d'aucun effet, elle lui saisit la main et la serra fort. Alors, il la prit délicatement dans ses bras.

Elle poussa un petit cri de surprise, mais n'opposa aucune résistance. Pas plus que lorsqu'il la fit rouler sur lui pour l'attirer contre son corps prostré. Elle se laissa faire. Parce que c'était Ryder. Et même endormi, même en pleine tourmente, elle savait qu'il n'était pas comme Max. Qu'il n'essaierait jamais de lui faire du mal.

— Ryder, mon cœur... Réveille-toi, chuchota-t-elle, son visage à quelques centimètres du sien.

Mais il ne réagit pas. Pas même un battement de cils, ni un hochement de tête pour lui indiquer qu'il l'avait entendue. Ce qui l'effraya bien plus que de s'être retrouvée à califourchon sur lui. Elle essaya toutefois de se dégager, de se redresser, espérant que le mouvement allait tirer Ryder de son sommeil agité. Mais tout ce qu'elle réussit à obtenir, c'est une main plantée sur sa hanche pour la maintenir sur lui, et une autre qui se faufila dans ses cheveux.

— Ryder ! s'écria-t-elle, pantelante, reconnaissant à peine sa voix.

Or comment rester de marbre, alors que le corps de Ryder – son corps musclé, raide, *excité* – se pressait contre le sien de la plus intime des façons ? Elle avait beau ne pas avoir la moindre idée de ce que pouvaient signifier ces gestes, rien à faire : elle sentit la pointe de ses seins se durcir douloureusement, et une sourde envie poindre entre ses jambes, là où Ryder se mit à remuer juste sous son bassin. Tout cela était mal, et elle s'en voulait terriblement… Oui, mais elle ne pouvait pas plus empêcher sa réaction physique, que Ryder ne pouvait empêcher ses cauchemars.

D'un autre côté, elle ne pouvait pas continuer. Il fallait absolument qu'elle s'écarte de lui. Tout de suite. Mais alors qu'elle repoussait ses mains pour tenter de descendre du canapé, il ouvrit brusquement les paupières et la regarda droit dans les yeux.

— Reste, murmura-t-il.

Elle se figea. Il la voyait vraiment ? Était-ce bien à *elle* qu'il s'adressait ? Ou s'agissait-il juste d'une parole désespérée, adressée à un personnage de son cauchemar ?

— S'il te plaît, Jamison, ne pars pas... Ne me laisse pas, articula-t-il à voix basse.

D'une voix rauque, implorante.

Et, avant même qu'il ne l'attire contre lui pour enfouir son visage au creux de son cou, Jamison sut qu'il était inutile de lutter.

Chapitre 5

Les dernières images du cauchemar de Ryder s'évanouirent, chassées par le parfum de miel et de pêche de Jamison qui l'enveloppait tout entier. Il savait qu'il rêvait encore, que dans quelques minutes il ouvrirait les yeux, et que ces brefs instants de paix s'effaceraient. Mais pour l'heure, il profitait du répit que lui offrait cette Jamison Idéale. Il s'en délectait, jusqu'à se perdre en elle.

Inspirant une grande bouffée d'air, il garda son parfum au plus profond de lui, alors que les spectres du passé menaçaient de reprendre le dessus. Il s'agissait là d'une lutte sans espoir, et qui le déchirait de l'intérieur un peu plus chaque jour qui passait. Mais il se devait d'essayer, il se devait de continuer à apaiser cette douleur, à mettre fin à tous ces échecs, et cesser de gâcher les occasions qui s'offraient à lui.

Au-dessus de lui, Jamison susurrait des paroles de réconfort. Ses doigts fins s'enfonçaient délicatement dans ses cheveux, démêlant les mèches qui lui barraient le visage. Il se raidit au début. Voilà bien longtemps que personne ne l'avait consolé ainsi. Si bien qu'au départ, il ne sut comment réagir. Mais finalement, il se détendit et s'abandonna complètement à elle.

Comment faire autrement, alors que ses mains l'apaisaient comme personne ? Il n'avait pas la moindre idée de la façon dont elle s'était retrouvée là, dans son rêve, mais mieux valait sans doute ne pas trop se poser de questions. En tout cas, il refusait de la laisser tomber, alors qu'il sentait l'angoisse et le dégoût de lui-même s'évaporer lentement, et se terrer tranquillement au plus profond de lui – là où il les enfermait d'habitude. Mais cette disparition de ses tourments, même le temps d'un rêve, lui procurait une telle impression de soulagement !

Combien de temps était-il resté ainsi, perdu dans cette sensation nouvelle d'avoir Jamison qui le cajolait ? En tout cas, chaque seconde de ce songe était une bénédiction. Elle ne bougeait pas, respirait à peine, et se contentait de garder ses bras autour de lui, le laissant absorber toute sa chaleur bienveillante, toute sa tendresse. Il n'avait plus ressenti de telles émotions depuis si longtemps…

Mais rien n'était éternel, et surtout pas les rêves. Même s'il avait passé chaque nuit de la dernière décennie hanté par eux. Chaque nuit depuis la mort de Carrie. Chaque nuit, à attendre que le petit matin vienne le délivrer de ses cauchemars.

Or cette fois, c'était différent. Il ne voulait pas que cela se termine, il ne voulait pas renoncer à cette nouvelle sensation. Mais Jamison se remit à onduler contre lui jusqu'à ce qu'une chaleur équivoque les envahisse.

Il gémit à son contact, posa une main sur sa hanche, et l'attira à lui jusqu'à plaquer son pubis contre le sien. Plus tard, il s'en voudrait à mort d'avoir fait ce rêve, d'avoir réduit la petite sœur de Jared à un vulgaire fantasme sexuel, mais pour l'instant, c'était trop bon, impossible de s'arrêter. Impossible de résister. Et puis, ce n'était qu'un rêve. Personne ne saurait quel genre d'idées malsaines il avait à l'esprit. Cela ne lui donnerait qu'une raison de plus de se détester.

Mais ça, ce serait pour plus tard. Beaucoup plus tard.

Il se cambra et se planta tout contre les cuisses humides et brûlantes de Jamison, se délectant de ces petits frissons de désir qu'elle ne cherchait pas à dissimuler. Ses petits tétons durcis vinrent le poignarder à travers le tissu léger de sa blouse. Il en eut l'eau à la bouche. Oh, comme il avait envie d'y goûter. Avec ses lèvres. Avec sa langue.

Le souffle court, il faufila sa main sous son vêtement. Il voulait la regarder, découvrir si la pointe de ses seins était d'un rose aussi délicat que ses lèvres. Mais alors que ses doigts atteignaient sa poitrine, elle tressaillit et se mit à haleter.

Il adora ce petit bruit. Et voulut s'en délecter encore et encore. Alors il promena son pouce autour de son téton. Une fois. Deux fois. Encore et encore. Jusqu'à ce que son corps tout entier se mette à trembler.

— Ryder… Qu'est-ce que tu fais ? demanda-t-elle en brisant sa voix sur la dernière syllabe.

À vrai dire, il n'en avait pas la moindre idée. Mais c'était trop bon pour arrêter, non ? Pas maintenant. Ni jamais, d'ailleurs. Ramenant son autre main sur la hanche de Jamison, il la plaqua encore plus fermement contre lui. Une salve de plaisir — brut, puissant, bouleversant — le traversa de part en part à ce contact, lui arrachant un gémissement. Comme il avait envie d'aller plus loin avec elle… D'aller jusqu'au bout.

Oui, il avait envie d'elle. Il avait envie de *Jamison*. Elle et personne d'autre. Et les images se succédaient dans sa tête. Des images où il embrassait, où il caressait chaque centimètre carré de son corps. Des images où il lui faisait l'amour de tout son corps, de toute son âme.

Il voulait l'attacher, la voir complètement soumise à son bon vouloir pendant qu'il lui infligerait autant de plaisir qu'elle pourrait en recevoir.

Il voulait la plaquer contre ce canapé et lui faire l'amour jusqu'à lui en faire perdre la tête, jusqu'à en perdre haleine, jusqu'à l'éblouir entièrement.

La faire asseoir sur son visage et savourer chaque goutte de son doux nectar jusqu'à la faire jouir, jusqu'à lui faire crier son nom.

Oh, il suffirait de pas grand-chose. Car il devinait son excitation. Il percevait nettement la chaleur brûlante de sa culotte à travers le tissu de son pantalon de pyjama.

Ce détail l'interpella pour la première fois depuis que son cauchemar s'était changé en un des rêves les plus torrides qu'il avait jamais eus. Bon sang, mais à quoi jouait donc son inconscient ? Pourquoi Jamison portait-elle une culotte ? Et que faisait-il dans un bas de pyjama ? Pourquoi n'était-elle pas nue, son sexe brûlant et offert à lui de sorte qu'il puisse s'y glisser directement et…

—Ryder ! pantela-t-elle en le secouant doucement tout en continuant d'onduler contre lui. Est-ce que tu es réveillé ? Est-ce que…

Du bout de la langue, il remonta le long de sa gorge. Hmm. Sa peau était aussi suave qu'il l'avait imaginé. Il lui mordilla le cou puis la nuque, avant de laver ses petites morsures avec sa langue. Le cœur de Jamison tambourinait si fort, si vite, qu'il le sentait battre contre son torse, et même au creux de son cou. Il adorait la voir aussi excitée – il en était même émerveillé – mais de nouveau, il s'étonna : sa réaction physique semblait étrangement réelle.

Puis elle plongea ses doigts dans ses cheveux de plus belle, les serrant jusqu'à lui faire mal. De son autre paume, elle lui frappa le torse comme pour s'écarter, se dégager de lui. Il resserra alors son étreinte, tentant de l'empêcher – elle et le rêve – de lui échapper. Pas question de revenir à ce froid sidéral, à cette solitude abyssale. Pas maintenant, pas au moment où cette Jamison rêvée venait de lui faire découvrir tout ce à côté de quoi il était passé pendant toutes ces années.

Mais la voix de Jamison se fit insistante, pressante même : elle cria de nouveau son nom.

— Ryder ! Ryder !... Allez, Ryder, ouvre les yeux pour moi ! Ouvre les yeux !

Elle lui secoua les épaules, lui tira les cheveux, et les derniers soubresauts de son rêve s'évanouirent.

Avec un soupir de désarroi, il se redressa tant bien que mal. Quelque chose clochait. Il sentit un poids léger sur ses genoux. Un poids qui se pressait contre son torse. Le poids d'une femme légère et gracile.

Alarmé, une onde de panique acheva de le réveiller. Il rouvrit brusquement les yeux et s'efforça de distinguer le visage inquiet qui se tenait à peine à quelques centimètres de lui. C'est seulement à cet instant qu'il comprit. Tout ce qui s'était passé durant ces dernières minutes — ces dernières heures ? — n'était pas un rêve. Jamison était assise sur lui. À califourchon. Et son sexe, son sexe tellement doux, humide et envoûtant était intimement blotti tout contre le sien.

Jared allait le tuer. Enfin, à supposer que Ryder ne se suicide pas avant.

Si elle avait besoin d'une preuve du fait que Ryder n'était pas réellement avec elle pendant qu'il lui prodiguait ses caresses, Jamison l'obtint à la seconde même où il ouvrit grand les yeux. Cette fois, il était bel et bien réveillé. Une expression d'horreur absolue apparut sur son visage, puis il se redressa si brusquement qu'elle en tomba à la renverse sur le tapis.

— Désolé ! s'exclama-t-il en lui tendant la main pour l'aider à se relever.

Or il semblait tellement horrifié par ce qui venait de se passer qu'elle repoussa sa paume. Pas question pour elle de le laisser la toucher alors qu'il n'en avait manifestement aucune envie.

— Tu ne t'es pas fait mal ? demanda-t-il dès qu'elle se fut relevée.

Elle lui lança un regard agacé.

— Je ne suis tombée que de trente centimètres de haut.

Il se passa une main dans la nuque.

— Je voulais dire… Enfin… Je ne voulais pas te faire tomber. Je ne t'ai pas blessée au moins ?

Seulement au moment où tu as complètement flippé en comprenant qui tu serais contre toi.

Mais pas moyen de lui rétorquer un truc pareil. Et ce, malgré la blessure qu'elle avait ressentie devant l'aversion évidente qu'elle lui inspirait. Eh oui, Ryder Montgomery, chanteur de rock et véritable bombe sexuelle, était en tout état de cause traumatisé par le simple fait de lui avoir caressé les seins…

Au fond, elle savait bien que cela avait plus à voir avec *qui* elle était qu'avec ce à quoi elle ressemblait. Ce qui ne l'empêchait pas de se reprocher sa stupidité. Elle avait été stupide de croire, ne serait-ce qu'une seconde, que Ryder pourrait avoir envie d'*elle*. Qu'il aurait pu s'unir *physiquement* à elle. Cela, alors qu'elle partait déjà avec au moins deux handicaps : être la petite sœur de son meilleur ami, et ne mesurer qu'un petit mètre soixante-dix alors que Ryder ne sortait qu'avec des mannequins à la taille de guêpe. Ajoutez à cela le fait qu'elle faisait une taille 40 au lieu d'un 34, elle aurait tout aussi bien pu s'accrocher un panneau autour du cou portant l'inscription : « Mets-moi un râteau, je ne vaux pas mieux que ça. »

— Ça va. Tu étais endormi. Je comprends, dit-elle en rejoignant le bar pour se servir une autre bouteille d'eau – plus pour se donner une contenance que pour se désaltérer.

— Ce n'est pas une raison. Tu aurais au moins dû me secouer, reprit-il en tapant du pied sur le tapis. J'espère que je ne t'ai pas fait peur.

Il accéléra ses battements de pied, signe manifeste que son agitation allait croissant.

— Je n'ai pas eu peur ! Bon sang, mais pour quel genre de nana est-ce que tu me prends ?

Il la dévisagea longuement en clignant des yeux, visiblement choqué par son accès de colère. Mais franchement, combien de fois un homme devait-il s'excuser d'avoir touché une fille sans que l'ego de celle-ci en prenne un petit – bon, d'accord, un gros – coup ?

— C'est que… Max a bien failli…

— Oh, lâche-moi avec ça. Aucune chance que je puisse un jour te confondre avec ce type. Je te rappelle que j'étais complètement réveillée, moi. Si j'avais eu peur que tu me fasses mal ne serait-ce qu'un instant, je t'aurais flanqué une bonne gifle. Et c'est moi qui me serais alors confondue en excuses pendant que toi, tu ferais tout pour minimiser l'incident, assena-t-elle avant de faire semblant de réfléchir. Quoique, tu ne te serais peut-être pas montré aussi indulgent que moi…

— Comment ça, *peut-être* ? s'esclaffa-t-il.

— OK, alors disons *certainement*, grommela-t-elle en lui lançant une bouteille d'eau. Bon, on est quittes, alors ? Tu as fini de te flageller pour un geste que tu as eu dans ton sommeil ?

Il but l'eau d'une seule traite, avant d'abaisser lentement la bouteille de façon à mieux la dévisager de ses grands yeux couleur onyx.

— Je ne me flagellais pas.

— Arrête, ça laissait presque des marques sur ta peau…

— Je m'inquiétais seulement pour toi. Je ne voulais pas que tu croies…

— Et moi, je m'inquiétais pour *toi*. Quel que soit le rêve que tu faisais, cela avait l'air absolument affreux. C'est pour ça que je suis venue te rejoindre, au départ.

Elle avait choisi ses mots délibérément, afin de l'obliger à cesser de s'excuser. Mais à la seconde même où elle les prononça, elle regretta de ne pouvoir les effacer. Car Ryder se renferma littéralement sur lui-même.

— Ah oui, dit-il avec un haussement d'épaules tout en gardant un visage impassible. Je ne me souviens de rien, donc ça ne devait pas être si mal.

À ces mots, il rejoignit le bar, reposa la bouteille d'eau et alla chercher deux verres et une bouteille de tequila.

—Tu ne crois pas que tu as déjà eu ta dose ?

Les mots s'échappèrent de ses lèvres avant qu'elle ait le temps de réfléchir. Ce n'étaient pas ses affaires, mais tout de même. Si Ryder passait son temps à noyer les fantômes qui le poursuivaient dans l'alcool, il finirait cramé avant l'âge de trente-cinq ans.

Il haussa un sourcil.

—Alors là, c'est vraiment l'hôpital qui se fout de la charité ! Si mes souvenirs sont exacts, c'est toi qui étais ivre au point d'engloutir trois tequilas d'affilée hier, avant d'aller danser, puis de t'évanouir dans mes bras !

Elle sentit ses joues s'embraser.

—Excuse-moi, Ryder. J'ai passé une semaine affreuse, mais ce n'est pas une excuse. Je me suis comportée de façon complètement irresponsable.

—Bah, ça arrive aux meilleurs d'entre nous, répliqua-t-il en levant son verre comme pour trinquer avant de le vider. Et puis, ce n'est pas auprès de moi que tu devrais t'excuser. Tu as complètement fait flipper Jared.

Ça, elle n'en doutait pas une seconde.

—Et pourtant, il t'a laissé me ramener dans ton lit.

—Je ne dors pas beaucoup. C'était moi que ça gênait le moins.

Elle voulait bien le croire. Avec les cauchemars qui le hantaient, c'était même un miracle qu'il arrive à dormir tout court. Prenant conscience de cela, la colère qu'elle éprouvait à l'encontre de Ryder s'évapora. Pas étonnant de le voir s'accuser de ce qui s'était passé sur le canapé. Il s'en voulait toujours pour tout de toute façon.

— Tu veux essayer de dormir un peu plus ? demanda-t-elle. Le jour se lève tout juste.

— Non, répondit-il sans prendre la peine de consulter le réveil. Ça va. Toi, en revanche, n'hésite pas à retourner au lit. Tu dois être exténuée.

C'était peu dire. Mais il semblait tellement triste et abandonné, là, avec cette bouteille de tequila serrée entre les mains comme un doudou, que Jamison ne put tout simplement pas le laisser en plan. Tant pis si cela faisait d'elle la fille la plus stupide au monde.

— En fait, je me sens bien, affirma-t-elle. Mais je meurs de faim. Et si on appelait le room-service avant de se regarder un film ?

— Tu ne vas pas au travail ?

— Non. Je ne travaille pas aujourd'hui.

Techniquement, elle ne mentait pas, n'est-ce pas ? Après tout, elle était en congé forcé. Ce jour-là. Mais aussi le lendemain. Et les jours suivants... Mieux valait ne pas trop y penser, sinon elle allait elle aussi finir par se servir un shoot de tequila.

— Alors, qu'est-ce que tu en dis ? reprit-elle en lui prenant la bouteille des mains avant de la poser sur le bar.

Ryder la regarda faire d'un air mi-amusé, mi-exaspéré, mais ne dit pas un mot au sujet de la tequila.

—Je te commande des œufs ? insista-t-elle.

—On voit que tu ne te prends pas souvent des cuites, finit-il par répondre. Le vrai petit déj' d'attaque pour les lendemains de cuite, ce sont des gaufres. En forçant sur le sirop d'érable. Et avec du bon bacon.

—Double dose de bacon, hein ?

—Carrément !

Elle s'empara du téléphone et lui tourna le dos, pour dissimuler son sourire en coin.

—Alors va pour un double bacon !

Chapitre 6

Ils se retrouvèrent devant *Avengers*, à s'empiffrer de gaufres dégoulinant de sirop d'érable, de crème fouettée et de fraises. Tout cela semblait un peu surréaliste après ce qui avait failli se passer, mais Ryder était incapable de se rappeler la dernière fois où il avait passé un aussi bon moment.

Bien sûr, dès qu'il montait sur scène, il s'éclatait en chantant, en faisant des duels de guitare avec Jared, en électrisant les foules… Mais à chacune de ses performances il ne faisait que répondre à des attentes – celles des fans, celles des autres membres du groupe, celles des organisateurs de la tournée, du management et de la maison de disques. Mais surtout à ses propres attentes. Le pire, c'était ce sentiment de n'être que rarement à la hauteur. Comment pourrait-il l'être quand il passait tellement de temps à se demander comment, quand et où il allait tout flanquer en l'air ? Voilà ce qu'il avait hérité de son père. Et de Carrie.

Mais au côté de Jamison, il ne ressentait rien de tout cela. En tout cas pas depuis qu'elle lui avait clairement assuré qu'il n'avait pas tout gâché avec elle, lors de sa petite escapade sur le canapé. Il ne l'avait pas vexée, il ne lui avait pas fait peur, ni même… Non, il s'interdit de penser à cela avant que son imagination ne prenne le dessus. Pas la peine de ressasser de vieux principes immuables contre lesquels il ne pouvait rien. Pas ici, pas maintenant.

— Bon, j'ai une question très sérieuse à te poser, lança Jamison alors qu'elle nouait ses cheveux en un chignon négligé.

Elle fixa sa nouvelle coiffure à l'aide de crayons qu'elle trouva dans son sac à main. Or en quelques secondes seulement, des mèches rebelles s'en échappèrent et retombèrent négligemment sur ses joues ou sur sa nuque.

Avec un soupir d'agacement, elle se remit à les enrouler autour du chignon. Mais elle n'avait pas encore réussi à les dompter quand Ryder lui arracha les trois crayons des mains et les extirpa de ses cheveux. Il les lança à l'autre bout de la pièce, puis contempla ses mèches bouclées qui retombaient en cascade sur ses épaules. Cette chevelure sauvage, qui refusait de se laisser dompter, semblait le narguer ouvertement. Et l'espace d'une seconde – rien qu'une petite seconde – il s'imagina en train de glisser ses mains dans ces boucles pendant qu'il ferait l'amour à Jamison. Il imagina ces mèches allant et venant sur ses épaules, son torse, son pubis…

— Tu te fous de moi ? s'exclama-t-elle, exaspérée, tout en entreprenant d'enrouler de nouveau ses cheveux à la base de sa nuque, cette fois. Maintenant je suis obligée de recommencer à zéro !

— Laisse tomber, reprit-il en repoussant sa main pour ranger lui-même ses mèches rebelles derrière son oreille. Tes cheveux sont très bien comme ça.

Il jouait avec le feu. Il en était conscient. Il savait pertinemment qu'il allait se brûler : il s'agissait de la petite sœur de Jared. De la petite Jamison, à qui il avait enseigné des pratiques d'autodéfense juste avant son premier rendez-vous galant. Celle à qui il avait appris à conduire quand elle avait eu seize ans.

Sauf que ce n'était pas une petite fille qui s'était frottée à lui tout à l'heure, avec son corps de déesse. Mais une femme belle, attirante, qu'il désirait comme un fou. Au fond de lui, il n'avait qu'une envie : la plaquer au sol pour lui faire l'amour éperdument.

S'il s'était agi de n'importe quelle autre femme, il aurait accepté ce qu'elle semblait lui offrir sans la moindre arrière-pensée. Car il n'avait pas pour habitude de se refuser grand-chose, et il avait envie d'elle. Terriblement envie d'elle. De la serrer contre lui. De l'embrasser, là, tout de suite, et de laisser enfin s'exprimer ce désir qui flottait entre eux comme les derniers accords d'une chanson d'amour.

De presser son corps gracile contre le sien, d'explorer les courbes suaves de sa bouche, sans s'inquiéter ni du passé qui le hantait, ni du frère de Jamison, ni de quelque autre obstacle susceptible de se dresser entre eux.

Mais non, pas avec Jamison. Elle méritait mieux. Mieux que ce qu'il avait à lui offrir. Et ce, quoi qu'elle en pense.

— Ryder, dit-elle dans un souffle.

Aussitôt, il fut submergé d'une irrépressible onde de chaleur. Il ferma les yeux quelques secondes, s'efforçant de rompre ce lien entre eux. Puis il afficha un sourire forcé, planta sa fourchette dans sa dernière bouchée de gaufre et l'offrit à Jamison comme il l'avait déjà fait des milliers de fois au fil des années. Pendant un bref instant, elle parut sur le point de refuser. Comme si elle savait pertinemment qu'en acceptant, elle s'éloignerait de cette pente glissante sur laquelle ils s'étaient soudain engagés.

Mais au final, elle dut comprendre qu'il avait vraiment besoin d'elle pour se sortir de cette ornière, car elle se pencha vers lui pour accepter la bouchée. Et refermer avec délice ses petites lèvres roses autour de la fourchette avec un « Hmm ».

Il détourna les yeux, incapable de ne pas imaginer cette bouche charnue s'activer avec autant d'entrain sur son membre. Non, il n'avait pas le droit. Ce ne serait pas bien. Ce serait même très mal. Mais la main de Jamison effleura le haut de sa cuisse alors qu'elle attrapait une serviette en papier. À cet instant, il crut défaillir.

Cherchant désespérément une échappatoire à ses pensées interdites – et au fait qu'il ne pourrait jamais faire l'amour à Jamison – Ryder se tourna vers la télévision. Il regarda Hulk détruire des sections entières du vaisseau du S.H.I.E.L.D. alors que les forces du Loki passaient à l'attaque. Rien de tel que des images de mort et de destruction massive pour libérer un homme de ses désirs inavouables.

Cela fonctionna presque. Du moins jusqu'au moment où Jamison se leva pour repousser le chariot du service d'étage dans le couloir. Quand elle revint, elle se blottit contre lui sur le canapé et son odeur de pêche suave l'enveloppa tout entier. Ryder se raidit et fit semblant d'être captivé par le film ; la centrifugeuse du vaisseau allait-elle oui ou non réduire Iron Man en bouillie ?

Manifestement, il n'était pas très convaincant puisqu'il ne fallut pas une minute à Jamison pour commenter :

— Au fait, je ne t'ai toujours pas posé ma question…

Bon sang, et il croyait avoir atteint un paroxysme de stress ? À ces mots, il serra si fort sa mâchoire qu'il s'étonna de ne pas s'être brisé une molaire… Voire plusieurs.

Il ne voulait pas avoir cette discussion, il ne *pouvait* pas avoir cette discussion. Ses cauchemars, il ne les partageait avec personne, pas même avec les membres du groupe. Et il détestait l'idée que Jamison ait pu en avoir un aperçu.

Qu'elle ait pu découvrir l'étendue de sa solitude.

Le voir en proie à ses pires démons.

Vulnérable.

— Écoute, ce n'est peut-être pas une bonne idée, dit-il en se passant une main sur le visage.

— Quoi donc ?

—Tout ce… truc, lâcha-t-il en agitant un doigt entre elle et lui.

—Ce truc ? répéta-t-elle, abasourdie. Tu veux dire, cette conversation ?

—Ouais, marmonna-t-il en la fuyant du regard, soulagé qu'elle ait enfin compris.

Tant pis s'il passait pour une mauviette. L'essentiel pour lui, c'était de se sortir indemne de ce mauvais pas.

Pendant de longues secondes, Jamison garda le silence. Puis elle haussa un sourcil et soupira d'un air dédaigneux.

—Je n'imaginais pas que choisir un super-héros pourrait avoir de telles implications émotionnelles. Je veux dire, je ne suis moi-même pas fan d'Iron Man, mais si c'est vraiment trop dur pour toi, alors changeons de sujet.

—Quoi, c'était ça ta question cruciale ? s'exclama-t-il en ayant l'impression d'avoir raté plusieurs épisodes dans la conversation.

Sauf que lorsqu'il croisa de nouveau son regard, il comprit qu'elle avait compris… Et qu'elle ne faisait que lui tendre une bouée de secours. La tension dans ses épaules se relâcha aussitôt.

—Tu voulais savoir quel était mon Avenger préféré ? reprit-il.

—C'est une question cruciale : Iron Man est clairement plus fort que les autres, même si chacun possède une particularité, donc…

—Tu plaisantes ? l'interrompit-il avec un petit sourire suffisant. Qui a dit qu'Iron Man était plus fort ?

—Qui prétendrait le contraire ? Franchement, qui pourrait battre l'incroyable Tony Stark ?

—Ben… L'Incroyable Hulk, bien sûr…

—Tu délires ? s'exclama-t-elle sur un ton incrédule. Iron Man risque tout pour sauver des gens dans ce film. Y compris sa vie. Et puis, il est intelligent, plutôt canon et riche !

—Hulk est aussi prêt à donner sa vie pour sauver des gens. Et il est hyperintelligent.

—Oh, je t'en prie, poursuivit-elle d'un air moqueur. Le docteur Banner est intelligent. Hulk n'est qu'un géant verdâtre et monstrueux qui fait peur.

—Ah parce qu'il suffit qu'un type enfile un costume en fer, et ça fait de lui un héros ? demanda-t-il sur un ton ironique.

—Bien sûr, s'il en fait bon usage. Être un héros, ce n'est pas seulement écrabouiller les méchants. C'est plutôt décider de rendre le monde meilleur, même si on doit y laisser sa peau.

Les paroles de Jamison trouvèrent en lui un écho particulier, et le touchèrent profondément. Mais comme il ne tenait pas à ce qu'elle s'aperçoive qu'elle l'avait décontenancé, il pouffa de rire, leva les yeux au ciel, et parvint à afficher un petit rictus avant de rétorquer :

—L'héroïsme, c'est carrément surfait. Personne ne peut empêcher une chose de se produire, Jamison.

Le mieux que l'on puisse espérer, c'est repousser l'inéluctable.

—Ce n'est pas vrai. Regarde, tu m'as sauvée de Max. Tu ne l'as pas laissé me faire du mal.

—Ce n'était qu'un énorme coup de chance. Si je n'étais pas sorti de ma loge à ce moment précis…

—Mais tu l'as fait. Tu es bel et bien sorti à ce moment-là, Ryder. Et tu l'as arrêté. Personne d'autre n'aurait pu le faire.

Une lueur de reconnaissance brillait dans le regard de Jamison. De reconnaissance, mais aussi de quelque chose d'autre. Quelque chose qu'il ne pouvait pas – qu'il ne voulait pas – voir en face. Il détourna donc les yeux.

—Mouais… Je ne serai peut-être pas là, la prochaine fois qu'un salopard essaiera de déconner avec toi.

—Peut-être qu'il n'y aura pas de prochaine fois.

—Ouais, c'est ça, dit-il en se passant nerveusement une main dans les cheveux. Comme si le monde était peuplé de gros nounours et de licornes.

—J'ai jamais dit ça.

—Pas la peine. On dirait que toi et moi, on ne vit pas dans le même monde, Jamison. Ça ne te vient même pas à l'idée que tu n'es pas la première à qui ça arrive? Et que tu ne seras probablement pas la dernière?

Il eut un nouvel accès de colère en repensant au drame qui avait failli survenir la veille au soir. Il n'était pas fier de ne pas avoir prévenu la police, mais cela n'aurait servi à rien. Jamison n'avait pas été blessée physiquement, ce que Max n'aurait pas manqué de souligner pour se sortir tant bien que mal de ce mauvais pas, comme d'habitude.

En tout cas, il allait avoir une explication avec l'autre chanteur dans la journée. Histoire de s'assurer que cette ordure réfléchisse à deux fois avant de forcer la main à une jeune femme. Ce type devait comprendre que s'il n'était pas capable de refréner ses ardeurs, sa sécurité ne serait plus assurée.

— Tu ne peux pas être sûr qu'il recommencera, Ryder.

— Bordel! Si tout ce qu'il voulait c'était s'envoyer en l'air, alors pourquoi ne s'est-il pas tourné vers toutes les groupies qui n'attendaient que ça, en coulisses? Il a voulu te faire du mal, parce qu'il en avait le pouvoir, expliqua-t-il en serrant les poings malgré lui. Combien de fois cela est-il arrivé pendant cette tournée, juste sous mon nez? J'ai joué au poker avec ce salopard. J'ai fait la fête plus d'une fois avec lui. Et pendant tout ce temps, il…

— Ça suffit, Ryder! Arrête de te faire du mal comme ça! l'interrompit Jamison en posant doucement une main sur la sienne. Cela fait presque dix ans que tu te flagelles. Il est temps d'arrêter.

Elle tenta de passer ses bras autour de lui, de l'enlacer, mais il se débattit. Il ne pouvait pas. Pas avec ce nœud qui se formait dans sa gorge. Déglutissant péniblement, il refusa de se laisser emporter par le tsunami d'émotions qui le menaçait.

Bon sang, il aurait dû faire comme si elle n'était pas là. Il aurait dû les avaler, ces verres de tequila dont il avait envie. Si au moins il avait été soûl, il n'aurait pas été obligé de rester assis là, comme une mauviette, à faire de son mieux pour ne pas perdre complètement la face.

— Tu as peut-être raison, déclara-t-il en s'emparant de la télécommande pour monter le son de la télévision. Peut-être qu'Iron Man est le plus fort des Avengers. Bien sûr, il parle à tort et à travers, mais je suppose que cela ne fait pas tout. Pas vrai, Jamison ?

Elle étouffa un soupir exaspéré, et il comprit avoir frappé en plein dans le mille. Mais pas question de s'excuser. Ni même de la regarder. Au lieu de cela, il posa les pieds sur la table basse devant eux et se concentra sur le film comme si leur vie en dépendait.

D'ailleurs, peut-être en dépendait-elle. En tout cas, il n'allait pas s'en sortir en continuant à ressasser son passé – et surtout pas avec Jamison. Non, le mieux pour tout le monde, c'était qu'il reste assis là, à regarder ce film idiot. Même s'il n'y voyait rien à cause de la brume qui envahissait ses yeux.

Il attendit que Jamison ne saisisse l'allusion – enfin, la grossière allusion qui ressemblait plus à une pancarte en néon clignotant portant l'inscription : « On en reste là. » Mais elle ne se tourna pas vers l'écran. Durant de longues secondes, elle ne broncha pas. Ne prononça pas un mot. Ne s'appuya pas contre les coussins du canapé. Bon sang, on aurait même dit qu'elle ne respirait plus…

Elle était là, assise à côté de lui, à le dévisager. À soutenir son regard. À lui parler. Mais non, il n'allait pas céder. Pas maintenant. Pas…

— Ryder, s'il te plaît, ne fais pas…

— Je regarde le film, Jamison.

— J'en ai rien à faire du film. Je m'inquiète pour *toi*. Pour cette manie de te croire responsable de tout ce que tu ne peux pas contrôler.

— Mais tu ne comprends donc pas ? Je suis une rock star, ma belle, articula-t-il avec un sourire de mépris. Tout ce qui m'intéresse, c'est de savoir d'où viendront mon prochain verre de tequila et mon prochain plan cul. Je suis bien trop imbu de ma personne pour me préoccuper d'autre chose.

— N'importe quoi, bredouilla-t-elle en posant une main tremblante sur sa poitrine, sur son cœur.

Elle avait froid. Alors il saisit le plaid au bout du canapé et l'en recouvrit. C'est alors qu'il s'aperçut qu'elle n'était pas la seule à trembler.

— Jamison, il faut que tu arrêtes ça, annonça-t-il en desserrant à peine la mâchoire. Je n'ai pas envie de parler de ça maintenant.

— Tu ne veux jamais parler. Pas de ça, en tout cas. C'est pour ça qu'il te faut toujours…

— Il ne me faut rien du tout, à part un peu de sommeil, l'interrompit-il en se levant et en jetant la télécommande sur le canapé. Tu veux le lit ?

— J'en ai rien à faire du lit. Ce que je veux, c'est parler de…

— Bon, ben dans ce cas, c'est moi qui le récupère, dit-il en traversant la pièce en mode survie.

Il voulait – il devait – se sortir de ce traquenard. Bien sûr, une partie de lui avait envie de rester, de savourer la chaleur bienveillante de Jamison… De promener ses mains sur son corps magnifique, de l'embrasser, et d'écouter tous les mensonges qu'elle semblait si encline à lui raconter. Et de lui en raconter, lui aussi. Des mensonges qui la feraient taire, et qui lui permettraient de l'attirer dans son lit. De sorte qu'il n'aurait plus à se poser toutes ces questions. À se torturer. De sorte qu'il puisse simplement lui faire l'amour. Comme il en mourait d'envie.

Sauf qu'il s'agissait là de Jamison. Pas d'une simple groupie prête à tout pour une nuit de folie avec une rock star. Pas question de la traiter de cette façon.

Or elle ne comprenait pas. Elle ne connaissait pas ce milieu. Elle ne savait pas ce qui était arrivé à Carrie, du moins pas tout. Elle ne savait pas qu'il avait tourné le dos à son premier amour juste parce qu'il se sentait coupable. Pas plus qu'elle ne soupçonnait…

Non, cela suffisait. Il y avait un tas de choses que Jamison ignorait, et il n'avait pas à se montrer si dur envers lui-même. Et puis, c'était elle qui refusait d'admettre qu'il avait besoin d'être seul pour le moment. Alors tant pis s'il la vexait. Il en avait assez d'essayer de la préserver. Elle se fichait visiblement de ce qu'il pouvait ressentir.

— Et maintenant, lâche-moi ! grommela-t-il en arrivant devant la porte de sa chambre.

Elle l'avait suivi, et même s'il refusait toujours de la regarder, il la sentit se figer à ces mots.

—Désolée, Ryder. Je ne voulais pas te contrarier. J'essayais juste de t'aider.

—Pourquoi? Je fais pitié à ce point? Quand est-ce que tu vas te mettre dans la tête que je n'ai pas besoin de ton aide? D'ailleurs, je ne *veux pas* de ton aide! Je vais très bien, rugit-il en posant les mains sur ses épaules pour la faire reculer contre le mur du couloir.

Jamison ouvrit des yeux ronds, et une veine se mit à saillir au creux de son cou. Il fit alors glisser ses paumes le long de son cou, remontant jusqu'à son visage.

—Je t'ai demandé de laisser tomber. Je t'ai dit que je ne voulais pas en parler. Mais tu continues à tirer sur la corde, à me pousser à bout.

Il sentait son petit cœur battre à tout rompre sous ses doigts, sa respiration s'accélérer. En réponse, il caressa la zone qui pulsait au rythme affolé de son cœur, guettant sa réaction. Il ne lui ferait aucun mal —jamais— mais il était prêt à jeter de l'huile sur le feu si cela pouvait la convaincre de le laisser tranquille.

Mais elle s'humecta les lèvres et chuchota son prénom. Le plan de Ryder lui revenait en pleine figure. Car il ne lut aucune méfiance dans son regard, aucune appréhension. Seulement ce même désir dévorant qui faisait écho au sien.

—Ryder...

—Et tu parles encore! dit-il en survolant sa joue du bout des doigts, avant de s'arrêter sur sa bouche.

Son rouge à lèvres de la veille au soir s'était estompé.

— Je suis désolée.

Elle s'excusait de bien plus que d'avoir prononcé son nom, mais il ne voulait plus rien entendre. Elle l'avait poussé dans ses retranchements.

— Moi aussi.

Pourtant, ils n'allaient pas rester plantés ainsi toute la matinée. Il s'écarta doucement et fit un pas en arrière.

C'est alors que Jamison fit la dernière chose à laquelle il s'attendait. Elle le mordit. Fort. Et enfonça brutalement ses petites dents blanches dans la pulpe de son pouce.

Chapitre 7

Le cœur battant, Jamison regarda les yeux de Ryder virer à un noir abyssal. Elle n'avait pas la moindre idée de ce qui l'avait poussée à agir ainsi, sinon toutes ces émotions qui se bousculaient en elle. À tel point qu'elle ne savait plus comment gérer ce maelström : compassion, chagrin, nervosité, affection, *désir*…

Évidemment, elle aurait dû tenir compte des signaux qu'il lui avait adressés. Elle n'avait aucun droit de le pousser comme elle l'avait fait. Mais Ryder était en train de se noyer, sans même s'en rendre compte. Comment rester muette face à un tel drame ? Et puis, quand il l'avait plaquée contre le mur – comme si cela pouvait avoir pour autre effet qu'attiser son désir – elle l'avait trouvé si beau, si en colère, si sexy qu'elle n'avait pu s'empêcher de refermer ses dents sur son doigt.

Et à présent, Ryder semblait être sur le point de lui rendre la pareille. Pourtant elle s'était attendue, et même préparée, à ce qu'il prenne ses distances. À ce qu'il lui crie dessus, voire qu'il la menace, qu'il s'enferme dans sa chambre en lui claquant la porte au nez, mettant fin à leur conversation une fois pour toutes. Or il n'avait finalement rien fait de tout cela.

Se rapprochant d'elle, il pressa son corps contre le sien. Son torse contre ses seins. Ses hanches contre son ventre. Elle le sentait partout sur elle, brûlant, dur et tourmenté. Elle s'efforça de ne pas fermer complètement ses paupières. Elle avait attendu tellement longtemps pour qu'il la scrute avec ce regard, pour qu'il la touche ainsi… Pas question d'en rater une miette.

Puis Ryder la caressa le long de l'épaule avant de prendre son visage entre ses mains. Ses jambes menaçaient de se dérober.

— Ryder…

Cela s'apparentait plus à une supplique, qu'à un nom.

Il ferma les yeux et posa son front contre le sien. Ses épaules étaient raides, une lueur d'anxiété lui barrait le visage… Cela devenait presque insupportable. Elle se devait de le réconforter. Elle en avait besoin.

— Dis-moi d'aller me coucher, susurra-t-il d'un air torturé. Dis-moi de te laisser tranquille, Jamison.

— Hors de question.

Ni maintenant, ni jamais.

Elle l'enveloppa de ses bras et le serra contre elle. Il tremblait. Tout comme elle. Comment ne pas trembler alors que les lèvres de Ryder ne se trouvaient qu'à quelques millimètres des siennes ?

— Dis-le…

— Pas question, souffla-t-elle en le serrant plus fort.

Il poussa un long gémissement torturé qui résonna dans chaque fibre de son être. L'instant d'après, il pencha ses lèvres sur les siennes, avant de lui remonter le menton, pressant sa bouche sur la sienne lentement, délicatement.

En cet instant inespéré durant lequel le temps se suspendit, Jamison songea que Ryder embrassait comme un dieu.

La deuxième chose à laquelle elle pensa, c'était que ce baiser, qu'elle avait espéré pendant pratiquement dix ans, valait largement la peine d'attendre.

Sa troisième pensée – allons, à qui essayait-elle de faire croire qu'elle pensait encore ? Non, à présent que la bouche de Ryder s'emparait de la sienne, tout ne fut plus que désir, plaisir et envie… Du bout de sa langue, il prit possession de ses lèvres, de sa bouche tout entière, anéantissant au passage les derniers neurones qui avaient survécu à la folie alcoolisée de Jamison.

— J'adore le goût de tes lèvres, murmura-t-il en la mordillant doucement.

Suffocante, elle laissa ses lèvres douces et entreprenantes déclencher en elle une série de frissons exquis. Cela fit rire Ryder, dont les doigts se plantèrent un peu plus fort sur ses hanches, et dans ses cheveux – pas assez fort pour lui faire mal, mais suffisamment pour lui faire comprendre qu'il ne comptait pas la lâcher. Et que c'était lui qui menait la danse.

— Moi aussi, chuchota-t-elle contre sa bouche, brûlant d'aller plus loin que ce simple baiser.

Ryder avait exactement le goût de son odeur : la tequila, le citron, et une odeur tiède et iodée de brise marine.

Depuis qu'elle avait emménagé à San Diego, Jamison s'était sentie attirée par la mer. Par son odeur, son goût, son bruit. Elle s'était d'ailleurs demandé si ce n'était pas, inconsciemment du moins, parce que la mer lui rappelait Ryder.

Il plongea une main dans ses cheveux, la ramenant d'un coup à la réalité, alors qu'il lui inclinait le visage pour avoir un meilleur accès à ses lèvres. Puis sa bouche captura de nouveau la sienne, coinçant sa lèvre inférieure entre ses dents, la mordillant légèrement avant de l'apaiser du bout de la langue.

Elle gémit un peu, plongeant ses mains dans ses cheveux soyeux. Comme c'était doux, comme c'était bon... Si bon qu'elle eut envie que ce moment dure toujours. Si seulement elle avait pu figer le temps, et faire en sorte qu'il n'y ait plus de tournée pour lui arracher Ryder, pas d'inquiétude à avoir pour trouver un nouveau travail, pas de groupies qui se jetaient sur lui tous les soirs...

Si seulement rien ni personne ne pouvait se dresser entre Ryder et elle, menacer cette électricité qu'il y avait entre eux.

Mais c'était un rêve idiot. Et dangereux. Car l'infime partie de son cerveau qui fonctionnait encore lui hurlait de mettre un terme à cette chose, d'arrêter Ryder avant de s'attacher vraiment à lui... Mais comment écouter ces signaux d'alerte alors qu'elle avait le souffle court et que son cœur battait la chamade ? De toute façon, elle n'en aurait pas tenu compte. Pas au moment où, enfin, elle avait mené Ryder exactement là où elle voulait le mener. Dans ses bras.

Il inclina encore un peu son visage, et les derniers vestiges de lucidité qui lui restaient s'évanouirent. Comment pouvait-il en être autrement alors qu'il était en train de la dévorer, alors que ses lèvres, son corps et son âme tourmentée étaient en train de l'hypnotiser – littéralement ? Ce désir entre eux était aussi intense que sauvage, montant inéluctablement en puissance, tel un raz de marée qui finit par la submerger.

À son tour, elle lui mordilla les lèvres, et explora délicatement chaque parcelle de sa bouche du bout de sa langue. Il poussa un grognement guttural, entraînant sa langue dans une danse frénétique, et elle suffoqua. Jamais on ne l'avait embrassée de la sorte. Jamais elle n'avait ressenti une attirance aussi charnelle, brutale, magnifique pour un homme. Oh, oui, elle aurait aimé que ce moment dure toujours, pour le savourer – pour savourer Ryder – aussi longtemps que possible.

Aussi longtemps qu'il le lui permettrait.

Il glissa ses doigts sous l'ourlet de son tee-shirt, effleurant ses côtes, lui caressant doucement le ventre puis le creux des reins. Elle frémit – oh, comme c'était bon – puis remonta ses mains le long du dos de Ryder.

Il était mince, mais musclé à force de passer tout ce temps à jouer de sa guitare. Sans doute faisait-il de la musculation quand il avait des insomnies. Au fil des années, elle l'avait vu des milliers de fois torse nu – en vrai, mais aussi à la télé et dans les magazines – mais jamais elle n'avait imaginé à quel point il serait bon de le caresser. De promener ses mains le long de son dos, de sentir ses muscles fermes et bien dessinés. De faire glisser ses doigts le long de ses tatouages qui le rendaient encore plus désirable.

Sa peau était brûlante, ferme et lisse au point qu'elle eut envie de la lécher, là, maintenant, dans le couloir. Et elle allait le faire, oui, dès qu'elle se serait résolue à décoller ses lèvres des siennes. Ce qui, à bien y réfléchir, risquait de prendre du temps. Car jamais elle n'avait goûté à des lèvres aussi exquises.

Soudain, les doigts de Ryder se trouvèrent sur les boutons de sa blouse. Puis ils suivirent la ligne de son soutien-gorge, avant d'arrêter ses paumes brûlantes sur son ventre. Un frisson de désir la fit chavirer, et Jamison dut s'agripper à ses épaules pour ne pas flancher.

Il sourit contre ses lèvres, et la plaqua un peu plus contre le mur tout en continuant sa petite exploration. La voir perdre ainsi tout contrôle d'elle-même ne sembla guère l'émouvoir – mais il avait probablement l'habitude de voir les femmes se pâmer devant lui.

Cette seule idée suffit à tirer Jamison de la torpeur sensuelle dans laquelle Ryder l'avait plongée. Enfin, pas tout à fait… Mais suffisamment pour recouvrer un semblant de lucidité. Détournant son visage du sien pour mettre fin à ce baiser, elle couvrit les mains de Ryder des siennes. Et il s'arrêta net, comme elle savait qu'il le ferait.

Évidemment, à la seconde où il fit cela, elle s'en voulut. Mais qu'est-ce qui clochait chez elle ? Ryder avait connu des dizaines de femmes, peut-être même des centaines, ces dernières années. Mais Jamison avait envie de ça, elle avait envie de lui – à en mourir – alors pourquoi sa conscience choisissait cet instant précis pour la bombarder de doutes ? Pourquoi arrêter ainsi Ryder alors qu'il était manifestement enfin disposé à être avec elle ?

Parce que, comprit-elle en grimaçant, elle ne voulait pas être une fille de plus sur la longue liste de ses conquêtes. Une conquête qu'il aurait oubliée dès l'instant où il aurait reboutonné son pantalon. Elle voulait compter pour lui. Pas forcément de la même façon que lui comptait pour elle, mais au moins assez pour qu'il ne décide pas de coucher avec elle seulement dans le but d'effacer ce chagrin qu'elle savait enfoui au plus profond de lui.

Comme elle ne disait, ni ne faisait plus rien pour se dégager de son étreinte, Ryder finit par murmurer :

— Jamison, ma belle… Est-ce que ça va ?

Sa respiration saccadée et son excitation manifeste la mirent encore plus en confiance. Tout comme le fait qu'il s'inquiétait pour elle. Même si cela ne valait que pour cet instant précis, Ryder avait envie d'elle. Et il tenait à elle. Cela lui suffisait amplement.

Doucement, elle repoussa ses épaules. Tandis qu'il reculait d'un pas, l'air sur ses gardes plus que confus, elle lui prit la main et l'entraîna au bout du couloir, dans la chambre où elle s'était réveillée. Mais quand il comprit, Ryder se contracta. Et s'arrêta net.

Les joues brûlantes d'humiliation, Jamison se figea. Elle avait tout faux. Elle s'était fait des idées. Ryder n'avait pas envie d'elle, en fait.

—Je... je...

Mais la bouche de Ryder atterrit au creux de son épaule avant même qu'elle puisse s'excuser. Du bout de la langue, il caressa le creux de son cou. Inlassablement, il se mit à décrire sur sa peau des cercles brûlants. La vision de Jamison se brouilla alors qu'une irrépressible onde de désir déferlait dans son bas-ventre.

Oh, que si, il avait envie d'elle. Ouf...

Redressant son visage, elle s'affala contre le torse de Ryder. Cette fois, elle ne put se retenir de fermer les yeux. Impossible de résister. C'était si bon. Être avec Ryder était si bon... Tellement bon qu'elle ne perçut même pas le bruit d'une porte qui s'ouvrit à l'autre bout du couloir.

Du moins, pas avant que Jared ne se mette à hurler :

—Bon sang, mais qu'est-ce qui se passe ici ?

Au son de la voix de son meilleur ami, la torpeur sensuelle qui avait envahi Ryder dès l'instant où il avait été au contact de Jamison se volatilisa. Clignant des paupières, il devina la colère sur le visage de

Jared. Puis il baissa les yeux vers Jamison, s'efforçant d'évaluer la gravité de la situation.

Bon sang. Ils étaient grillés. Du moins lui, en tout cas.

Le haut du chemisier de Jamison était ouvert, et ses seins plantureux dépassaient de son soutien-gorge en dentelle noire. Sa peau habituellement pâle avait rosi de désir, et ses lèvres avaient enflé sous la vigueur de ses baisers. Sans parler du fait qu'à la seconde où elle se détacherait de son étreinte, Ryder ne pourrait plus cacher l'état d'excitation dans lequel elle l'avait mis. Sous son pantalon, son sexe était dur comme la pierre, et même le regard de Jared, qui semblait pourtant prêt à l'étriper sur-le-champ, n'atténuait en rien ses ardeurs.

— Jared, ce n'est pas…

—… Ce n'est pas ce que je crois ? compléta Jared en plissant sévèrement les yeux.

Jamison, qui s'était brusquement retournée vers son frère, le dévisageait d'un air incrédule tout en reboutonnant à la hâte sa tunique.

Aïe. Cette fois, Ryder était en très mauvaise posture.

— Bon d'accord, admit-il en agitant ses mains en l'air. C'est exactement ce dont ça a l'air.

— Merci, je ne suis pas idiot… Espèce d'enfoiré !

À présent, Jamison lançait un regard de défi à Jared.

— Et si tu retournais te coucher, frérot ? Tout ça, c'est pas tes affaires.

Bouche bée, Jared la dévisagea longuement, ne sachant manifestement que répondre à cela. En fin de compte, désarçonné, il opta pour un : « Mais enfin, tu es ma sœur ! »

— Exactement ! Je suis ta *sœur*. Et non ta *fille*. Je ne me suis jamais immiscée entre toi et tes amis, et j'apprécierais que tu en fasses autant avec moi, affirma-t-elle en ramenant ses cheveux derrière ses épaules d'un air indigné avant d'avancer dans l'embrasure de la chambre de Ryder. On y va, Ryder ?

Elle avait parlé par-dessus son épaule, et à présent, c'était à son tour de la dévisager, incapable de la moindre parole. Comment allait-il pouvoir s'extirper de ce terrain miné ? Un bref regard en direction de Jared lui confirma que son ami le tuerait de ses propres mains s'il faisait un seul pas en direction de Jamison. Et si Ryder était connu pour ne jamais se laisser intimider par des menaces, il se voyait mal se battre contre son meilleur ami. D'autant qu'il était clair que c'était lui, et lui seul, qui était en faute.

Et merde. Mais qu'est-ce qui avait pu lui passer par la tête ? Il avait vraiment fallu qu'il soit à bout de nerfs, bouleversé et en plein délire pour s'imaginer qu'embrasser Jamison n'était peut-être pas une si mauvaise idée… Évidemment, une fois qu'il avait goûté à sa douceur, à cette fièvre qui bouillonnait en elle, il n'avait plus eu qu'une idée en tête : lui faire l'amour pour de bon. Mais qu'avait-il pu s'imaginer *avant* de l'embrasser ? Avec un passé – et un présent, d'ailleurs – comme le sien, Ryder n'avait absolument rien à faire auprès d'une femme comme elle. Et il le savait pertinemment, même si Jamison, elle, ne le savait peut-être pas.

—Écoute, finit-il par lui répondre, pourquoi tu n'irais pas dormir un peu ? On pourrait continuer… à parler plus tard.

—*Parler ?* répéta-t-elle sur un ton sarcastique. C'est donc ce qu'on était en train de faire ?

Il se passa nerveusement une main dans les cheveux.

—Jamison…

—Ne te fatigue pas à chercher une excuse, l'interrompit-elle en relevant le menton. J'ai compris.

Non, elle ne comprenait rien. Mais il ne savait pas du tout comment lui expliquer… Pas tant que son cerveau était encore embrumé de désir, et son corps en proie à la frustration de ne pas avoir pu aller plus loin.

Non, il n'arriverait jamais à lui rendre justice – même s'il le désirait ardemment. Car il y avait beaucoup trop de noirceur en lui, beaucoup trop de choses qu'il ne pourrait jamais effacer. Ce n'était pas parce que cette brûlante alchimie entre lui et Jamison avait refait surface que cela signifiait pour autant qu'il pourrait se passer quelque chose entre eux. Tout simplement parce que cela était impossible. Parce que lui-même ne rendrait jamais une telle chose possible.

Et s'il ne s'était pas laissé emporter par la fièvre qui s'était emparée de lui ces dernières minutes, il ne se serait pas retrouvé dans une situation aussi embarrassante. Il n'en aurait pas mal au ventre. Jared n'aurait pas l'air de vouloir lui arracher les cordes vocales. Quant à Jamison… Elle n'aurait pas l'air aussi meurtrie au moment où elle avait refermé la porte de la chambre derrière elle. De toute façon, s'il avait pu se botter lui-même les fesses, Ryder n'aurait pas hésité. Car il le méritait assurément.

Le claquement de porte résonna dans le couloir et sembla tirer Jared de sa stupeur. Trois secondes plus tard, il se planta devant Ryder, avant de le repousser le long du couloir.

— Non mais qu'est-ce que tu fous, mec ? demanda-t-il à voix basse d'un air mauvais. Qu'est-ce que tu fous, bordel ?

Il n'en avait pas la moindre idée lui-même. Et avec la saveur suave des lèvres de Jamison encore sur sa bouche, impossible de réfléchir. Ni même de respirer.

— Ce n'est pas…

Les mots se bousculèrent à son esprit. Il se tut, le temps de respirer un grand coup, puis il retenta sa chance.

— Ça n'était rien de très…

— Tu étais pratiquement en train de te faire ma sœur dans le couloir, ça n'était rien, ça ? l'interrompit Jared en continuant de le pousser.

Cette fois il était allé trop loin. Alors Ryder le bouscula à son tour. De toutes ses forces. Et il regarda sans la moindre satisfaction son ami perdre l'équilibre sous l'effet de ce coup qu'il n'avait pas vu venir.

— Arrête de me faire dire ce que je n'ai pas dit.

— Dans ce cas, commence par m'expliquer ce que je viens de voir, Ryder. Parce que ce que j'ai vu, c'était n'importe quoi. Du grand n'importe quoi. Et si tu n'étais pas soûl, si tu avais toute ta tête, tu verrais la même chose que moi.

Sauf qu'il n'était pas ivre. Et qu'il voyait lui aussi que c'était du grand n'importe quoi. Il était le premier à admettre qu'il n'avait pas toute sa tête. C'était bien là le problème. Il n'avait plus toute sa tête depuis qu'il avait vu Jamison dans le public, la veille au soir. Mais comment expliquer ça à Jared, qui venait de le surprendre en train de peloter sa petite sœur avec autant de finesse qu'un ado de quinze ans avec sa première conquête ?

Baissant les yeux, la gorge nouée, Ryder tourna les talons et revint vers le salon – s'éloignant le plus possible des chambres. Car Jamison n'avait pas besoin d'entendre ce qui allait suivre.

Il s'empara de deux petites bouteilles d'eau dans le Minibar et en lança une à Jared. L'espace d'un instant, il eut l'impression que son meilleur ami allait la lui renvoyer à la figure, mais il finit par l'ouvrir et en boire une gorgée.

Un silence pesant s'installa entre eux, jusqu'à ce que Ryder finisse par dire :

— Elle est venue me voir parce qu'elle n'arrivait pas à dormir. Je crois que ce qui s'est passé avec Max l'affecte plus qu'elle ne veut bien l'admettre.

— Et alors ? Tu as décidé que s'envoyer en l'air avec toi l'aiderait à oublier ce que ce salopard a failli lui faire subir ? demanda Jared calmement.

Trop calmement. Seize années d'amitié, ainsi qu'une douloureuse expérience, lui avaient appris que plus son guitariste se montrait calme, plus il était en colère. Et à en juger par le mince filet de voix de son ami, Ryder se dit que Jared devait être prêt à l'égorger, même s'il avait cessé de le pousser en tous sens.

Serrant les dents, Ryder fit de son mieux pour garder son sang-froid.

— On s'est fait livrer des gaufres, on a regardé un film. Et ensuite…

— Mouais, pour le « ensuite », j'étais là, grogna Jared. Alors reste à distance de Jamison, mec. Avec elle, tu es en zone interdite. Et tu le sais.

Une partie de lui avait envie de protester, mais il n'était pas en mesure de le faire. Pas vraiment. Car Jamison était bel et bien une zone interdite. Et il n'aurait jamais dû l'embrasser. Essayer de changer cet état de fait à présent n'était que pure folie. Surtout que cela ne pourrait que la blesser.

— Je le sais, mec. J'ai fait une connerie. Je ne recommencerai pas.

— J'espère bien ! Ne t'approche plus d'elle tant qu'on séjournera ici.

En temps normal, il se serait offusqué de voir son meilleur ami ne pas lui faire confiance au sujet de sa petite sœur. Mais vu qu'il venait de se faire surprendre en train de la déshabiller – sans parler de cette érection permanente qu'il avait depuis douze heures, grâce à Jamison – Ryder était mal placé pour jouer les indignés. Il n'avait aucune intention de poser de nouveau ses mains sur Jamison – même si ce n'était pas l'envie qui lui manquait. Ce qui rendait cette fichue conversation tout simplement insupportable.

Jared finit sa bouteille d'eau. Après l'avoir jetée à la poubelle, il traversa la pièce jusqu'à se planter juste devant Ryder.

— Je t'ai demandé si tu avais bien compris. Jamison n'est pas une de tes groupies. Ne déconne pas avec elle.

— Je ne déconne pas.

— C'est ma sœur, mec.

— Tu crois que je ne le sais pas ?

— Je ne sais pas ce que je dois croire. Bon sang, la plupart du temps, je n'ai pas la moindre idée de ce qui peut te passer par la tête. Hier encore, si on m'avait demandé si je te faisais confiance au sujet de Jamison, j'aurais répondu « oui » sans hésiter, affirma-t-il avant de secouer la tête. Mais après ce que je viens de voir… Toi et moi, on sait que ma sœur a toujours eu un truc pour toi, depuis au moins dix ans.

Les paroles de Jared déclenchèrent en lui un obscur frisson, suivi d'une nouvelle salve de désir. Il la connaissait depuis toujours, et bien sûr, pendant ses années de lycée, il avait compris qu'elle en pinçait pour lui. L'idée qu'elle puisse encore avoir des sentiments pour lui… Cela le rendait…

Non.

Stop.

Ce n'était pas le moment de se réjouir de la facilité avec laquelle il pourrait attirer Jamison dans son lit.

— Est-ce que tu m'as déjà vu essayer d'en profiter ?

— Jusqu'à aujourd'hui, non.

— Combien de fois va-t-il falloir que je m'excuse ? bougonna-t-il. Et te dire que ça ne se reproduira pas ?

Ils se regardèrent longuement dans le blanc des yeux. Sans broncher. Puis Jared finit par fermer les paupières et prendre quelques inspirations comme pour canaliser le ton agressif qu'il avait employé jusque-là.

— Excuse-moi, mec. Je n'essaie pas de te castrer, Ryder. Mais mets-toi à ma place : tu consommes les femmes comme des mouchoirs. Pour toi elles sont faciles, à ta disposition et ne représentent rien de plus qu'une bonne partie de jambes en l'air. Ce qui ne me gêne pas, d'ailleurs. Tu fais ce que tu veux. Si j'avais subi tout ce que tu as subi, je pense que je ferais comme toi. Mais tu sais comme moi que Jamison mérite mieux que ça.

— Ce que tu veux dire, c'est qu'elle mérite mieux que moi.

— Ce n'est pas ce que j'ai dit.

— Non, mais c'est ce que tu penses, pas vrai ? reprit-il, persuadé que Jared allait protester, lui dire qu'il exagérait, qu'il sortait ses paroles de leur contexte.

Mais son meilleur ami ne dit pas un mot de plus. Et Ryder ne pouvait lui en vouloir. Il savait que Jared avait raison. Même si sa désapprobation le touchait en plein cœur, pile à l'endroit qu'il s'était efforcé de rendre insensible pendant des années.

Il choisit de faire comme s'il ne ressentait plus rien. Il refusa même d'admettre que ça faisait mal. Au lieu de ça, il afficha son sourire prétentieux de chanteur à succès – ce sourire désormais mondialement célèbre – et il déclara :

— Tu n'as pas à t'inquiéter de me voir profiter de Jamison. Après tout, elle n'est pas exactement mon genre de fille.

Ainsi, il insinuait que ce que Jared avait vu était sa faute à elle, et non à lui.

Rien n'aurait pu être plus éloigné de la vérité : il avait toujours été fasciné par le côté énigmatique, compliqué, de Jamison, par toutes ses contradictions qui la rendaient si différente des autres femmes. Jared ne serait sans doute pas dupe de ce coup de bluff, mais avant qu'il puisse réagir, Jamison débarqua dans la pièce, chaussures aux pieds et manteau sur le dos. Dégageant les boucles rebelles qui lui barraient le regard, elle lança :

— Et qui a insinué que j'étais ton genre ?

La gorge de Ryder se noua devant la colère de Jamison. Une colère qui masquait bien sa blessure. Car une fois encore, il avait tout gâché avec elle. Et une fois encore, il ne pouvait s'en prendre qu'à lui-même.

Chapitre 8

Si seulement elle avait pu se cacher.

Si seulement le sol avait pu s'ouvrir sous ses pieds et l'engloutir tout entière...

Si seulement elle avait pu ramper sous le canapé pour ne plus jamais avoir à se montrer...

Ou encore cacher son visage entre ses mains et faire comme si l'heure qui venait de s'écouler n'avait jamais eu lieu.

Pourquoi, oui pourquoi, n'était-elle pas simplement restée dans sa chambre ? Pourquoi avoir réveillé Ryder ? Et pourquoi être restée auprès de lui, pourquoi l'avoir poussé dans ses retranchements alors qu'il était pourtant évident qu'elle ne l'intéressait pas ? Qu'elle ne l'intéresserait *jamais*.

Quelle humiliation d'avoir eu à rester plantée là, à écouter son frère parler à Ryder des sentiments qu'elle avait pour lui. Il avait fallu en plus qu'elle entende Ryder balayer ses sentiments – autrement dit, la balayer, *elle* – d'un revers de main. Et qu'elle apprenne au passage qu'elle n'était pas son genre – façon plus ou moins diplomate de dire qu'elle n'était pas assez séduisante pour lui. Eh oui, elle n'était pas assez jolie, pas assez glamour, pas assez maigre pour la rock star qu'il était devenu.

Comme si elle n'avait pas retenu la leçon. Car ce n'était pas la première fois que Ryder la repoussait. À dix-sept ans, elle s'était déjà jetée à son cou, et il l'avait éconduite. Sans ménagement. Comment avait-elle pu croire qu'il pourrait en être autrement, cette nuit-là ?

Ryder était bourré de talent. Intelligent. Beau à en mourir. Riche. Alors qu'elle... Elle n'était que la petite sœur rondelette, coincée et fantasque de son meilleur ami.

Faisant comme s'ils n'étaient pas tous les deux en train de la dévisager – Ryder avec méfiance et Jared avec remords – Jamison traversa la pièce et alla chercher son sac à main. Elle connaissait ces regards, mais pas question de se laisser berner. Pas cette fois. Elle avait beau être à deux doigts de creuser un trou pour s'y enterrer, elle allait affronter cette conversation jusqu'au bout. Après la semaine qu'elle avait endurée, elle se sentait prête à encaisser le coup.

Elle commença donc par son frère.

— Franchement, Jared ? lança-t-elle en se redressant.

Il leva les mains en l'air comme pour s'avouer vaincu.

— On ne faisait que parler, Lollipops...

— J'ai bien compris. Vous vivez dans ce monde parallèle où les gens vous vénèrent comme des dieux, lança-t-elle en se tournant vers Ryder pour lui faire comprendre que ces paroles s'adressaient aussi à lui. Un monde où vous obtenez tout ce que vous voulez en claquant des doigts. Un monde où les femmes vous supplient d'apposer votre autographe sur leur poitrine, de coucher avec elles, de faire d'elles votre objet sexuel. Ce qui après tout, montre que vous avez bien bossé, les gars. Sauf que tout ce sexe facile, cette notoriété sulfureuse, tout ça déforme votre façon de voir les choses. Vous finissez par oublier que vous êtes comme tout le monde. Vous êtes ces mêmes types que j'ai connus bien avant que vous ne deveniez les nouveaux dieux du rock, bien avant que la presse people ne parle de vous comme les « rock stars les plus sexy au monde »... N'oubliez pas que j'ai grandi à vos côtés, les mecs : je vous ai vus encaisser vos premiers râteaux avec les filles, bousiller vos premières voitures, avoir de mauvaises notes, être privés de sorties. Bon sang, je vous ai vus pleurer après vos cours de guitare, ou pour avoir perdu vos G.I. Joe ! Et aujourd'hui, vous avez grandi, vous êtes devenus ces rockeurs durs à cuire à qui on ne refuse rien, ni personne. Bravo ! Mais pour moi, tout ce que ça signifie, c'est que je passe mon temps à m'inquiéter de vous voir tomber dans un coma éthylique. Ou de revenir avec une M.S.T. incurable. Alors, franchement, je ne vois pas ce que je pourrais trouver d'attirant à tout ça.

Elle avait prononcé cette dernière phrase en jetant à Ryder un regard de dégoût.

Repoussant ses cheveux derrière ses épaules, elle quitta le plus dignement possible la suite, s'assurant de ne pas claquer la porte derrière elle. Pas question de leur donner à l'un ou à l'autre une telle satisfaction. Pas question de gâcher l'effet de sa petite tirade en laissant paraître son exaspération.

Elle longea le couloir au pas de charge, rejoignit les ascenseurs, bien décidée à sortir de cet endroit avant que Jared tente de la rattraper. Même si c'était au-dessus de ses moyens, elle était prête à se ruiner en taxi pour rentrer chez elle si cela pouvait préserver le semblant d'amour-propre qui lui restait. Elle avait beau adorer son frère et le reste du groupe, pour l'heure, elle ne pourrait plus regarder Ryder en face : comment pourrait-elle encore soutenir son regard alors que son commentaire désinvolte résonnait encore à son esprit ?

« Elle n'est pas exactement mon genre de fille. »

Parce que lui-même se considérait comme un bon parti ? Et puis, elle n'avait pas besoin d'une annonce officielle pour comprendre qu'elle n'était pas à la hauteur... Bon sang, ce n'était tout de même pas comme si elle avait passé la soirée à essayer de lui mettre le grappin dessus. C'était bel et bien *lui* qui l'avait plaquée contre le mur. *Lui* qui l'avait embrassée.

Enfin, seulement après que tu l'as mordu, lui rappela une petite voix au fond d'elle.

Ryder avait été on ne peut plus clair : jamais une fille comme elle ne l'intéresserait. Elle n'allait tout de même pas gâcher les dix prochaines années de sa vie comme elle avait gâché les dix années précédentes – à en pincer pour un homme qu'elle ne pourrait jamais avoir. Même si la veille au soir, ou ce matin-là, il lui avait laissé espérer quelque chose. Bref, il lui restait quand même un soupçon de dignité.

Bien décidée à chasser Ryder de son esprit pour de bon, Jamison pressa le bouton d'appel et pria pour que l'ascenseur arrive au plus vite. Car Jared aurait tôt fait d'enfiler un tee-shirt pour venir la chercher. Elle se devait de déguerpir au plus vite.

Mais en entendant une porte claquer derrière elle, elle fut parcourue d'un frisson. Elle rappuya frénétiquement sur le bouton de l'ascenseur, comme si sa vie en dépendait. Rationnellement, elle savait bien que cela ne ferait pas arriver cette stupide machine plus vite, mais au moins, elle garderait l'illusion de ne pas rester passive.

Or ce ne fut pas la main de Jared qui se posa sur la sienne au moment où les portes de l'ascenseur s'ouvraient enfin devant elle. Ce n'étaient pas les doigts de Jared qui effleuraient l'intérieur de son poignet.

— Lâche-moi, Ryder! dit-elle en se débattant.

Il obtempéra, mais la suivit dans l'ascenseur en pressant le bouton « stop ».

— Tu n'as pas le droit! protesta-t-elle en faisant de son mieux pour fuir son regard.

Il n'avait pas pris la peine d'enfiler un tee-shirt pour la rejoindre, et sa peau magnifique semblait la narguer. Non pas qu'elle soit tentée une seule seconde d'y toucher…

— Et pourquoi donc?

—Parce qu'un ascenseur est un lieu public ? Que des gens pourraient en avoir besoin ?

Il agita une main d'un air dédaigneux.

—Il fait encore nuit. Il n'y a que toi pour avoir envie de sortir à une heure pareille.

—Il est presque 7 heures du matin ! Il y a des gens qui vont au travail, figure-toi !

—À cette heure-ci ?

—Tu sais, Ryder, tout le monde n'est pas une rock star...

—Allez, Jamison, reprit-il en levant les yeux au ciel. Ne t'en va pas comme ça. Je t'ai dit que j'étais désolé...

—Non, ce n'est pas vrai...

—Eh bien, je te le dis. Désolé, Jamison. Je ne voulais pas te faire de mal.

Les larmes lui montèrent aux yeux, mais pas question de les laisser couler. Elle n'avait pas pleuré pour sa voiture, ni pour son petit ami, ni même pour son boulot. Alors, plutôt brûler à petit feu en enfer que verser ne serait-ce qu'une larme pour Ryder.

—Comme si... Écoute, Ryder, je dois vraiment y aller.

—Comme tu veux, murmura-t-il en se passant une main nerveuse dans les cheveux. Mais ce n'est pas fini. On reparlera de nous deux quand tu viendras au concert, ce soir.

—Pour commencer, il n'y a pas de « nous deux », articula-t-elle en se désignant, elle et lui, tour à tour du doigt. Et deuxièmement, je ne viens pas ce soir.

Il parut abasourdi, et même scandalisé.

— Ne laisse pas ce qui s'est passé entre nous nous éloigner l'un de l'autre, Jamison. Je me suis conduit comme un salaud. Je n'aurais jamais dû me mettre en colère comme ça, et je n'aurais jamais dû te sauter dessus. Je te promets que ça n'arrivera plus.

— Tu crois que c'est pour ça que je suis en colère ? Parce que tu m'as « sauté dessus » ? lança-t-elle en appuyant de nouveau sur le bouton du rez-de-chaussée.

Mais Ryder ne broncha pas, alors que les portes commençaient à se refermer.

— Dis-moi que tu viendras ce soir, murmura-t-il alors que l'ascenseur les menait du vingt-troisième étage au hall principal du rez-de-chaussée.

Mais elle fit mine de ne pas l'entendre. Ce n'était pas facile – on ne s'improvisait pas rock star sans un certain charisme – mais elle y parvint tant bien que mal. Du moins jusqu'à ce que les portes s'ouvrent.

Car quand elle entreprit de quitter l'ascenseur, Ryder lui barra le passage, se mettant en travers de la porte pour l'empêcher de sortir. L'espace d'un instant, elle se retrouva plaquée contre ce corps brûlant, ferme, tellement viril… Les jambes en coton – elle n'y pouvait rien – elle sentit la colère monter en elle, et sa fervente détermination à se débarrasser de lui s'intensifia. D'une certaine façon, elle était comme une junkie : plus elle passait de temps auprès de Ryder, plus elle se trouvait de bonnes raisons d'y rester. Bref, son seul espoir de s'en sortir, c'était de décrocher d'un coup.

Elle devait fuir sans tarder, sinon elle allait se mettre à pleurer, ou se laisser amadouer. Elle écrasa un pied de Ryder – de toutes ses forces – puis profita de la diversion momentanée pour lui fausser compagnie et quitter l'ascenseur.

— Jamison ! cria-t-il en lui emboîtant le pas à travers le hall déjà en pleine effervescence. Je te laisserai des billets V.I.P. à retirer au…

Elle continua d'avancer, imperturbable.

— Je t'ai déjà dit que j'avais quelque chose de prévu.

— Alors annule ! s'écria-t-il d'une voix qui résonna dans tout le hall.

Jamison regarda autour d'elle et s'aperçut qu'ils avaient attiré l'attention de plusieurs clients et employés de l'hôtel. Mais pour une fois, elle n'en avait cure.

— Et pourquoi donc ? lança-t-elle en se retournant brusquement vers lui. Pour toi ?

Il se figea, le regard hésitant. À cet instant précis, elle comprit qu'elle avait – enfin – le vrai Ryder en face d'elle. Et pas le dieu du rock. Ce qui, bien entendu, eut pour effet d'affaiblir un peu plus ses bonnes résolutions.

Un silence s'installa entre eux, le temps d'une seconde, ou deux… Jamison attendit que Ryder dise quelque chose. N'importe quoi.

Mais comme il garda le silence – évidemment –, elle finit par reprendre la parole.

— C'est bien ce qu'il me semblait… Au revoir, Ryder.

À ces mots, elle tourna les talons et s'éloigna.

— Jamison ! hurla-t-il dans son dos.

Elle avait désespérément envie de faire demi-tour, de courir jusqu'à lui en le suppliant d'oublier Jared, d'oublier son passé, et tout ce qu'il s'imaginait être un obstacle entre eux. Sauf que l'époque où elle priait pour qu'il la remarque, pour qu'il passe un peu de temps avec elle, cette époque-là était révolue.

Ainsi, elle poursuivit son chemin et franchit les portes coulissantes en verre. Sans jamais se retourner.

Chapitre 9

Quelques heures plus tard, Jamison arriva en boitillant devant son immeuble, les talons auréolés d'énormes pansements. Elle avait passé sa journée à battre le pavé, cherchant un travail – le moindre petit boulot – pour renflouer ses caisses le temps de trouver un véritable poste de chef pâtissier. Malheureusement pour elle, l'année universitaire se terminait tout juste, et les opportunités se faisaient rares, car la plupart des étudiants avaient pris d'assaut les jobs d'été.

Autrement dit, elle était dans le pétrin. Dans un sacré pétrin, même. À moins d'un énorme coup de chance – mais elle n'y croyait plus –, elle allait se retrouver dans la panade. À peine de retour à son appartement, elle se connecterait à l'agence pour l'emploi et s'enregistrerait comme demandeur d'emploi. Puis elle balaierait de nouveau toute la région de San Diego à la recherche d'un poste – pour la troisième fois de la semaine – en espérant que de nouvelles opportunités s'offriraient à elle.

Déprimée, excédée, et effrayée – même si elle avait du mal à l'admettre – Jamison passa devant les boîtes aux lettres de l'immeuble en s'efforçant de ménager ses pieds. Car elle n'était pas sûre que les pansements tiendraient jusqu'au bout. Déjà, elle sentait du sang couler autour de ses talons. Témoignage douloureux du fait que son quartier comme son immeuble étaient minables, au point qu'elle n'avait pas pu ôter ses maudites chaussures en descendant du bus. Mais Dieu seul savait toutes les cochonneries sur lesquelles elle aurait risqué de marcher.

Elle venait juste d'ouvrir sa boîte aux lettres pour s'emparer de son courrier – certainement des factures – quand la voix de Jared retentit derrière elle.

— Bon sang, mais où étais-tu passée ?

Surprise par le ton colérique de son frère, elle tressauta et lâcha les enveloppes, qui tombèrent à ses pieds sur le sol poussiéreux. Elle fit la grimace. Génial. Dès qu'elle arriverait chez elle, elle allait aussi devoir se laver les mains.

— Qu'est-ce que tu fais ici ? demanda-t-elle en se baissant pour ramasser son courrier. Tu n'as pas un concert dans quelques heures ?

— Je me fous du concert ! rétorqua-t-il en se penchant à son tour pour l'aider à récupérer les enveloppes. J'étais venu pour m'excuser, mais maintenant je veux savoir ce que tu me caches. Et je ne partirai pas d'ici tant que je n'aurai pas de réponse.

Il lui lança un regard noir. L'espace d'une seconde, Jamison eut l'impression d'être de nouveau une petite fille. Une petite fille qui courait toujours voir son grand frère pour remédier à ses problèmes. Parce que c'est ce que Jared faisait. Depuis toujours.

Car depuis qu'elle était en âge de marcher – et même avant, à en croire leur mère – Jared était celui vers qui elle se tournait dès que quelque chose n'allait pas. C'était lui qui réparait ses jouets quand ils étaient cassés, qui lui rendait le sourire quand elle avait le cafard, qui l'aidait à choisir ses petits copains – même si la plupart du temps, ses conseils débutaient par : « Les mecs sont tous des salauds, ne leur accorde jamais ta confiance… Et surtout, ne monte jamais à l'arrière d'une voiture avec un type. Jamais, tu m'entends ? », ce qui allait bien au-delà des mises en garde de son propre père. Bref, ce n'était pas vraiment ce qu'une petite sœur avait envie d'entendre de la bouche de son grand frère.

Cela dit, Jamison se serait épargné bien des déconvenues si elle avait suivi à la lettre ses conseils. Surtout au regard de ce qui lui était arrivé en compagnie d'Evan Schuller et ses mains baladeuses…

Mais ces ennuis-là, c'était sa vie à elle. Elle était une grande fille désormais, et elle devait apprendre à se débrouiller seule. À cesser de se réfugier auprès de son frère au moindre bobo. À vingt-trois ans, il était temps de tracer son propre chemin… Enfin, dès qu'elle aurait pu enlever ces Louboutin de malheur.

— Désolée si je suis partie un peu vite ce matin, mais Ryder et toi, vous m'aviez vraiment énervée. Je suis une adulte, à présent, Jared. Et la dernière chose dont j'ai besoin, c'est de voir mon frère débarquer en menaçant de casser la figure au premier type avec qui je fricote.

— Bon, déclara-t-il en poussant un lourd soupir, je te promets de ne plus te mettre dans l'embarras comme je l'ai fait. À condition que tu me promettes de ne plus jamais te faire peloter dans la suite juste à côté de la mienne, bon sang !

Elle sentit ses joues s'enflammer.

— OK. Je te le promets.

— Tant mieux. Maintenant, si tu m'invitais à monter prendre un verre ? Ça fait plus de deux heures que je poireaute ici. Et au passage, tu pourras m'expliquer où tu étais passée pendant toute la journée.

Aïe. Elle allait avoir un problème. Car elle ne pouvait tout de même pas lui avouer qu'elle avait passé sa journée à chercher un boulot : à coup sûr, il allait flipper et lui proposer un gros chèque, le temps qu'elle se remette à flot. Or elle ne voulait plus être le bébé de la famille. Le bébé que Jared se sentait obligé de protéger même quand elle n'en avait ni besoin, ni envie. Il avait beau considérer que cela faisait partie de son rôle de grand frère, elle n'en était pas du tout convaincue. Cette époque-là était révolue.

— Je travaillais. Je voulais essayer de nouvelles recettes.

— Ah oui ? dit Jared en haussant un sourcil intrigué. Quel genre de recettes ?

— Oh, deux ou trois nouveaux gâteaux, mentit-elle. J'ai envie d'une touche de nouveauté, sans aller vers quelque chose de trop différent, ni…

Cette fois, il soupira d'un air exaspéré et l'interrompit.

— Jamison, j'y suis allé, à ton restaurant. Ils m'ont expliqué qu'ils venaient de réduire leurs effectifs – enfin, après m'avoir convaincu de me laisser prendre en photo avec le propriétaire et le chef.

— Merde… Jared, je suis désolée, je ne…

— Tu ne crois quand même pas que c'est le fait que l'on m'ait demandé de faire une photo, qui me contrarie ? Ce que je veux, c'est savoir pourquoi tu ne m'as pas dit que tu avais été virée.

Haussant les épaules, elle s'efforça de minimiser le problème.

— Ce n'est pas bien grave. Avec la récession, les gens sortent moins facilement au restaurant, a fortiori les restaurants chic. Mes patrons ont été obligés de dégraisser, et comme j'étais la dernière à avoir été embauchée, j'ai été la première licenciée. Tu sais comment ça se passe, dans ces cas-là. Au moins, ils m'ont donné une lettre de recommandation. Cela devrait m'aider à trouver facilement un nouveau travail.

En espérant qu'elle ne se retrouverait pas serveuse dans un fast-food…

— Tu as assez d'argent pour tenir le coup ? demanda Jared en lui emboîtant le pas dans l'escalier menant à son appartement du troisième étage.

— Oui, bien sûr, je vais m'en sortir.

Il renâcla mais ne dit pas un mot tandis qu'elle déverrouillait la porte. Une fois à l'intérieur de l'appartement – qu'elle aimait qualifier de bohème chic, mais qui en tout état de cause relevait plus du bohème que du chic –, il s'affala sur son canapé et demanda :

—Où est passée ta voiture ?

Elle ferma les yeux et respira un grand coup. Jusque-là, elle avait prié pour qu'il ne l'ait pas vue descendre du bus.

—J'ai eu un accident en début de semaine.

—Un accident ? répéta-t-il en se levant du canapé pour la rejoindre. Est-ce que c'est grave ?

Il la détailla de la tête aux pieds pour tenter de repérer la moindre trace de blessure.

—Je vais bien. Ce n'était pas un accident grave, mais ma voiture n'est pas réparable pour le moment.

Ce qui, techniquement, n'était pas un mensonge. Même si en réalité elle allait finir à la casse.

Jared ne parut pas convaincu, mais il n'insista pas.

Bien décidée à changer de sujet, elle le serra dans ses bras, puis cala son visage sur son épaule.

—Je sais que tu te fais du souci pour moi, et je t'en suis reconnaissante. Mais as-tu vraiment fait tout ce chemin pour venir me parler de ma voiture ?

—Non. Mais maintenant, ça me semble nécessaire, reprit-il en consultant l'horloge au mur. Où est Charles ? Je croyais que tu avais des projets avec lui ce soir…

—Oh, non, pas avec lui, répondit-elle en agitant une main nonchalante. On s'est séparés. Rien de grave. Ça couvait depuis un moment.

—C'est vrai ? marmonna Jared en plissant les yeux. Qu'est-ce qu'il t'a fait ?

Elle poussa un soupir agacé.

—Rien de grave, ne t'inquiète pas, Jared.

Mais comme d'habitude, en pareilles circonstances, il perdit vite son sang-froid.

—Cet enfoiré a osé te larguer la même semaine où tu as eu un accident de voiture et où tu as perdu ton boulot? s'énerva-t-il. Quel salaud!

À ces mots, il passa devant elle pour rejoindre sa minuscule cuisine. Il ouvrit le frigo, scruta ses étagères aux trois-quarts vides, puis claqua la porte avant de se tourner vers elle.

—Quand est-ce que tu comptais me mettre au courant?

—Je n'en avais pas l'intention. Tout ça ne te regarde pas.

—Ça ne me regarde pas? Ma petite sœur chérie se retrouve coincée à San Diego, sans travail, ni voiture, ni petit ami pour l'aider à s'en sortir. Tu n'as pas l'impression que je peux éventuellement me sentir concerné?

—Je n'ai pas besoin d'un homme pour m'aider! Je ne suis pas une demeurée, tu sais.

Jared leva les yeux au ciel.

—Il pourrait au moins t'emmener en ville de temps en temps. On ne peut pas dire que cette ville soit au top en ce qui concerne les transports en commun.

Comme si elle ne le savait pas... Elle avait dû emprunter pas moins de quatre lignes de bus en plus du tram, ce jour-là, pour pouvoir rentrer chez elle.

— Je vais bien, Jared. Je…

Il l'interrompit en levant sa main en l'air.

— Ça n'a pourtant pas l'air d'aller fort, petite sœur.

Ces mots la transpercèrent de part en part – même si elle savait qu'il avait raison. Sa petite vie bien organisée venait de voler en éclats, et elle n'avait pas la moindre idée de la façon dont elle allait se sortir de ce mauvais pas. Elle s'efforça de dissimuler son malaise, mais Jared avait dû s'apercevoir qu'il avait mis le doigt là où ça faisait mal, car il amorça un rétropédalage en bonne et due forme.

— Écoute, ce n'est pas ce que j'ai voulu dire, reprit-il d'un ton apaisé. Tu as toujours tellement de mal à accepter de l'aide… Ce n'est pas nouveau, tu es comme ça depuis toujours, depuis que maman est partie. Mais, Lollipops, il n'y a rien de mal à se reposer un peu sur quelqu'un de temps en temps. Je peux t'aider. Laisse-moi t'aider.

— Mais je n'ai pas besoin de ton aide !

Cette fois, c'est lui qui fit la grimace.

— Est-ce que ça ne t'est jamais venu à l'idée que parfois, c'est moi qui ai besoin de t'aider ? Tu es ma petite sœur, après tout. Je sais bien que tu es capable de te débrouiller toute seule. Mais je t'aime, et je m'inquiète pour toi. Je ne peux pas me contenter de fermer les yeux et te laisser dans cet appartement minable, sans travail, ni voiture, ni argent.

— De l'argent, j'en ai encore. Et puis, je refuse de profiter du fait que…

— Que quoi ? Que je suis une rock star ? Lâche-moi avec ça. J'ai plus d'argent que je ne saurais en dépenser. Laisse-moi juste te faire une avance de…

— Je refuse de poursuivre cette conversation, Jared, dit-elle en se dirigeant vers la porte d'entrée. Maintenant, il faut que tu y ailles, ou tu seras en retard pour le concert.

— Je ne partirai que tu si tu viens avec moi.

— Laisse tomber. Je dois chercher un job.

— Ici ?

— Ben oui, pourquoi ? Tu as de meilleures idées ?

— Je ne sais pas… Tu pourrais rentrer à la maison, peut-être ? Tu étais venue t'installer ici pour ce super poste dans ce prétendu super restau. À quoi bon rester ici maintenant ?

— J'ai signé un bail. J'ai une vie ici.

Surtout, elle n'avait aucune envie de rentrer chez ses parents avec le sentiment d'avoir échoué. En quittant sa ville natale, elle avait eu de grands projets. Or elle refusait de devenir la fille de sa mère : pas question de capituler dès les premières difficultés.

— Je vois ça, grommela-t-il d'une voix indiquant qu'il perdait patience. Allez, va faire tes valises.

— Je ne rentre pas chez papa, Jared !

— Tu as été très claire à ce sujet. C'est d'accord. Tu ne veux pas rentrer à la maison, soit. Dans ce cas, tu viens en tournée avec nous.

Elle pouffa de rire.

— Mais oui, bien sûr…

— Je ne plaisante pas, déclara-t-il d'une voix irritée en se triturant les cheveux. Je ne comprends même pas que l'on se dispute à ce sujet.

— Je ne peux pas débarquer comme ça, sur votre tournée, du jour au lendemain. Qu'est-ce qu'ils vont en penser, les gars ?

— Ce qu'ils vont en penser ? Ils vont adorer t'avoir à leurs côtés.

— Rien de tel qu'une petite sœur qui vous colle aux basques pour gâcher le fun d'une tournée…

Jared balaya ses inquiétudes d'un revers de main.

— Fais-moi confiance. Ce n'est pas toi qui les empêcheras de vivre leur vie.

Et Ryder, alors ? eut-elle envie de demander.

Mais elle savait qu'avec une telle requête, elle passerait encore pour la petite fille en manque d'affection et de confiance en soi – image qui lui collait malheureusement à la peau. En plus, elle n'était même pas sûre de vouloir connaître la réponse à cette question. Même après tout ce qui s'était passé ce matin même, elle n'était pas sûre de pouvoir arriver à *ne pas* empêcher Ryder de vivre sa vie. De le voir enchaîner les filles d'un soir, concert après concert. Cette seule idée suffit à lui nouer l'estomac.

Elle traversa la pièce jusqu'à la fenêtre, et regarda le parking dehors. Un dealer était en train de faire affaire avec un passant. Alors, malgré elle, elle s'entendit demander :

— De toute façon, je vois mal comment me rendre utile sur la tournée…

— Tu feras ce dont tu as envie. Tu pourras traîner, faire la fête… Travailler à ce livre de recettes que tu rêvais d'écrire.

— Mais je dois gagner ma vie. Je ne vais quand même pas rester à vos crochets ?

— Bien sûr que si ! Vis donc à mes crochets, c'est moi qui te le demande ! Je peux t'aider un peu, quel mal à ça ?

Rien de mal, en effet. Hormis le fait que cela anéantirait le peu d'amour-propre qui lui restait.

— Je refuse d'être un parasite, Jared. Je ne le supporterai pas, c'est tout.

— Mais tu ne seras jamais comme *elle*.

Elle détourna les yeux pour dissimuler les larmes qu'elle ne parvenait pas à ravaler. Mais Jared comprenait. Il avait compris depuis toujours.

Jamison avait passé son enfance à regarder sa mère entrer et sortir de la vie de leur père. Jouer avec ses espoirs avant de disparaître en pleine nuit avec les quelques dollars sur lesquels elle avait réussi à mettre la main. Bref, Jamison avait beau savoir que son père et son frère étaient prêts à tous les sacrifices pour elle, elle ne pouvait rien accepter de leur part. Pas question de devenir un boulet, comme sa mère.

— Je ne peux pas vivre de cette façon Jared. Et lui le sait bien.

Le silence s'abattit sur eux, alors que Jared semblait méditer ses paroles.

— Et si on te trouvait un travail, le temps de la tournée ?

— Groupie, ce n'est pas exactement ce que j'appelle un travail. D'autant que je n'ai pas le profil...

Enfin, sauf pour Ryder. Car elle ne redoutait rien de plus que de le voir la transformer en groupie de la pire espèce au moindre regard, à la moindre caresse. Au final, peut-être était-ce une bonne chose de ne pas être *son genre de fille* ?

Secouant la tête, Jared poussa un soupir de dépit.

— Je pensais plutôt à un poste de cuisinière.

— Cuisinière ? Pour le groupe ? articula-t-elle, dubitative.

— Mais bien sûr ! En tournée, on avale des cochonneries vingt-quatre heures sur vingt-quatre, sept jours sur sept. Tu pourrais nous éviter ça ! ajouta-t-il d'une voix de plus en plus enthousiaste à mesure que l'idée semblait se préciser à son esprit. Rien qu'à y penser, j'ai déjà le goût de ta tarte aux pommes qui me vient à la bouche...

Jamison était prête à protester, mais l'idée méritait réflexion. Finalement... Pourquoi ne pas suivre quelques semaines la tournée de Shaken Dirty, le temps de se chercher un véritable emploi de chef pâtissier ? Elle pourrait ainsi cuisiner pour les gars, et même faire quelques économies. Sauf que...

Elle avait sa fierté. Car une partie d'elle-même continuait de redouter de devenir comme sa mère. Et si toutes les galères qu'elle avait accumulées cette semaine ne s'étaient produites que parce qu'elle était génétiquement prédisposée à gâcher sa vie ?

Or céder à Jared en fuyant San Diego semblait accréditer cette hypothèse.

D'un autre côté, elle allait devoir payer son loyer dans deux semaines, et si elle ne trouvait pas un travail incessamment sous peu, elle ne pourrait pas honorer sa dette. Son propriétaire n'étant pas du genre arrangeant, elle allait devoir emprunter l'argent à Jared ou à son père si elle ne voulait pas rentrer au Texas en véritable *loser*.

Rien qu'à y penser, elle en avait la chair de poule. Elle ne supporterait pas de décevoir un peu plus son père, ni de voir ses voisins la regarder de la même façon qu'ils avaient toujours considéré sa mère : comme une ratée.

Était-elle capable de franchir le pas ? Un sentiment de panique lui noua l'estomac. Était-elle capable d'embarquer avec Shaken Dirty, ce soir-là après le concert ? De tourner le dos à la vie qu'elle s'était construite à San Diego, pour en débuter une nouvelle ? Une nouvelle vie dans laquelle elle pourrait inventer de nouvelles recettes et rédiger le livre de cuisine dont elle rêvait depuis sa première année d'apprentissage ? Une vie dans laquelle elle vivrait pleinement le moment présent, plutôt que de se projeter dix années plus tard ?

Elle repensa à Charles. À son licenciement. À la façon dont la vie qu'elle s'était méticuleusement façonnée avait implosé en moins d'une semaine. La proposition de Jared ne pouvait pas mieux tomber, elle en était bien consciente. D'autant que les postes de chefs pâtissiers en restaurant ne couraient pas les rues. Et puis, même si Jared lui proposait ce job pour la sortir d'un mauvais pas, cela ne l'empêchait pas de devenir la meilleure cuisinière qu'un groupe de rock aurait jamais eue en tournée…

Elle n'arrivait pas à croire qu'elle réfléchissait sérieusement à l'offre de son frère. Surtout que Ryder ferait partie du contrat. Elle n'était même pas sûre de se sentir prête à le regarder en face – ni aujourd'hui, ni jamais, après tout ce qui s'était passé dans cette chambre d'hôtel le matin même.

Cela dit, le groupe disposait de deux bus de tournée. Et Jamison n'aurait qu'à faire en sorte de monter à bord de celui dans lequel Ryder ne serait pas. Ce qui ne devrait pas être si difficile.

—Allons, Jamison, dit Jared en lui tendant une main. Ne m'oblige pas à te laisser seule ici. Accompagne-nous, le temps de notre tournée américaine. On n'en a que pour sept semaines.

Oh, et puis zut à la fin. Un mois ou deux loin de chez elle, ça ne pourrait lui faire que du bien. Du moment qu'elle se rendait utile… Elle avait vraiment l'intention de prendre son boulot à cœur.

Elle accepta la main de son frère et la serra dans la sienne.

—Dans combien de temps dois-tu rejoindre l'amphithéâtre ?

Jared regarda du côté de l'horloge.

—Je devrais y être depuis dix minutes.

Un nœud d'appréhension au ventre, Jamison se dirigea vers sa chambre. Mais sa décision était prise, et elle allait s'y tenir. Même si son manque d'options avait quelque peu précipité les choses.

— Si je comprends bien, il ne me reste plus qu'à faire mes bagages ?

Avec un soupir de soulagement, il répondit :

— Tout devra tenir dans une seule valise : les bus sont déjà pleins à craquer !

Jamison ferma les yeux et soupira à son tour. Pourvu qu'elle ne soit pas en train de faire la plus grosse bêtise de sa vie…

Chapitre 10

Elle était là.

Ryder avait ressenti un immense soulagement quand il s'était tourné vers le rideau à l'entrée des coulisses et avait aperçu Jamison, en jean et débardeur moulant, se déhanchant au rythme des percussions de Wyatt.

Il avait tellement eu peur qu'elle ne vienne pas ce soir-là, peur de ne pas avoir l'occasion de s'excuser de nouveau pour la façon dont les choses s'étaient terminées entre eux le matin… Car Shaken Dirty devait jouer à Portland le lendemain soir, et le groupe devait quitter San Diego le soir même, dès la fin du spectacle.

Quoi qu'il en soit, il allait devoir parler vite et être convaincant s'il voulait que Jamison l'écoute vraiment. Car il y tenait plus que tout. Lui-même n'en revenait pas.

En tout cas, ils étaient amis depuis trop longtemps pour ne pas clarifier les choses. D'autant que Dieu seul savait combien de temps s'écoulerait avant que le groupe ne revienne jouer à San Diego. Encore sept semaines à parcourir le pays, quelques semaines de pause, puis ils débuteraient une tournée internationale – épaulés par quelques groupes qui joueraient en ouverture de leurs concerts – prévue pour durer au moins huit mois.

Et il n'aurait pas supporté de savoir que Jamison lui en voulait pendant tout ce temps. Le reste du monde pouvait le haïr, il n'en avait rien à faire. Mais pas Jamison. Pas alors qu'il savait que la réelle colère qu'elle éprouvait envers lui dissimulait en fait une blessure autrement plus réelle.

Le seul fait d'y penser lui fit faire une fausse note, et ce n'était pas la première fois qu'il se plantait ce soir-là. Jared lui lança un regard assassin, et Micah lui intima du bout des lèvres l'ordre de se ressaisir. Et il s'y essaya du mieux qu'il put, d'ailleurs.

Il termina la chanson sous un tonnerre d'applaudissements – par chance, le public ne semblait guère se soucier du fait qu'il était sens dessus dessous ce soir-là – puis leva de nouveau les yeux vers l'aile gauche de la salle. Jamison était toujours là, l'observant d'un air inquiet. C'est précisément ce regard qui apaisa Ryder, qui le persuada qu'il n'avait pas complètement bousillé leur amitié avec ses paroles ou ses gestes inconsidérés.

Soudain, Jared lui donna une – forte – pichenette sur la hanche droite, et il s'aperçut qu'ils avaient débuté *Careless*. Il était tellement absorbé par ses pensées qu'il n'avait même pas remarqué. Pire, il avait raté le coche : tout le premier couplet était resté instrumental.

Comme s'il avait besoin, en plus du reste, de saboter un concert. Et merde…

S'efforçant de se concentrer sur ce qu'il était supposé faire – c'est-à-dire chanter pour une foule qui avait déboursé au moins cent dollars par billet pour venir l'applaudir – Ryder s'interdit de regarder Jamison une seule fois de plus. Car il lui suffisait de poser les yeux sur elle pour perdre ses moyens.

Il parvint à assurer le spectacle jusqu'au bout sans fausse note – ou du moins sans fausse note trop évidente. Jared lui avait mis une bonne raclée au moment de leur duel de guitares, ce qui n'avait pas échappé au public. Mais Ryder n'en avait rien à faire. Il était tout simplement soulagé de voir le concert se terminer.

Alors qu'il quittait la scène avec les gars, il ôta ses oreillettes et Quinn vint se planter devant lui.

— C'était quoi, ce bordel ? demanda le claviériste avec une exaspération aussi évidente qu'inhabituelle.

— Rien du tout, rétorqua Ryder en dépassant son ami, bien décidé à atteindre Jamison avant Jared.

Mais lorsqu'il arriva à l'endroit où elle se tenait quelques instants auparavant, elle avait disparu.

Bon sang ! Elle n'était quand même pas partie sans dire au revoir ? Non, elle ne ferait jamais un truc pareil aux gars. Elle avait beau lui en vouloir terriblement, elle adorait le reste du groupe. Et elle ne quitterait pas les lieux sans leur avoir dit quelques mots.

Mais où était-elle passée ? Ryder s'avança un peu plus dans les coulisses, regardant à droite, à gauche. Aucune trace de Jamison.

— Réponds-lui, mec, lança alors Micah en lui donnant un coup d'épaule. C'est quoi, ton problème, ce soir ?

Ryder l'ignora, lui aussi, alors que des images de Max – qui avait encore plus mal chanté que lui, ce soir-là, sur scène – se bousculaient à son esprit. Une onde de panique se propagea au creux de ses reins, et il pressa le pas.

Bon sang, mais où était-elle ?

— Tu comptes nous répondre, mec ? insista Quinn en posant une main ferme sur l'avant-bras de Ryder. Tu nous as fait passer pour des amateurs ce soir. Devant un public qui est venu nous voir jouer à guichets fermés.

— Où est Jamison ? explosa-t-il.

— Comment ça ? balbutia Jared d'un air confus.

— Elle était là, à écouter le concert, puis elle a disparu, lâcha-t-il, hors de lui.

Vu la tête de ses amis, il était incapable de dissimuler son inquiétude. Bon sang, si Max posait une nouvelle fois ses sales mains sur elle...

Ryder épingla le premier *roadie* qui passait par là et lui hurla dessus.

— T'as pas vu Max ?

— Max ? répéta le type d'une voix déconcertée.

— Max Casey. D'Oblivious.

— Non, mec, ils sont déjà partis. Ils ont mis les voiles il y a quarante-cinq minutes.

Il ressentit un tel soulagement que ses jambes manquèrent de se dérober sous lui. Où que soit Jamison, Max ne s'en était pas pris à elle une nouvelle fois. Ryder n'avait pas échoué à la protéger une nouvelle fois.

— C'était ça qui te faisait flipper? s'enquit Jared. J'ai eu une petite discussion avec Max un peu avant qu'Oblivious ne monte sur scène. Je lui ai bien fait comprendre que je le tuerais si jamais il touchait encore à Jamison.

La tension que ressentait Ryder se dissipa avec les paroles de Jared.

— D'accord, désolé. Mais le fait de savoir ce salaud en liberté…

— Pas d'inquiétude, grommela Wyatt en donnant une tape dans le dos de Ryder. Tout va bien, et le public n'a pas semblé nous en vouloir…

De nouveau, Ryder jeta un regard circulaire autour de lui.

— Mais alors, où est-elle passée?

— Elle a dû retourner au bus, expliqua Jared. D'ailleurs, les mecs, il faut que je vous parle d'un truc avant que l'on reprenne la route.

— Qu'est-ce qui se passe? interrogea Quinn.

Avant même que Jared puisse répondre, Wyatt trébucha alors qu'il s'emparait d'une bouteille d'eau. Si Ryder n'avait pas été là pour le rattraper au vol, il se serait retrouvé les quatre fers en l'air.

Une odeur d'herbe attira son attention. En se remémorant les minutes qui venaient de s'écouler, Ryder s'aperçut que Wyatt était quelque peu titubant. Et à présent qu'il y réfléchissait, il n'avait pas été le seul à faire une mauvaise performance sur scène ce soir-là. Wyatt avait lui-même raté plusieurs enchaînements rythmiques. Ce qui ne lui ressemblait pas du tout. Sauf quand…

— Oh, mec, tu as fumé ?
— Quoi ? Non… Juste une ou deux bouffées…

Quinn et Jared se figèrent. Micah ne parut rien remarquer, mais de toute façon, depuis quand était-il capable de penser à autre chose qu'à lui-même ? Certes, c'était un excellent bassiste, mais c'est à peu près tout ce qu'il avait pour lui. Ça, et le fait qu'il connaissait Jared, Ryder et Wyatt depuis toujours.

Énervé, et plus inquiet que jamais – mais cette fois pour une autre raison – Ryder entraîna Wyatt sous l'une des lampes des coulisses. Et il sentit son cœur – et ses espoirs – se glacer devant le spectacle qu'il avait sous les yeux. Le batteur avait le regard vitreux, injecté de sang. Ses pupilles étaient anormalement dilatées.

— Bordel. Tu as replongé.
— Mais non, mec. Pas du tout, rétorqua Wyatt en détournant le regard. C'était juste une fois en passant, pour me calmer un peu.
— Il y a une minute, ce n'étaient qu'une ou deux bouffées d'herbe. Et maintenant, c'est juste un truc pour te calmer un peu. Dans quoi tu as tapé, cette fois ?

— Tu te prends pour qui ? Pour ma mère ? protesta Wyatt en essayant de lui échapper.

Mais Ryder ne lâcherait pas le morceau. Pas cette fois.

— Non, je suis l'abruti qui t'a fait confiance le jour où tu es sorti de cure de désintoxication en me jurant que tu avais tiré un trait sur ces saloperies, s'énerva-t-il en plaquant Wyatt contre le mur.

— Ne me touche pas ! hurla Wyatt en le repoussant violemment.

— Eh là, tout le monde se calme ! s'écria Jared en se dressant entre eux deux.

Jared le pacifique. Habituellement, Ryder accédait toujours à ses requêtes, mais pas cette fois. Car ce n'était pas Jared qui avait trouvé Wyatt dans cette fichue chambre d'hôtel, inconscient, en train de faire une overdose d'héroïne. Ce n'était pas lui qui avait dû le traîner jusqu'à la douche, appeler les secours et prier en attendant l'arrivée de l'ambulance. Ce n'était pas lui qui s'était retrouvé dans cette chambre d'hôpital, à devoir écouter la liste d'horreurs que cet idiot s'était infligées à lui-même.

Non, aucune chance pour que Ryder se calme cette fois. Pas alors que cette sale histoire semblait se répéter.

— Bon, d'accord, ça suffit ! intervint Quinn en l'écartant de Wyatt. Allons plutôt parler de tout ça dans le bus, d'accord ? Inutile de nous donner en spectacle.

Il avait prononcé ces dernières paroles en ouvrant des yeux ronds, et Ryder comprit qu'il avait raison. Les *roadies* et un certain nombre de groupies assistaient avec curiosité à la scène. Or des rumeurs de drogues et d'addiction étaient la dernière chose dont Shaken Dirty avait besoin. Leurs chansons affolaient les hit-parades, leur dernier album venait de recevoir un double disque de platine, et ils s'apprêtaient à débuter la plus grosse tournée de leur carrière. Ni la maison de disques, ni l'organisateur de tournée n'avaient besoin d'être mis au parfum des difficultés de Wyatt. Le batteur avait déjà suivi trois cures de désintoxication en cinq ans. Et la dernière fois qu'il avait merdé… Il avait vraiment merdé.

Ryder desserra ses doigts autour du col de Wyatt et recula. Il avait beau être dans tous ses états, il réussit à se calmer assez pour réfléchir posément.

— Allons au bus. De toute façon, il va falloir prendre la route, lança-t-il d'une voix autoritaire.

Chacun des membres de Shaken Dirty avait un rôle prédéfini, mais Ryder savait que les gars l'écoutaient. C'était sans doute lié à son statut de chanteur et leader – et au fait qu'avec Jared, il était à l'origine du groupe.

Il s'avança vers une porte dérobée, l'esprit en pleine tourmente, se demandant comment il allait pouvoir gérer tout ça. Wyatt allait forcément nier en bloc, mais Ryder n'accepterait pas cette mascarade. Il avait bien essayé de le croire, plus d'une fois, mais Wyatt était habité de véritables démons et personne ne pouvait lui reprocher d'avoir besoin d'aide pour les vaincre. Sauf que là, il ne s'agissait plus de quelques verres d'alcool en trop, ou de quelques bouffées d'herbe. L'héroïne, c'était une vraie saloperie. Et si les gars ne réagissaient pas rapidement – et fermement – Wyatt finirait ce qu'il avait commencé onze mois auparavant.

Quinn arriva en premier devant la porte de sortie, et se tourna vers le reste du groupe avec un sourire idiot :

— Alors, les mecs, prêts pour le baptême du feu ?

— Plus que jamais ! s'écria Wyatt alors que Micah poussait des petits cris enthousiastes.

— Allons-y ! lança Jared qui semblait aussi fatigué et impatient que Ryder lui-même.

Mais bon, Jared était le seul membre du groupe à avoir une fiancée – et il était bien décidé à lui rester fidèle.

Quinn poussa la porte et ils lui emboîtèrent le pas à l'extérieur. Malgré les barrières de sécurité et la présence de cinq des plus impressionnants gardes du corps que Ryder avait jamais vus, ils furent assaillis en moins de trente secondes. Des adolescentes, des femmes et même des hommes, hurlaient leurs noms à tue-tête. Chacun voulait sa photo, son sourire, un bout de vêtement… Tout cela n'était que pure folie. Mais c'était le prix à payer pour pouvoir jouer la musique dont il rêvait.

Et puis, il y avait des choses plus insupportables dans la vie que de se faire tourmenter par des femmes qui ne rêvaient que d'une chose : se retrouver au lit avec vous. Bon sang, par le passé, Ryder s'était même laissé malmener une fois ou deux. Mais ce soir-là, rien ne pouvait l'intéresser moins qu'une telle perspective – et cela n'avait rien à voir avec le fait qu'ils devaient de toute façon reprendre la route d'une minute à l'autre. Ce soir-là, il était bien trop préoccupé par Jamison et par Wyatt pour remarquer ne serait-ce qu'une seule de ces femmes qui se jetaient littéralement sur lui.

Micah, Wyatt et Quinn, eux, n'avaient pas ce problème. Micah était en train d'enlacer deux blondes, embrassant l'une tout en empoignant les seins de l'autre. Wyatt était en train d'emballer une jolie rouquine, et Quinn apposait un autographe sur le tee-shirt moulant d'une brunette au regard lascif et à la poitrine non moins voluptueuse.

Jared les dépassa, se détournant des innombrables mains qui se tendaient vers lui alors qu'il gagnait du terrain. Au cours des derniers mois, il était devenu expert en esquive et avait appris à se frayer un chemin au milieu d'une foule en délire sans se faire attraper. Voilà comment ce soir-là, Ryder s'engouffra dans ses pas. Il avançait avec agilité, ondulant des hanches d'un côté, de l'autre, signant autant d'autographes – sur papiers comme sur des parties de corps dénudées – que possible sans jamais dévier de sa trajectoire.

Il avait presque atteint le bus de tournée – en fait, il était déjà en train de se féliciter d'avoir su traverser sans encombre cette foule en délire – quand deux jeunes filles lui tombèrent dessus. Âgées d'à peine dix-huit ans, malgré leur visage angélique, elles s'accrochèrent à lui telles de véritables sangsues, avant de tenter de lui arracher ses vêtements.

Derrière lui, il entendit Quinn qui riait de le voir en si mauvaise posture, sans rien faire pour l'aider à s'en sortir. Quelques mètres devant lui, Jared arriva à hauteur d'un des bus de tournée dont il ouvrit la porte. Et malgré la pénombre, Ryder reconnut la silhouette de Jamison dans l'embrasure.

Il comprit qu'elle était en train d'observer la débâcle, même si dans l'obscurité, il n'arrivait pas à voir si elle était en colère ou amusée. Quoi qu'il en soit, cela lui donnait une raison supplémentaire de s'extirper de ces mains baladeuses et accrocheuses. Jouant de son déhanché, et d'un mouvement d'esquive désarticulé à en faire pâlir de jalousie Mick Jagger, il se hissa hors de son tee-shirt pour l'abandonner aux mains fébriles de ses admiratrices. Lesquelles se battirent ensuite pour s'attribuer le précieux butin, permettant ainsi à Ryder de regagner le bus en courant.

Déterminé à disparaître de leur vue avant que les choses ne deviennent explosives, il arriva à la porte, essoufflé. Il espérait que Jamison s'effacerait pour le laisser entrer – elle suivait le groupe depuis assez longtemps pour savoir que ce genre de situation pouvait assez vite dégénérer – mais elle s'attendait manifestement à ce que ce soit lui qui s'arrête net, car elle ne broncha pas.

À la dernière seconde, il ralentit, évitant ainsi de la percuter de plein fouet, même s'ils tombèrent l'un sur l'autre.

L'espace d'un instant, Ryder ne fit rien d'autre que rester là, allongé sur elle à absorber la sensation de son corps voluptueux, cette odeur fruitée… Ce qui le renvoya à ces longs moments sensuels qu'il avait passés avec elle sur le canapé à l'hôtel. Sauf que là, c'était encore mieux : il avait toute sa tête.

Enivré par ces exquises sensations, par cette vision sublime et par cette odeur divine, il ondula des hanches et se pressa contre l'intérieur de ses cuisses. La chaleur accueillante qui se dégageait de son intimité faillit lui arracher un rugissement.

Jamison poussa un petit cri étouffé qui le troubla au plus haut point. Cette fois, il gémit et la positionna sur lui, à califourchon. Il leva les yeux vers elle, et manqua d'avoir un orgasme en découvrant ses lèvres plissées, ses yeux écarquillés et ses cheveux, oh, tellement rebelles… Ryder tendit la main, prêt à la plonger dans ses boucles tellement sensuelles, si Jared n'avait pas choisi cet instant précis pour se pencher vers eux et empoigner sa sœur.

Il l'aida à se relever tout en jetant à Ryder un regard mauvais, un regard d'avertissement que seul un aveugle n'aurait pas su décrypter. Mais Ryder n'en avait que faire, et n'était pas certain de comprendre ce que cela signifiait. Car à cet instant, si Jamison lui avait adressé ne serait-ce qu'un semblant d'encouragement, il se serait emparé d'elle et l'aurait emportée jusqu'au bout de la nuit. Sans hésiter à envoyer son meilleur ami sur les roses, sans l'ombre d'un remords.

Mais le visage de Jamison n'affichait aucun encouragement à cet instant. Ryder se redressa, méfiant, sans quitter des yeux Jared et sa sœur. Tous deux semblaient prêts à lui décocher une paire de gifles. Et il ne savait pas jusqu'à quel point il serait capable d'encaisser les deux en même temps – il savait d'expérience que le frère comme la sœur avaient la main leste. Avec Jared, il s'était battu de nombreuses fois depuis qu'ils étaient gamins. Quant à Jamison... Eh bien, un soir où Jared et Ryder avaient été particulièrement pénibles avec elle, elle avait fini par leur décocher à chacun une droite mémorable.

Cela dit, ces souvenirs lointains ne signifiaient pas pour autant qu'il n'avait pas son mot à dire. Il avait beau être sur ses gardes, Ryder n'était pas non plus une mauviette.

— Jamison, je suis content de te voir ici...

Il ne put terminer sa phrase car quelques secondes plus tard, Wyatt, Quinn et Micah s'affalèrent à leur tour à l'entrée du bus. Leurs vêtements avaient aussi beaucoup souffert – Quinn avait également perdu son tee-shirt, tandis que celui de Micah était en lambeaux. Wyatt, lui, n'était plus vêtu que de son boxer... Sans surprise, tous les trois affichaient un large sourire satisfait. Cela dit, les tendances exhibitionnistes des membres de Shaken Dirty n'avaient jamais été un secret pour personne. Pour la plus grande joie de leurs groupies.

Ryder leva les yeux vers Jamison, ne sachant trop comment elle réagirait face à une telle hystérie. Mais elle affichait un grand sourire quand elle déclara :

— Eh bien, les gars, on dirait que vous venez de passer un bon moment !

— Tu sais ce que c'est, Lollipops ! répliqua Wyatt en faisant claquer un baiser sur sa joue avant de s'effondrer tête la première sur le canapé.

Quelques secondes plus tard, il se mit à ronfler bruyamment.

Ryder accrocha le regard de Jared, qui semblait au moins aussi inquiet que lui. Ce qui ne fit qu'accentuer son malaise. Car Jared était un garçon posé, réfléchi. Et si la situation de Wyatt l'inquiétait aussi, alors cela devait être au moins aussi grave que ce que Ryder imaginait. Sinon pire.

Il observa de nouveau les visages de ses comparses, et vit la tension qu'ils cherchaient tous à dissimuler. Il comprit alors que ses soupçons étaient fondés. Ce n'était pas la première fois que Wyatt se droguait. Simplement, c'était la première fois que Ryder le prenait la main dans le sac.

— Salut tout le monde ! lança Steve, le chauffeur du bus, en passant une tête en dehors de sa cabine. Tout le monde est prêt pour le voyage ?

— Ouais, rétorqua Jared. Dégageons d'ici.

Ryder était tellement inquiet au sujet de Wyatt qu'il ne s'était même pas aperçu que le bus se trouvait déjà sur l'autoroute menant vers le nord.

Avec Jamison toujours à bord.

Chapitre 11

— Comment ça, ta sœur va nous suivre en tournée ? demanda Ryder pour la cinquième fois.

Jared, lui et le reste du groupe – sauf Wyatt – se trouvaient dans la chambre du fond pour discuter de la présence inattendue de Jamison dans leur bus. Ils essayaient de parler à voix basse, mais le véhicule était trop étroit pour permettre une véritable intimité. D'autant que Jamison ne se trouvait qu'à quelques mètres derrière la cloison, et faisait probablement de son mieux pour écouter aux portes sans en avoir l'air.

En l'occurrence, elle en avait entendu assez pour avoir envie de disparaître au fond d'un trou. Jared lui avait juré qu'il clarifierait les choses avec les gars avant de prendre une décision définitive, mais il n'avait manifestement pas tenu parole. Sans doute était-ce mieux pour lui de se trouver de l'autre côté de la porte. Dans le cas contraire, elle se serait fait un plaisir de lui botter les fesses.

— Je ne vois pas où est le problème, reprit Jared. Vous adorez tous Jamison. Et elle vous adore. En plus, c'est une excellente cuisinière. Je ne vois aucun inconvénient à sa présence.

— Ça ne me pose aucun problème, déclara Quinn. Ta sœur est super.

— Absolument, renchérit Micah. Et si en plus, elle doit nous faire la cuisine, alors je dis : *oh, yeah !*

Jamison sourit devant ces paroles de soutien. Elle avait vraiment de l'affection pour les copains de son frère, et cela l'aurait vexée qu'ils ne l'acceptent pas à leurs côtés pour quelques semaines. Elle aurait pu le comprendre – du moins, c'est ce qu'elle se disait – mais cela lui aurait vraiment fait mal.

— Moi, je crois que ce n'est pas une bonne idée, articula Ryder d'une voix à peine audible. Je ne la veux pas avec nous.

À ces mots, elle regretta d'avoir écouté aux portes.

— Tu sais, Ryder, tu ne peux pas la punir à cause de ce qui s'est passé entre vous ce matin.

— Waouh ! Et qu'est-ce qui s'est passé entre eux ? demanda Quinn.

— Tu t'es tapé Lollipops ? poursuivit Micah d'une voix plus intriguée que scandalisée.

— N'y pense même pas, enfoiré ! s'écrièrent Ryder et Jared à l'unisson sans même s'être concertés.

Mais Ryder ajouta d'un ton furibard :

— Ce n'est pas mon genre, et tu le sais bien. Il peut lui arriver n'importe quoi si elle vient en tournée avec nous. Vous savez bien que la plupart de ces types ne sont pas dignes de confiance, pas vrai ?

— C'est pour ça que j'ai expliqué à Max qu'il avait intérêt à se tenir éloigné d'elle. Tout le monde sait maintenant que tu lui as cassé la figure, Ryder. Et il laissera Jamison tranquille. En plus, je me sens vachement plus à l'aise de la savoir ici, avec nous qui pouvons garder un œil sur elle, plutôt que dans cet appartement minable dans lequel elle cherche désespérément un boulot.

— Je ne vois pas pourquoi tu en fais tout un plat : il suffit de lui donner un peu d'argent. Si tu n'en as pas envie, je lui en donnerai, moi. Elle pourra se trouver un meilleur logement et…

La minuterie qu'elle avait enclenchée quarante minutes auparavant choisit cet instant précis pour sonner. Jamison s'éloigna sur la pointe des pieds et se jeta sur son téléphone portable, qu'elle avait laissé sur le bar de la cuisine, près de la petite table de cuisson. Ryder était manifestement prêt à tout pour se débarrasser d'elle. Sidérée, elle laissa couler les larmes qui lui montaient aux yeux.

Il était donc prêt à la payer pour qu'elle disparaisse ? Tout ça à cause d'un simple baiser ?

Les larmes brûlantes roulèrent sur ses joues alors qu'elle sortait du four sa tourtière aux pommes – préparée avec les quelques restes qu'elle avait emportés de son appartement. Si elle avait eu la moindre alternative – n'importe laquelle – Jamison ne se serait jamais embarquée dans cette tournée. Or en l'occurrence, elle n'avait pas le choix. Et elle le savait bien. Oh, comme elle avait soudain envie de s'enfermer dans un trou et de pleurer toutes les larmes de son corps… Tout cela était tellement injuste. Elle voulait récupérer son travail. Son indépendance.

Mais surtout, elle voulait revenir à ce moment exquis qu'elle avait partagé avec Ryder, la nuit précédente. Comment les choses avaient-elles pu s'envenimer à ce point entre eux ?

Mais elle n'avait pas le temps de pleurer. Pas le temps de faire quoi que ce soit d'autre que poser sa tourte sur le bar au moment même où la porte menant à la chambre du fond s'ouvrait en grand, les gars ayant manifestement été alertés par sa minuterie stridente.

Quelques secondes plus tard, la minuscule cuisine se remplit de quatre grands gars baraqués, toujours à demi dévêtus. À l'unisson, chacun se demandait d'où pouvait provenir cette délicieuse odeur de cannelle sucrée…

— Tu nous as fait un gâteau ? s'exclama Quinn d'une voix extatique avant de s'emparer d'un morceau de glaçage qu'il porta à sa bouche. Hmm, c'est excellent !

— Jared, tu pourrais sortir la crème glacée qui est dans le congélateur derrière toi ? demanda-t-elle tout en attrapant cinq assiettes dans le placard à côté du réfrigérateur.

— Pour moi c'est tout vu, déclara Micah en fusillant Ryder du regard. Jamison reste avec nous !

— C'est clair, approuva Quinn.

Jared ne dit rien – il avait prévu que ses amis réagiraient ainsi – mais Ryder resta muré dans son silence. Immobile, il défia Micah du regard.

Elle s'efforça de ne rien laisser paraître de son embarras. Au lieu de cela, elle se concentra sur les cinq généreuses portions de gâteau qu'elle servit à la joyeuse bande.

Elle évita soigneusement le regard de Ryder au moment de lui tendre son assiette, mais il n'était visiblement pas décidé à en rester là.

— Eh! murmura-t-il en la bloquant dans un recoin de sorte qu'elle ne puisse plus faire un pas sans se cogner à lui (et plutôt mourir que lui offrir ce plaisir). Tu sais que ça n'a rien à voir avec toi, hein?

Oh, que si, il était évident que cela avait tout à voir avec elle. Mais elle se garda bien de le lui dire, car il n'était pas question de fondre en larmes devant lui. Elle avait déjà eu son lot d'humiliations pour la semaine.

Comme elle ne répondait rien, Ryder murmura son nom d'une voix profonde, vibrante et déterminée. Si elle avait pu faire à son idée, elle serait restée là toute la nuit, à refuser de croiser son regard jusqu'à ce qu'il finisse par baisser les bras et tourner les talons. Mais elle savait que les autres les observaient. Alors elle déploya un effort surhumain, afficha son sourire le plus jovial et son regard le plus insouciant:

— Je ne t'ai pas mis assez de crème glacée? demanda-t-elle d'un ton taquin, connaissant son faible pour les sucreries.

— Jamison...

Seigneur... Pourquoi lui rendait-il les choses aussi difficiles? Il ne voyait donc pas qu'elle donnerait n'importe quoi pour se débarrasser de lui?

— Ne t'inquiète pas, murmura-t-elle en lui pinçant la joue d'un geste faussement décontracté. Je te promets que je ne te sauterai pas dessus pendant ton sommeil. Ta vertu restera intacte avec moi.

— Bon sang! Ce n'est pas ce que j'ai voulu dire! s'écria-t-il, visiblement frustré.

Se demandant ce qu'il avait en tête pour la suite, Jamison sentit ses genoux chanceler. Ce qui était stupide; Ryder ne pouvait rien faire, du moins pas devant les gars. D'autant que Jared paraissait excédé. D'ailleurs, son frère la prit par le poignet et l'éloigna doucement de Ryder.

Reconnaissante d'avoir été secourue de la sorte, elle alla s'asseoir sur le canapé à côté de Wyatt. Comme il occupait presque toute la place, elle se percha délicatement sur le coussin du milieu et posa doucement une main sur son dos.

— Allez, mon grand, tu ne veux pas un peu de dessert? Je t'ai fait ton gâteau préféré…

Et c'était la vérité. En partie parce que les pommes qu'elle avait rapportées de chez elle étaient un des seuls ingrédients qu'elle avait à sa disposition, et en partie parce qu'elle avait vu cette noirceur dans son regard ce soir-là, et qu'elle avait voulu l'éclairer un peu, ne serait-ce que quelques instants. Quand elle était gamine, Wyatt passait presque autant de temps chez elle que Ryder, et elle l'adorait – de façon tout à fait platonique – au moins autant qu'elle adorait Ryder.

Wyatt remua doucement et ouvrit des yeux vitreux.

— Lollipops ?
— Allez, mon cœur, mange donc quelque chose.

Bon sang, il était si maigre qu'elle pouvait compter chacune de ses vertèbres, chacune de ses côtes…

— Pas faim, marmonna-t-il avant de détourner son visage et fermer de nouveau les yeux.

Des larmes vinrent brûler ses yeux, mais cette fois pour une tout autre raison.

— Depuis combien de temps a-t-il replongé ? demanda-t-elle en brisant le silence pesant qui s'était soudain installé dans l'enceinte du bus.

— C'est justement ce que j'essaie de déterminer, rétorqua Ryder en lançant un regard sombre à ses comparses.

Jared agita ses mains en l'air.

— J'ai été aussi surpris que toi, ce soir…

Quinn se balança d'un pied sur l'autre, l'air coupable.

— Il m'a semblé qu'il planait l'autre soir, mais je n'étais pas sûr… C'est la seule fois où j'ai remarqué quelque chose.

Micah ne disait pas un mot. Ce qui était assez étonnant pour que tous finissent par se tourner vers lui.

— Quoi ? lâcha-t-il entre deux bouchées de crème glacée. Je ne savais rien.

— Vraiment ? insista Ryder. Tu en es bien certain ?

— Bon, d'accord, j'avais bien quelques soupçons, grommela Micah avec un haussement d'épaules. Depuis un moment, même. Mais je ne savais pas que…

— Bordel, mais pourquoi tu ne nous as rien dit ? explosa Jared. Le fait que notre batteur recommence à se droguer, ça n'est quand même pas rien !

— Il va bien, rétorqua Micah en levant les yeux au ciel d'un air insouciant. Il sait ce qu'il fait.

En tout état de cause, Micah semblait plus préoccupé par son dessert que par le sort de Wyatt.

— Ce n'est pas la question, reprit Ryder qui lui jeta un regard noir en croisant les bras. On s'était mis d'accord pour veiller sur lui.

— Mais c'est ce que je faisais ! Je veillais sur chacun d'entre nous ! On ne peut pas se permettre de foutre en l'air cette tournée, pas au moment où on est sur le point de…

— Ah bon ? Parce que la tournée, c'est plus important que de le voir se tuer à petit feu ?

— N'en rajoute pas, Ryder. Il est clair que Wyatt gère la situation : vous n'aviez rien remarqué jusqu'à ce soir. En tout cas, tu as raison quand tu dis que c'est important. Je ne suis pas dans ce groupe pour veiller à ma bonne santé, tu sais. On est en train de devenir un gros groupe, incontournable, même… Et là, on est sur la pente ascendante, ajouta-t-il avant de goûter un autre morceau de tourte qu'il mâchonna tranquillement avant de hausser les épaules. Et puis, le fait d'avoir un batteur camé, ça nous donne une certaine crédibilité : ça nourrit la mystique du groupe…

Jamison étouffa un cri, sidérée d'entendre Micah évoquer en ces termes les démons qui hantaient Wyatt. Elle regarda autour d'elle et constata que les gars ne semblaient nullement surpris, eux. Simplement écœurés. Soudain, le gouffre qu'elle avait cru percevoir ce soir-là entre Micah et le reste du groupe lui apparut en plein jour. Et elle ne put s'empêcher de se demander ce qui lui était arrivé. Ou s'il avait toujours été ainsi, sans que personne ne s'en soit jamais rendu compte.

Ryder s'avança brusquement vers Micah et se planta devant son visage avec un grognement assassin qui fit frémir Jamison.

— Continue comme ça, espèce de salopard, et tu vas voir que la seule pente que tu vas prendre, c'est celle d'un aller simple vers Austin.

— Ah ouais ? dit Micah en se redressant et en poussant Ryder au niveau du torse. Et qui est-ce qui va m'y obliger ?

— Moi, rétorqua-t-il sans flancher une seule seconde.

Puis il le poussa de nouveau, et cette fois le bassiste trébucha, manquant de s'affaler à terre s'il ne s'était pas rattrapé au dernier moment au bar de la cuisine.

— Si tu t'intéresses plus au fait de devenir numéro un qu'à la vie du groupe, je vais te faire la tête au carré, reprit Ryder. Et je n'hésiterai pas.

Impressionnée par la colère palpable des deux hommes, Jamison se demanda ce qui avait pu la provoquer. Ryder, Wyatt, Micah et Jared étaient amis proches depuis plus de quinze ans. Quinn était arrivé un peu plus tard, il y a une dizaine d'années, mais il s'était intégré très naturellement au reste de la bande et en un rien de temps, il en était devenu un membre à part entière. Mais quand Jamison regarda du côté de Jared et de Quinn, ils semblaient tous deux aussi écœurés par l'attitude du bassiste que Ryder.

Avant qu'elle ne puisse dire quoi que ce soit pour détendre l'atmosphère, Wyatt roula sur lui-même puis se redressa pour s'asseoir.

— Bon sang, je n'ai fait que prendre un peu de bon temps ! Pas la peine de vous mettre dans un tel état pour ça. Relax, les gars !

— Du bon temps ? Ça ne m'a pas l'air d'être si bon que ça, fit-elle remarquer d'une voix assez basse pour que les autres ne puissent pas l'entendre.

Puis elle se leva, mais Wyatt la rattrapa par le bras et la fit se rasseoir juste à côté de lui.

— Reste, Lollipops.

Surprise, elle le dévisagea longuement. Et elle devina les démons qui rôdaient derrière ce regard faussement insouciant. Elle se laissa aller contre lui et murmura :

— Je ne vais nulle part, Wy.

— Tant mieux, dit-il en passant un bras autour de son épaule.

— Mais tu vas me faire le plaisir de manger, insista-t-elle en lui tendant une cuillerée de tourte. Tu es beaucoup trop maigre.

— On dirait ma grand-mère...

— Certainement une femme très avisée.

Il finit par esquisser un demi-sourire, et la noirceur de ses yeux s'estompa un peu. Elle se dissipa un peu plus quand Jamison se pencha vers lui pour lui glisser un peu de tourte entre les lèvres.

— Bon sang, c'est bon !

Il se laissa nourrir ainsi, bouchée après bouchée, avant d'enfouir son visage au creux de son cou, frottant son nez contre sa peau. Chatouilleuse, Jamison se mit à rire puis lui repoussa le visage.

— Tu sens bon la cannelle ! murmura-t-il en inspirant à pleins poumons avant de se frotter de nouveau contre elle.

— Et toi, tu sens les chaussettes sales ! répliqua-t-elle en lui donnant une pichenette dans les côtes avant de tenter de se dégager de son étreinte.

Il réagit en posant l'assiette de tourte et en chatouillant Jamison pour de bon.

— Ah oui ? Je vais te montrer de quoi elles sont capables, les chaussettes sales ! lança Wyatt en la chahutant avant de tenter de coincer son visage sous ses aisselles.

Elle se débattit sans grand succès, en proie à un irrépressible fou rire.

— Arrête ça, Wyatt ! lança alors Ryder.

Imperturbable, le batteur continua de la taquiner jusqu'à se retrouver à califourchon sur elle. Jamison essayait toujours de se débattre, mais Wyatt était bien plus fort qu'elle. Il avait beau être très maigre, des années de percussions lui avaient donné une force impressionnante dans les bras.

Près d'eux, Jared et Quinn pouffaient de rire, tout en encourageant mollement Jamison – mais sans jamais venir à son secours. Ce qui ne lui facilita guère la tâche – elle avait passé son adolescence à chahuter avec ces types. Mais à présent qu'elle était adulte, elle espérait bien avoir un peu plus de chances de gagner que lorsqu'elle n'avait que douze ans.

— Retire ce que tu viens de dire ! reprit Wyatt d'un ton moqueur, ses grands yeux bleus pétillant enfin.

Ce qui, plus que tout autre chose, convainquit Jamison de la nécessité de poursuivre ce petit jeu. Si elle redevenait sérieuse, Wyatt se remettrait certainement à broyer du noir. À souffrir. Et elle ne le supporterait pas. D'autant qu'elle savait qu'il était capable d'aller très loin dans l'autodestruction.

— Allez, Jamison. Tu n'as qu'à dire que je sens bon et je te relâche !

— Jamais de la vie ! s'écria-t-elle tout en lui rendant ses petits coups.

Il répondit par un rire machiavélique.

— Dans ce cas, prépare-toi à payer pour…

Ses mots restèrent suspendus dans le vide, et il relâcha son emprise sur elle.

Elle était libre.

Jamison rouvrit les yeux pour découvrir Ryder debout derrière elle, tel un conquérant barbare, tenant le batteur à bout de bras comme s'il ne pesait rien. Puis il reposa Wyatt sur le côté, avant de tendre la main à Jamison.

Son cœur fit un bond dans sa poitrine – une fois, deux fois – puis se mit à battre la chamade. Elle laissa Ryder l'aider à se relever, mais cette fois, elle se fit un devoir de le regarder droit dans les yeux. Il était énervé, cela ne faisait aucun doute, la colère se lisait dans ses yeux.

Mais elle se garderait bien de s'en soucier. Pas cette fois, en tout cas. Il ne voulait pas traîner avec elle, soit. Mais cela ne signifiait pas pour autant qu'elle devait tirer une croix sur son amitié avec les autres membres du groupe. Tout comme Jared, ces types étaient ses amis les plus proches. Si cela ne plaisait pas à Ryder, c'était son problème à lui.

Elle se pencha vers lui d'un geste faussement insouciant, puis lui pinça la joue avec insolence.

— Merci de m'avoir secourue, mais je crois que je vais pouvoir me débrouiller.

Puis, prenant tout son temps, elle pivota sur ses talons et rejoignit la chambre à l'arrière du bus.

Cela n'avait rien d'une sortie héroïque, mais ce n'était pas non plus comme si elle avait beaucoup d'endroits où se réfugier alors que le bus filait sur l'autoroute à toute allure.

Derrière elle, elle entendit les gars qui chambraient Ryder sans ménagement, et pour la première fois, elle mesura à quel point les prochaines semaines allaient être difficiles. Car le fait de se trouver aussi proche de Ryder, sans poser ses mains sur lui ni l'embrasser, allait s'apparenter à une véritable torture. Bien pire que ce qu'elle aurait pu imaginer.

Chapitre 12

Ryder était en transe. Malgré sa vive inquiétude pour Wyatt, c'est à peine s'il arrivait à réfléchir tellement il était excité. Tellement il avait envie d'elle.

Jamison se trouvait dans la couchette en dessous de la sienne – elle avait refusé de prendre la chambre et de perturber ainsi le tour de rôle qu'ils avaient mis en place, et les gars avaient refusé de la laisser rejoindre le deuxième bus, avec le reste de l'équipe de tournée. Du coup, son parfum fruité et crémeux venait titiller ses narines. C'est tout juste s'il ne sentait pas la douceur suave de sa peau contre ses lèvres.

Étouffant un grognement, il se tourna sur le côté et donna un coup de poing dans son oreiller. Il n'avait évidemment pas le droit de descendre de sa couchette pour se glisser dans celle de Jamison. Pas le droit de l'embrasser. Pas le droit de l'explorer du bout des lèvres, jusqu'à l'orgasme. Pas le droit de lui faire l'amour.

Bon sang…

Les images qui se bousculaient à son esprit ne faisaient qu'attiser son désir. Il en était littéralement bombardé, jusqu'à ne plus avoir toute sa tête, jusqu'à suffoquer de frustration. Et pourtant, il ne pourrait jamais avoir Jamison. Même si son frère n'avait pas dormi à côté de lui, il n'aurait pas pu descendre et lui faire l'amour comme il en mourait d'envie.

Une envie qui n'avait jamais été aussi forte qu'en cet instant précis.

En dessous de lui, il l'entendit remuer sur sa couchette. Et tendit l'oreille à l'affût du froissement de ses draps sur cette peau qu'il savait désormais douce et soyeuse. Fermant les yeux, il serra les dents et fit de son mieux pour ne pas imaginer ce que ça lui ferait, d'être ce drap... De s'enrouler autour d'elle. De la caresser. De susurrer des folies sur ses replis les plus intimes.

Bon sang, bon sang...

Rejetant sa couverture, il descendit à pas de velours de sa couchette. S'interdisant ne serait-ce que de poser les yeux sur Jamison – il n'était pas sûr de résister à la tentation de la contempler, de la toucher, même à son insu, aussi immoral que cela puisse être –, il se fraya un chemin parmi les vêtements éparpillés au sol. Puis il se faufila dans le petit cabinet de toilette qu'ils partageaient, prenant soin de fermer la porte derrière lui.

Pressant l'interrupteur, il se scruta dans le miroir une fois que ses yeux se furent accommodés à la lumière. Bordel. Il avait l'air d'un fou. Les yeux exorbités, l'entrejambe douloureux, le corps tendu par un désir qu'il ne parvenait pas à maîtriser... Jamais il ne s'était senti aussi autant tourmenté – sans espoir de voir s'apaiser le feu qui le consumait – que depuis le moment où il avait perdu sa virginité, quand il avait quinze ans.

Conscient qu'il ne pouvait retourner à sa couchette dans cet état – du moins pas sans sauter sur Jamison et lui faire l'amour sur-le-champ, sans se soucier des autres – il fit couler l'eau sous la douche, se déshabilla en un clin d'œil, et s'engouffra sous le filet d'eau froide en priant pour que celle-ci tempère ses ardeurs.

Cinq minutes plus tard, son désir pour Jamison était à peu près intact.

Comment pouvait-il en être autrement, alors que Ryder ne cessait de repenser à la nuit précédente, quand Jamison lui avait mordu le doigt ? Quand elle s'était cambrée contre lui, implorant ouvertement qu'il dépose ses lèvres sur la pointe de ses seins, d'un rose magnifique ? Quand elle s'était tortillée contre sa cuisse, le narguant si bien avec sa chaleur douce et vibrante, qu'il en avait presque joui sur place, tel un ado inexpérimenté ?

Non, rien à faire. Il ferma le robinet d'eau. Plaqua son bras gauche contre la paroi de la douche. Referma sa main droite autour de son sexe dur comme un roc en imaginant que c'était la paume de Jamison. Qu'elle était à genoux devant lui. Qu'il empoignait ses seins rebondis, et qu'elle le prenait tout entier dans sa bouche.

Alors, il ne lui fallut que quelques secondes, en effet, pour jouir comme un lycéen, avec un soupir étouffé, terrassé par un orgasme si puissant qu'il en tomba presque à genoux. Malgré cela, il n'était pas rassasié. Il avait encore envie d'elle. De sa peau. De son sourire. De son rire. De son sexe.

Et merde…

Il referma de nouveau ses doigts autour de son sexe endolori. Et il se donna une nouvelle fois le plaisir qu'il ne pourrait jamais avoir avec Jamison.

Peu après, il se sentit suffisamment apaisé pour retourner à sa couchette. Sans doute ne trouverait-il pas le sommeil, mais au moins, il savait qu'il n'attaquerait pas Jamison telle une bête enragée. Pour l'heure, il ne pouvait faire mieux.

Il venait d'enfiler son sweat-shirt quand le bus ralentit et négocia un virage serré sur la droite. Après avoir pris un tee-shirt propre dans la réserve du placard de la salle de bains, il se dirigea vers l'avant du véhicule, en évitant soigneusement le compartiment où Jamison dormait avec les autres. Sans doute Steve prévoyait-il un arrêt pour faire le plein de carburant. Ryder en profiterait pour se dégourdir les jambes, s'offrir un café et un paquet de cigarettes – tant pis s'il avait arrêté de fumer deux ans auparavant.

À situation désespérée, mesures désespérées.

En effet, le bus s'immobilisa bientôt sous des lampadaires puissants. Wyatt poussa un grognement depuis sa couchette et se plaqua un coussin sur le visage. Ryder eut pitié de lui et tira d'un coup sec pour abaisser le rideau le long des vitres fumées, et bloquer ainsi les rayons de lumière qui filtraient à travers la fenêtre. Puis il enfila une paire de chaussures – sans trop savoir à qui elles appartenaient –, s'empara de son portefeuille, et rejoignit Steve qui s'apprêtait à remplir le réservoir d'essence.

— Salut, mec. Où est-ce qu'on est ? demanda Ryder en s'adossant contre le bus.

— Dans la capitale mondiale de l'artichaut – c'est du moins ce qu'annonçait le panneau que l'on a passé il y a quelques kilomètres. On est à peu près à trois heures de San Francisco.

Ryder contempla les champs qui s'étendaient à perte de vue derrière les lampadaires.

— Des artichauts ? répéta-t-il en observant les gros plants feuillus qui ressemblaient plus à du chanvre qu'à des plantes comestibles.

— C'est ce qu'ils disent, déclara Steve en commençant à remplir un réservoir en silence, avant de se retourner vers lui. Bon, tu comptes me dire ce que tu fous dehors à une heure pareille, mon vieux ?

Un bon million de réponses lui vinrent à l'esprit, mais alors qu'il contemplait l'épicerie de nuit illuminée de mille feux de l'autre côté du parking, il se contenta de répondre :

— Je vais me chercher une tasse de café. Tu veux quelque chose ?

Steve n'était pas dupe. Il lui sourit et décida de ne pas insister.

— Bonne idée.

Ryder était à la caisse, en train de payer, quand Jamison débarqua dans la boutique. Elle portait un jean et un sweat à capuche noir, ses cheveux roux flamboyant plus ou moins rangés sous la capuche. Sa tenue avait beau ne pas être sexy, un seul regard suffit à mettre Ryder dans un état second ; il sentit chaque cellule de son corps se contracter de désir.

Maudissant cette manifestation de libido intempestive, il traversa le magasin jusqu'à Jamison. Et lui tendit sa tasse.

— Tu veux un café ?

— Non merci, répondit-elle en détournant les yeux.

Ce qui le rendit dingue, vu le plaisir qu'il venait de se donner en fantasmant sur elle.

— Dans ce cas, on ferait bien de retourner au bus, murmura-t-il en s'approchant dangereusement d'elle.

En faisant délibérément en sorte de la coincer. Il s'agissait d'une réaction instinctive, totalement égoïste : il n'avait aucun droit de lui faire de telles avances. Mais pour l'heure, il s'en moquait éperdument. Elle avait l'air si douce, enveloppée dans sa capuche, à demi endormie, qu'il n'eut qu'une envie : la convaincre de retourner au lit. Et cette fois, avec lui.

— À vrai dire, j'ai convaincu Steve de rester une demi-heure de plus ici, expliqua-t-elle en désignant l'aire d'autoroute tout en continuant de fuir soigneusement son regard. Je suis censée vous faire la cuisine, les gars. Et comme tout ce que j'ai pu trouver en arrivant dans le frigo hier soir, c'était de la bière et du jus de fruit, je me dis que j'ai intérêt à faire quelques courses, et vite…

En toute honnêteté, il se sentait assez mal à l'aise à l'idée qu'elle soit *payée* pour leur faire la cuisine. Cela lui donnait l'impression d'une relation inéquitable, impression qu'il n'avait pas du tout envie qu'elle ressente à son contact ou à celui des gars. Il avait beau ignorer ce qu'il avait précisément envie d'être aux yeux de Jamison, il était certain de ne pas vouloir être son *patron*.

— Je ne suis pas là en vacances, déclara-t-elle en daignant enfin le regarder.

Elle le dévisagea avec ces yeux violine, irrésistibles, mais assombris d'une lueur qu'il n'avait pas décelée la veille. Une lueur qu'il détestait, tout autant qu'il détestait l'idée qu'il en était sans doute le responsable. Du moins en partie. Sans parler de ce chagrin qu'elle s'efforçait de dissimuler à tout prix.

Rongé par l'impatience, il reprit :

— Personne ne t'en voudrait si c'était le cas, Jamison. Tu as toujours eu ta place avec nous, depuis le début.

Il n'avait pas oublié les heures, les journées qu'elle avait passées à coller des affiches sur tous les réverbères de la ville, ou à haranguer les foules pour remplir les petites salles où ils avaient joué leurs premiers concerts.

Elle continua de le scruter d'un air non dupe.

— Mouais. Mais jouer les mascottes pour le groupe ne prend pas autant de temps que ça.

— Qu'est-ce que tu racontes ?

— Bah, laisse tomber, Ryder.

Mais non, il ne laisserait pas tomber. Et il s'apprêtait à le lui dire, mais elle lui tourna le dos et se dirigea vers les paniers sans lui laisser le temps de prononcer le moindre mot. La mascotte du groupe ? Non, ce n'était quand même pas l'image qu'elle se faisait d'elle ?

Une colère sourde se mit à monter en lui, mais Ryder s'efforça de la contenir. D'en faire abstraction. Car après tout, ce n'était pas la faute de Jamison s'il se comportait comme un salaud avec elle depuis plus de vingt-quatre heures. Non, il ne pouvait pas lui en vouloir. C'était lui qui avait bousillé leur amitié. Il avait lancé des signaux tellement contradictoires qu'il n'était pas étonnant qu'elle se montre aussi confuse à présent. Et c'était donc à lui de tout arranger.

Jamison et lui allaient vivre ensemble – et de façon très rapprochée – pour les sept prochaines semaines. Alors s'il espérait s'en sortir avec toute sa tête – et sa libido intacte – il allait devoir se libérer de cette attirance qu'il éprouvait pour elle de gré ou de force. Il allait devoir ramener un semblant d'équilibre dans leur relation, de sorte que les choses entre eux reviennent à la normale.

Tout ce qui pourrait l'éloigner de cet objectif serait à proscrire. Jamison était une de ses meilleures amies. Depuis des années. Elle était une des rares personnes à qui il avait montré son vrai visage, et une des plus rares encore en qui il avait confiance. Une des seules personnes qui, il le savait, ne lui ferait jamais le moindre mal. Et en aucun cas, il ne risquerait de compromettre cela juste parce que, soudain, il ne pouvait plus poser les yeux sur elle sans avoir envie de l'emmener au septième ciel.

D'ailleurs, puisque cette seule idée faisait poindre en lui une violente excitation, il décida de la chasser de son esprit.

Si Jamison avait envie de faire des courses, alors il l'emmènerait faire des courses. Et Steve allait devoir attendre que madame soit satisfaite, quel que soit le planning. Ce serait l'occasion pour Ryder d'arrondir les angles avec elle, et de revenir à la normale. De renouer avec cette amitié sans histoires qu'ils partageaient depuis si longtemps.

Parce que peu importait à quel point il avait envie d'elle, la dernière chose dont Jamison avait besoin, c'était de se retrouver coincée avec un type comme lui, un type qui traînait tellement de casseroles derrière lui… Jamais il n'imposerait une telle chose à quiconque, et surtout pas à une femme aussi douce, innocente, et immensément belle qu'elle.

Jamison eut la désagréable surprise de voir Ryder s'emparer d'un panier à l'entrée du magasin, avant de se mettre à faire les courses d'un pas hésitant. Cela devait faire des mois – peut-être même plus d'un an – qu'il n'avait pas mis les pieds dans un supermarché. Les gars ronflaient encore dans leur couchette, épuisés par le concert et la soirée qui avait suivi, et Jamison avait espéré que Ryder s'était écroulé au lit comme les autres. En tout cas, elle ne s'était pas attendue à le voir débarquer dans un lieu public avec autant de nonchalance, sans prendre la peine de porter une casquette ou des lunettes noires pour éviter d'être reconnu. Certes, le jour se levait à peine, et ils se trouvaient dans un coin paumé de Californie, mais tout de même... On ne s'attendait pas à tomber sur une rock star dans un endroit comme celui-ci.

Ryder ne sembla guère remarquer son malaise quand il demanda :

— Par où veux-tu commencer ?

— Par le rayon épicerie, dit-elle d'une voix plus suave que la normale.

Elle dut se racler la gorge pour tenter d'atténuer ce timbre larmoyant. Pas question pour elle de laisser entrevoir à Ryder à quel point cela la troublait de l'avoir ainsi à ses côtés. À quel point elle était blessée de savoir qu'il n'avait pas voulu d'elle sur cette tournée. Qu'il ne voulait pas d'elle tout court.

— Il faut bien que je vous fasse manger autre chose que de la pizza de temps en temps.

— Eh là, si on fait les choses dans les règles de l'art, une pizza contient chacun des quatre groupes d'aliments.

— Mouais. Mais toi et moi, est-ce qu'on est du genre à faire les choses correctement ?

À peine eut-elle prononcé ces paroles qu'elle le regretta. Tout ce qu'elle avait voulu dire, c'était que Ryder et les gars étaient plutôt du genre à garnir leurs pizzas de viandes et de saucisses.

Mais ses paroles avaient revêtu une tout autre signification, même à ses oreilles. Et à en juger par le petit sourire en coin de Ryder, le roi du sous-entendu avait manifestement très bien saisi l'allusion qu'elle avait *tellement* voulu éviter.

Avant qu'il ne puisse répliquer, elle posa une main sur sa bouche.

—Ne dis rien, prévint-elle.

Or il secoua la tête, agita ses mains en l'air et écarquilla les yeux comme pour affirmer son innocence. Si bien qu'elle se mit à douter de son intuition première.

Alors qu'elle s'apprêtait à ôter sa main de sa bouche, Ryder promena sa langue le long de sa paume qu'il lécha allégrement, et avec une telle avidité, qu'elle baissa sa garde, oubliant toutes ses réticences.

Cela dit, pas question de lui montrer à quel point il avait réussi à la perturber.

—Génial, lâcha-t-elle en essuyant ostensiblement sa main sur son jean d'un air de dégoût.

Comme il restait planté là, devant elle, avec ce sourire, elle risqua un regard furtif sur le devant de son sweat-shirt. Ouf, le tissu était assez épais pour dissimuler la pointe de ses seins subitement durcis de désir.

Mais comme on n'était jamais trop prudent, elle décida de mettre un peu de distance entre Ryder et elle. Avec un sourire faussement désinvolte, elle s'empara d'un gros sac de pommes de terre qu'elle lâcha dans son panier. Elle choisit aussi de l'ail, des oignons, du gingembre, et un mélange d'herbes aromatiques qu'elle utilisait souvent en cuisine, et qu'elle déposa dans le chariot que Ryder faisait rouler à côté d'elle.

— Il y a quelque chose qui te ferait plaisir ? demanda-t-elle en ajoutant des épis de maïs pour Micah, des haricots verts frais pour Wyatt, deux bottes d'asperges pour Quinn, avant de choisir deux belles aubergines pour Jared — les aubergines à la parmesane étant son plat préféré — ainsi qu'une salade composée pour elle.

Après le rayon légumes, elle poursuivit vers les fruits. Et remplit le chariot de toutes sortes de fruits rouges pour Ryder, ainsi que de pommes, d'oranges et de poires.

— Des pêches, déclara-t-il après quelques minutes tout en remplissant un sac plastique de beaux fruits bien ronds et à maturité. Je meurs d'envie de pêches depuis un jour et demi.

Pourquoi la seule mention de ce fruit lui coupait-elle subitement le souffle ? Soudain, elle comprit. Peut-être était-ce à cause de la façon dont Ryder tenait la pêche entre ses longs doigts calleux, palpant longuement chaque fruit entre ses paumes, à la recherche de bosses ou d'imperfections. À moins que ce ne soit cette façon qu'il avait de les regarder, comme si elles signifiaient beaucoup plus pour lui qu'un simple fruit...

Quoi que ce soit, c'était sensuel. Détournant les yeux de ses mains bien trop expertes, Jamison défit la fermeture Éclair de son sweat à capuche et l'enroula autour de sa taille. Était-ce une idée, ou bien faisait-il soudain très chaud dans ce magasin ?

— Autre chose ? demanda-t-elle en s'éclaircissant la gorge pour ce qui lui semblait être la millionième fois.

— Quinn voudra des Twinkies.

Elle eut un haut-le-cœur.

— Jamais ! Même pas en rêve.

Il haussa les épaules.

— Je disais ça comme ça… Quinn ne va nulle part sans ses petites génoises fourrées.

— Eh bien, il va plutôt apprendre à apprécier mes pâtisseries maison.

Ryder haussa un sourcil, et elle sentit ses joues s'enflammer. Sérieusement ? Qui aurait pu croire qu'acheter à manger pouvait soudainement se transformer en une expérience à connotation hautement sexuelle ?

— Jamais, même pas en rêve, répéta-t-il après un long silence.

Refusant de se laisser embarquer sur un terrain aussi glissant, elle hocha doucement la tête.

— On devrait se dépêcher. Portland n'est pas la porte à côté, et Steve ne m'a accordé qu'une demi-heure pour faire les courses.

Ryder haussa les épaules.

— Il attendra.

À cet instant, elle se demanda ce que cela pouvait faire, de se sentir assez important pour faire attendre les autres. Non pas que Ryder ait tendance à en abuser. À vrai dire, il n'était pas comme ça, pas plus que le reste de la bande, d'ailleurs. Et pourtant, les gars avaient changé au fil des années – pas une métamorphose radicale, plutôt une évolution progressive. À présent, ils avaient confiance en eux – ce qui était loin d'être le cas à leurs débuts – et ils se sentaient en droit d'avoir certaines exigences. Jamison ne définirait pas cela comme de l'ego, pas vraiment, mais depuis deux ans, les gars avaient acquis une notoriété certaine. Ils avaient fini par tenir tout cela pour acquis. Et d'une certaine manière, cela la surprenait encore. Autant que cela la mettait mal à l'aise.

Cela dit, seule une personne extrêmement courageuse – et talentueuse – pouvait se dresser chaque soir devant des milliers de fans hurlant son nom pour leur offrir un spectacle mémorable. Chaque soir. Et il était bien normal que les membres de Shaken Dirty en éprouvent une certaine fierté. Tout comme il était normal que beaucoup de gens soient fiers d'eux. Cela faisait peut-être tout drôle à Jamison, mais pour d'autres, cela était très naturel…

— À quoi tu penses ? demanda Ryder en arrêtant le chariot devant le rayon boulangerie.

Elle fut tentée de l'envoyer promener, mais après tout, il avait fini par lui poser la question, non ?

— Que beaucoup de choses ont changé, ces dernières années.

— Tu trouves ?

Il avait donc décidé de jouer avec ses nerfs ?

—Tu ne trouves pas?

—Je ne sais pas, dit-il en haussant les épaules avant de choisir deux miches de pain qu'il plaça dans le panier. J'ai l'impression d'être en tournée depuis toujours… Le seul changement, c'est qu'aujourd'hui on joue dans des salles plus grandes, devant des milliers de fans.

—Vous êtes en tête d'affiche maintenant. Vous ne jouez plus en ouverture de grandes stars…

—Je continue de chanter comme avant, je joue ma musique pour les gens. La logistique qu'il y a autour ne m'impressionne pas.

Pourtant, cela fait une sacrée différence, pensa Jamison.

—Il n'y a pas si longtemps, tu n'avais pas les moyens d'entrer dans une épicerie et de t'acheter tout ce qui te passait par la tête, dit-elle en désignant le chariot.

—C'est vrai, admit-il en ajoutant un paquet supplémentaire de roulés à la cannelle et une tourte aux pêches. Mais il ne me semble pas que le fait d'acheter des légumes et des fruits frais soit un luxe, si?

—Mais qu'est-ce que tu as avec les pêches, toi, aujourd'hui? lança-t-elle en reposant la pâtisserie sur l'étal avant de se diriger vers le rayon des jus de fruits et bonbons. Si tu as envie d'une tourte, je t'en préparerai une.

Il sourit.

—Je n'osais pas te le demander…

— Je suis votre cuisinière. C'est quand même mon job de vous préparer les petits plats dont vous avez envie.

Il lui fit les gros yeux.

— Ne dis pas ça.

— Quoi donc ? demanda-t-elle, confuse.

— Tu n'es pas notre cuisinière ! murmura-t-il en se rapprochant pour l'attirer à lui. Tu es Jamison… Jamison, c'est tout.

D'abord, elle s'efforça de rester de marbre, d'empêcher son corps de se blottir instinctivement contre Ryder. Mais quand il posa son menton sur ses cheveux, et la serra contre lui, impossible de garder ses distances. En dépit de toutes ses bonnes résolutions, elle se laissa aller contre lui, presque malgré elle.

— Voilà, chuchota-t-il en caressant une boucle rebelle qu'il ramena derrière son oreille. Tu m'as manqué, Jamison.

— Je n'étais pas loin…

— Si. J'ai été nul avec toi et je t'ai repoussée. Je te promets de ne plus jamais recommencer.

— Tu ne voulais pas de moi sur cette tournée. C'est ton droit. Et je te comprends, dit-elle en s'écartant de lui.

Mais les bras de Ryder se refermèrent autour d'elle.

— Non, tu ne comprends pas, murmura-t-il en s'emparant d'un sachet de sucettes Lollipops goût coca, la marque de bonbons qui lui avait valu son surnom, quand ils étaient ados.

Et quand il lui tendit le sachet avec ce sourire espiègle, son cœur chavira. Ryder se souvenait donc de ce jour-là. Elle avait quatorze ans, et crevait de jalousie car Ryder avait prévu une virée au bord du lac avec un groupe de filles bien plus âgées qu'elle. Il avait refusé tout net de l'emmener.

Pour se venger, elle avait truffé leur fourgonnette de sachets de bonbons au coca, le seul arôme qu'il détestait. Elle y avait laissé plus de cinquante dollars d'argent de poche, mais cela les valait bien : jamais elle n'avait oublié son visage déconfit quand les bonbons avaient commencé à se déverser en tous sens quand il avait démarré le moteur. Jared lui avait ensuite raconté qu'il leur avait fallu des mois pour que l'odeur acidulée s'estompe de l'habitacle – ce qui n'avait pas manqué de rendre la victoire de Jamison plus jubilatoire encore.

— Pour moi, tu as toujours fait partie de la bande, Lollipops.

— Alors pourquoi…

Elle s'arrêta net au moment de poser la question cruciale. Celle qui la hantait depuis qu'elle avait claqué la porte de sa chambre d'hôtel, au petit matin.

— Parce que je ne voulais rien changer. Tu es l'une de mes meilleures amies. Je ne veux pas gâcher ça, mais quand j'ai appris que tu venais en tournée avec nous, j'ai eu peur de tout foutre en l'air, comme je le fais toujours.

À ces mots, sa colère se volatilisa. Même si Ryder ne lui offrait pas ce dont elle rêvait – ce dont elle avait toujours rêvé à son sujet – il était en train de s'ouvrir à elle pour de bon. Elle n'allait quand même pas faire la fine bouche simplement parce qu'elle estimait que ce n'était pas assez à son goût... Cela le ferait fuir une bonne fois pour toutes.

Jamais elle ne ferait une telle chose. Elle savait exactement ce qui lui en coûtait de se livrer à ce point.

Elle savait aussi combien il redoutait de gâcher les rares choses qui comptaient pour lui, dans sa vie.

Visiblement, Jamison faisait partie de ces choses... Ça ne lui suffisait pas, certes, mais d'une certaine façon, c'était déjà beaucoup.

Elle l'étreignit aussi fort qu'il l'avait serrée, puis déposa un baiser sur sa barbe naissante. Avant de s'efforcer d'oublier – une fois pour toutes – les fantasmes débiles qu'elle nourrissait à son sujet depuis son adolescence.

— Allons, lui dit-elle en se dégageant doucement quand la frustration devint trop forte. Le premier qui trouve les pancakes a gagné!

— Gagné quoi? demanda-t-il en plissant les yeux d'un air subitement intéressé.

— Tu le sauras si tu gagnes! lança-t-elle en se précipitant vers le centre du magasin alors que le rire de Ryder résonnait dans son dos.

Chapitre 13

Cinq jours plus tard, Jamison était en train de concocter une énième fournée de ses pancakes aux myrtilles pendant que les gars, accompagnés de Steve et de leur responsable logistique, Vince, se jetaient sur leur troisième, voire pour certains sur leur quatrième portion. Même Wyatt mangeait avec enthousiasme, dérogeant ainsi à ses habitudes – cela dit, il se montrait généralement bon client en matière de dessert. Il avait ajouté suffisamment de sirop et de crème sur ses pancakes pour se provoquer un véritable choc insulinique.

— Est-ce qu'il en reste ? demanda Quinn avec espoir tout en rendant une nouvelle fois le plat à Jamison.

Elle regarda la grande jatte vide près de la cuisinière et poussa un soupir.

— Si vous y tenez, je dois pouvoir refaire de la pâte.

— Ça serait cool ! se réjouit-il avec ce sourire auquel elle n'avait jamais rien pu refuser. Et tu ajouteras un peu plus de myrtilles ?

— Bien sûr...

À ces mots, elle se tourna de nouveau vers la cuisinière, avec l'impression d'être une maîtresse d'école face à des élèves dissipés, plutôt que face à un groupe de jeunes hommes majeurs et vaccinés. Certes, les musiciens de rock n'étaient pas exactement connus pour leur maturité émotionnelle. Même Jared, qui était pourtant — et de loin — le plus sérieux de tous, pouvait très facilement retomber en enfance.

— Ça ne me dérange pas de vous refaire une fournée, les gars, lança-t-elle tout en mélangeant les ingrédients à la pâte. Mais vous n'êtes pas censés monter sur scène d'une minute à l'autre ?

— Pas avant vingt-cinq minutes, grommela Ryder en engloutissant le reste de son petit déjeuner. On ne commence qu'à 22 heures.

Tout en retournant les premiers pancakes, Jamison secoua la tête. Cela faisait six jours qu'elle avait pris la route avec Shaken Dirty, et leur emploi du temps lui paraissait toujours aussi nébuleux. Le plus dur pour tout le monde, c'était de travailler de nuit, avec des horaires complètement inversés : voilà comment ils se retrouvaient à manger des pancakes à 21 h 30.

Chaque jour, ils se levaient vers 18 heures, traînaient un peu, avalaient un en-cas, et montaient sur scène avant de passer le reste de la nuit à faire ce que bon leur semblait. Généralement, tout le monde se couchait vers 11 heures du matin. Et ainsi de suite.

Parfois, ils dérogeaient à ce schéma type, notamment lorsqu'ils donnaient des concerts à des heures avancées — comme lors de ce festival à Portland, où ils avaient joué en milieu d'après-midi – ou lors de leurs journées de repos. Mais celles-ci étaient rares. Depuis que Jamison suivait le groupe, il n'y en avait eu qu'une seule. Les organisateurs de la tournée avaient prévu de nombreuses dates, très rapprochées les unes des autres.

Ce soir-là, Shaken Dirty se produisait à Denver, dans le Colorado. La veille, Salt Lake City, dans l'Utah. Le lendemain, ils débarqueraient à Las Vegas pour une série de trois concerts. Jamison ne savait pas encore à quoi ressemblerait la suite des événements. Peut-être La Nouvelle-Orléans, avant de poursuivre sur Orlando ? Mais il lui semblait avoir entendu parler de quelques dates au Texas. Ce qui était une bonne chose, vu que Jared mourait d'envie de revoir sa copine. Bien que la plupart des membres du groupe soient originaires d'Austin, ils n'avaient que très peu d'occasions d'y passer du temps.

De toute façon, pour Jamison peu importait où ils se trouvaient. Après tout, son travail restait le même. Préparer un solide petit déjeuner à la joyeuse bande avant la montée sur scène, puis aller se balader ou bien les regarder jouer. Puis leur cuisiner de quoi grignoter après le concert, en s'efforçant d'ignorer les groupies et les fans un peu trop entreprenants.

Et les gars se demandaient encore pourquoi elle se contentait de sa petite couchette, pourquoi elle laissait toujours passer son tour dans la chambre du fond ? Dieu seul savait quelles maladies elle risquerait de contracter si elle se glissait dans ces draps-là... Car malgré le nombre d'occupants qu'ils voyaient défiler, ils n'avaient pas à sa connaissance été changés une seule fois depuis qu'elle avait rejoint la tournée. Certes, elle aurait pu s'en charger elle-même, mais elle avait laissé ses gants en plastique et autres désinfectants chez elle…

Les deux seuls qui ne semblaient jamais y ramener de filles étaient Jared et Ryder. Jared, parce qu'il avait une fiancée à Houston, et Ryder… Eh bien pour être honnête, Jamison ne voyait pas trop pourquoi Ryder n'avait ramené aucune conquête depuis qu'elle était avec eux. Car d'après ce qu'elle avait entendu dire à San Diego, et ce qu'elle savait de lui, Ryder n'était pas du genre à pratiquer l'abstinence très longtemps.

Autrement dit, soit il faisait ses petites affaires à bord de l'autre bus de tournée, celui des *roadies* et du responsable logistique, soit la présence de Jamison le privait de ses conquêtes… Et aussi fou que cela puisse paraître – notamment parce qu'elle s'était juré de cesser d'attendre que Ryder puisse la désirer un jour –, c'était plus fort qu'elle : Jamison ne pouvait s'empêcher d'espérer qu'elle n'y était pas pour rien. Que Ryder, pour quelque raison que ce soit, avait renoncé aux groupies en sa présence. C'était sans doute là un vain espoir, mais elle s'y accrochait, coûte que coûte.

Dix minutes plus tard, les gars se levèrent de table comme un seul homme.

— Merci, sœurette ! murmura Jared en déposant son assiette dans l'évier avant de l'embrasser sur la joue.

— Je te dis M… pour ce soir !

— On essaiera d'être à la hauteur, répliqua Wyatt en lui donnant l'accolade.

Difficile pour elle de faire comme si elle n'avait pas remarqué à quel point il avait maigri. D'autant qu'elle était désormais certaine qu'il avait replongé, et pour de bon, cette fois. Oh, il ne s'était pas défoncé devant le reste du groupe depuis cette première soirée où elle avait embarqué à bord du bus de tournée – en tout cas, elle n'avait rien remarqué, et elle l'avait à l'œil – mais Jamison voyait bien qu'il n'était plus lui-même. Quelque chose lui disait que ses démons passés étaient revenus le hanter.

Ryder fut le dernier à venir déposer son assiette dans l'évier. Elle s'écarta pour lui laisser la place – la seule façon de cohabiter dignement avec lui dans cet espace confiné étant d'éviter autant que possible tout contact rapproché –, mais il avait visiblement décidé de mettre fin à toute tentative d'évitement. En effet, il la coinça contre le bar, plantant un bras de chaque côté d'elle et l'attirant contre son corps puissant, athlétique. En faisant cela, il ne brisait pas ce fameux commandement tacite, il ne la touchait pas, mais là n'était pas l'enjeu. Elle se retrouva soudain enveloppée dans cette odeur de brise océane qui était la sienne, dans cette chaleur vibrante que Ryder dégageait sans même s'en rendre compte.

— Tu viens nous voir, ce soir ? demanda-t-il simplement.

— Je... euh, je ne sais pas. Il y a la vaisselle, et...

— Laisse tomber la vaisselle, murmura-t-il en prenant son visage entre ses mains.

Il lui releva légèrement le menton, mais elle secoua la tête pour tenter de lui échapper. En vain. Il se pencha un peu plus vers elle et chercha son regard. Pas moyen de le fuir, cette fois.

— Tu n'es pas venue nous écouter depuis que tu nous as rejoints sur la tournée.

Ce n'était pas exact. Elle avait assisté à la plupart de leurs concerts. Seulement, elle ne restait pas longtemps – et se faisait discrète. Parce que voir Ryder sur scène l'excitait au plus haut point. Il était tellement sauvage, tellement cru, tellement sexuel quand il chantait devant son public qu'elle ne pensait alors qu'à une chose : le prendre dans sa bouche... Ou encore, l'accueillir au plus profond d'elle... Ou encore... Non. Mieux valait chasser ces pensées de son esprit. Pas la peine de se faire d'illusions. Ni de gâcher cette amitié qu'ils semblaient tous deux décidés à préserver coûte que coûte.

— J'ai pas mal de choses à faire en ce moment. J'essaie de nouvelles recettes, j'écris...

— Tu écris, hein ? Et ce livre de cuisine, alors, tu en es où ?

— Je crois que ça avance. Au moins, aucun de vous ne s'est plaint de ce que je vous ai cuisiné jusqu'à présent.

— De quoi pourrait-on se plaindre ? Tu cuisines divinement bien, assura-t-il avec un sourire. Tellement bien que tu mérites de prendre ta soirée sans avoir à te sentir coupable.

Elle eut l'impression d'être mise à nu, et se mit en quête d'une nouvelle excuse. Mais elle ne trouva rien à redire, surtout pas lorsqu'il se rapprocha d'elle pour chuchoter :

— J'ai besoin que tu viennes, Jamison. J'ai besoin de savoir que tu me regardes.

— Eh, Ryder ! Tu viens, mec, oui ou non ?

Jamison n'avait pas eu le temps de répondre : la voix tonitruante de Quinn s'était engouffrée dans le bus par la porte restée ouverte.

— Allez-y ! répondit-il sans quitter Jamison des yeux. Je vous rejoins.

— Tu devrais y aller, murmura-t-elle en essayant une nouvelle fois de se défaire de son emprise.

— Pas tant que tu ne m'auras pas promis de venir, dit-il en la coinçant de nouveau.

— Pourquoi est-ce que tu insistes autant ?

— Parce que tu me manques.

Ces mots semblèrent s'échapper de ses lèvres malgré lui.

— Je ne suis pas loin, murmura-t-elle en tentant une nouvelle fois de le repousser.

— Non, tu n'es pas vraiment là. Et c'est bien le problème.

Il finit tout de même par se résoudre à reculer d'un pas, et à la laisser respirer. Il esquissa un sourire, mais il s'agissait de ce sourire de scène. Celui qu'il offrait à ses fans, même quand il était au plus mal. Le genre de sourire qui n'atteignait pas son regard.

— Eh, Ryder !

À présent, c'était elle qui cherchait son regard et lui qui évitait le sien. Sauf qu'elle n'était pas assez imposante ou solide pour le forcer à la regarder – en tout cas pas physiquement, et encore moins émotionnellement. Voilà pourquoi, quand il se dirigea vers la porte, elle ne tenta pas de l'en empêcher. Et se contenta de le regarder s'éloigner.

— Ne t'en fais pas, lui lança-t-il par-dessus son épaule, je suppose qu'on se verra plus tard.

— Mouais, plus tard.

Il lui fit un vague signe de main avant de descendre du bus et de disparaître dans la nuit, en claquant la porte derrière lui.

Si seulement elle pouvait, elle aussi, chasser ses émotions aussi facilement…

Une partie d'elle-même était furieuse que Ryder ait fait usage de son sex-appeal ténébreux sur elle. D'autant que c'était lui qui avait coupé court à cet aspect de leur relation, cette alchimie qui bouillonnait entre eux.

Mais d'un autre côté, elle était inquiète. Inquiète de cet air tellement confus qu'il avait affiché avant de disparaître dans le noir. Un air qui lui rappelait ce gamin qu'elle avait connu, à mille lieues de cette image de rock star désinvolte qu'il s'était forgée depuis des années. Tout cela était idiot, elle en était bien consciente, mais elle se sentait sur le point de craquer une nouvelle fois.

Pas pour lui. Elle avait retenu la leçon de ce côté-là. Mais ce n'était pas parce qu'elle avait fini par décider – ou plus précisément par la force des choses – de ne plus penser à Ryder qu'elle n'éprouvait plus rien pour lui. Et ce, même si elle espérait de toutes ses forces qu'il en soit autrement. Mais leur passif était trop lourd. Il y avait eu trop de sentiments en jeu, surtout de son côté à elle.

En d'autres termes, elle allait devoir transgresser ses propres règles. Et découvrir ce qui minait ainsi Ryder. Et la meilleure façon d'y arriver, c'était de faire ce qu'il lui avait demandé : aller voir jouer Shaken Dirty et faire en sorte qu'il la voie pendant le concert. En espérant que cela l'aiderait à s'ouvrir à elle, à lui montrer ce qui se cachait au fond de lui.

Oui, mais s'il continue à se fermer comme une huître ? demanda une petite voix au fond d'elle-même.

Eh bien, au moins, elle aurait essayé. Et cela suffirait peut-être à l'apaiser... À les apaiser, tous les deux.

Il sentit le regard de Jamison posé sur lui.

Vingt-trois mille personnes s'étaient agglutinées dans l'enceinte devant lui, et n'avaient d'yeux que pour lui, et pourtant... Pourtant, il sentait le regard de Jamison lui brûler la peau. Il ne s'était pas attendu à la voir ce soir, pas après la façon dont elle l'avait rembarré tout à l'heure. Mais il était heureux qu'elle ait changé d'avis.

Il avait pensé que cette escapade au petit matin dans le supermarché leur avait permis de crever l'abcès, de repartir sur de bonnes bases. Et c'était peut-être le cas, puisqu'elle ne le dévorait plus du regard avec ce désir non dissimulé, cette envie assumée de s'envoyer en l'air avec lui.

Certes, il avait cru souhaiter un retour à la normale entre eux, et redevenir le meilleur ami de la petite sœur de Jared. Pour pouvoir recommencer à traîner avec elle, en tout bien tout honneur. Sauf qu'il était fou d'avoir cru une telle chose possible : parce qu'à présent que les choses étaient revenues à la normale, il ne le supportait pas.

Il était obsédé par le parfum de Jamison, par la douceur, par le goût de sa peau... Par cette façon qu'elle avait eu de se blottir contre lui dès qu'il avait posé ses mains sur elle... Comme il avait envie de goûter à ses lèvres suaves, de se délecter de ses baisers enfiévrés...

Il avait tellement envie d'elle. Il était à deux doigts d'oublier Jared, leurs passés respectifs, l'avenir... Il était à deux doigts de céder à son envie. À ce *besoin* d'être avec elle.

À la fin de *Careless*, une salve d'applaudissements et de cris s'éleva de la foule en liesse. Des tee-shirts et même quelques sous-vêtements atterrirent sur scène. Ryder évita de justesse un string en dentelle rouge, mais reçut un soutien-gorge rose à pois blanc en pleine figure.

Le public était en délire. Pour l'attiser plus encore, il s'empara du sous-vêtement qu'il renifla avec un sourire plein de sous-entendus. Mais cette odeur suave et vanillée ne lui faisait pas le moindre effet. Il préférait mille fois le parfum fruité de Jamison, et ne put s'empêcher de se demander quel genre de soutien-gorge elle pouvait porter ce soir-là, même lorsqu'il déclara :

— Hmm. Ravissant. La propriétaire sera la bienvenue dans ma loge après le concert si elle désire le récupérer.

La foule se mit à scander « Ryder, je t'aime ! », et il sourit tandis que Micah s'emparait du soutien-gorge pour l'enrouler autour du manche de sa guitare basse.

— En fait, ajouta-t-il devant la foule en délire, je pense que ce soutien-gorge – et sa propriétaire – seront rien que pour moi ce soir… J'ai toujours eu un faible pour le rose.

Nouvelle salve de rires et d'applaudissements.

Ryder désavoua Micah en lui reprenant le sous-vêtement, nourrissant ainsi l'hystérie de la foule. Ce soir-là, il allait donner un spectacle mémorable.

Pendant tout ce temps, il était pleinement conscient du regard de Jamison posé sur lui. Il ignorait où elle se trouvait précisément – certainement pas *backstage* – mais il savait qu'elle le regardait. Il le sentait, là entre ses jambes, et le simple fait de l'imaginer en train de le regarder était une torture. Comme chaque moment passé à ne pas se jeter sur elle. S'il n'arrivait pas à se maîtriser très vite, il allait jouir là, sur scène – expérience qu'il valait mieux éviter…

Or après six jours d'abstinence – certainement la plus longue période depuis son adolescence –, après ces échanges torrides avec Jamison dans sa chambre d'hôtel, il se sentait sur le fil du rasoir. Avide de sexe et frustré comme jamais. Ainsi, lorsqu'il s'agenouilla sur l'avant-scène, tendant la main à ses fans prêts à se damner ne serait-ce que pour lui effleurer les doigts, il crut devenir dingue.

Car Jamison était là. Au premier rang, pressée contre le podium. Elle le dévisageait de ses grands yeux violine, les joues légèrement rosées, ses lèvres pulpeuses rehaussées de ce gloss couleur framboise qui lui rappela étrangement la couleur de la pointe de ses seins, qu'il avait brièvement aperçus dans cette chambre d'hôtel, à San Diego. Cernée par la foule hystérique, Jamison était ballottée d'un côté, de l'autre, bousculée par des fans en transe qui cherchaient à le toucher, lui. Certains se mirent à la dévisager parce que lui-même ne pouvait plus arracher son regard d'elle. Bon sang, comme elle était belle… Belle à en mourir.

Si belle, qu'il fut saisi d'une folle envie. Il voulait la faire monter sur scène avec lui, la mordre, imprimer sa marque sur elle… Il voulait la prendre là, devant Jared, devant tout le monde, de sorte que le monde entier saurait qu'elle lui appartenait. Qu'elle était à lui, rien qu'à lui, et que personne ne pourrait les séparer.

Troublé par le caractère possessif de ses pensées, il sentit une onde de jalousie se propager dans ses veines. Jamais une femme ne l'avait mis dans un tel état, jamais il n'avait éprouvé ce besoin viscéral d'éliminer tout membre de la gent masculine dans un rayon de cent kilomètres. Et pourtant, le seul fait de se retrouver accroupi là, face à elle, suffisait à le mettre en transe.

Il se pencha vers un groupe de fans hystériques et capta le regard de Jamison tout en posant une main sur sa joue. Elle frissonna et il en fit autant, saisi par la tension palpable qui rendait l'atmosphère électrique autour d'eux. La paume de Jamison vint à la rencontre de la sienne et, l'espace d'une seconde – ou deux – il n'y eut plus qu'eux deux…

Jusqu'à ce que Wyatt entame les rythmiques de *Find Me* alors que Vince traversait la scène pour apporter à Ryder sa guitare préférée. Au même moment, la fille à côté de Jamison la bouscula et s'empara de la main de Ryder.

La magie du moment s'évanouit. Les yeux de Jamison disparurent dans la foule, et Ryder se retrouva seul, planté sur scène, en proie à ce douloureux désir, avec un concert à terminer.

Mais à la seconde même où le spectacle prit fin, Ryder jeta sa guitare à Vince pour se précipiter vers une porte dérobée derrière la scène. Connaissant Jamison, elle était sans doute déjà en train de rejoindre le bus, mais il était bien décidé à la rattraper.

Rien à foutre des fans.

Rien à foutre de Jared.

Rien à foutre du monde entier, de tout ce qui ne s'appelait pas Jamison…

Car ce soir-là, elle serait sienne. Quelles qu'en soient les conséquences.

Chapitre 14

Il la trouva à l'arrière du parking, au milieu des camions de matériel. Jamison avançait à pas rapides vers le bus, mais il n'eut pas la patience d'attendre. Approchant dans son dos, il plongea une main dans ses cheveux, puis enroula l'autre autour de sa taille.

— N'aie pas peur, murmura-t-il en l'attirant contre lui. C'est moi.

Tout ce qu'il voulait, c'était lui donner le plus de plaisir possible. Et en aucun cas l'effrayer.

Elle étouffa un cri de surprise, puis se retourna brusquement. Son visage se retrouva à quelques centimètres à peine du sien.

— Ryder ? Mais qu'est-ce que tu fais ?

Ayant jeté son tee-shirt à la foule en délire après le dernier rappel, il plaqua son torse nu contre ses seins, à peine recouverts d'un léger caraco et de son soutien-gorge.

— Qu'est-ce que *toi*, tu fais ? corrigea-t-il en se pressant un peu plus contre elle. Pourquoi est-ce que tu courais ainsi vers le bus ?

— Je voulais... bredouilla-t-elle alors qu'il promenait déjà ses lèvres sur sa joue. Enfin, je croyais que...

— Quoi donc ? chuchota-t-il en déposant une pluie de baisers le long de ses pommettes.

— Je pensais que vous auriez faim...

— Je suis affamé, c'est vrai, mais pas de nourriture.

Il ignorait d'où lui venait cet impérieux désir – était-il là, caché depuis toujours au fond de lui-même, ou bien s'était-il seulement éveillé lors de cette fameuse nuit à San Diego ? Quoi qu'il en soit, Ryder en avait assez de lutter. Il avait envie de Jamison, il allait avoir Jamison.

Et il allait l'avoir, sur-le-champ.

Il fit quelques pas en avant, la repoussant jusqu'à la plaquer contre la carrosserie d'un camion de tournée. Pendant de longues secondes, il ne fit rien de plus que savourer la sensation exquise de ses courbes affriolantes contre lui. Comme il avait envie la toucher, de se fondre dans son intimité jusqu'à ne plus faire qu'un avec elle...

Il n'en pouvait plus. Tremblant comme un gamin, son désir devenait aveuglant, l'empêchait presque de respirer... De réfléchir. Il voulait Jamison rien que pour lui, il avait ce besoin viscéral de la sentir sous ses mains, de l'embrasser à pleine bouche, de lui faire l'amour à en perdre la tête...

Maîtrise-toi, se dit-il en la couvrant de baisers enfiévrés. *Tout n'est que question de maîtrise.*

Mais lorsqu'elle se cambra en poussant un soupir lascif, il perdit le peu de self-control qui lui restait.

Calant ses mains autour du col de son caraco, il le lui arracha en un seul geste, faisant valdinguer les boutons de tous côtés.

Enfin, elle s'offrait à son regard affamé. Et elle était si belle, ses seins rebondis nichés dans ce soutien-gorge d'un violet assorti à celui de ses yeux… Il avait beau faire nuit, la lueur des lampadaires du parking lui permettait de deviner ses tétons qui se dressaient vers lui sous la dentelle. Le souffle court, il referma ses doigts autour de l'un d'eux, et s'émerveilla de la voir trembloter à son contact.

— Ryder! s'écria-t-elle, pantelante, en s'agrippant à ses épaules, puis à ses cheveux. Est-ce que tu es sûr?

Mais plus elle parlait et plus elle se cambrait – autant dire qu'il n'était pas près de s'arrêter. Pourquoi continuer à nier l'évidence, alors que tout ce qu'il avait jamais désiré se trouvait là, devant lui, entre ses mains? Il s'inquiéterait de l'avenir plus tard. Mais pour l'heure, Jamison se tortillait entre ses doigts, brûlante, affamée de lui comme il était affamé d'elle. Alors plus question de faire machine arrière. Pas cette fois.

Il ne lui répondit pas. Du moins, pas avec des mots. Au lieu de cela, il s'empara de ses poignets, et les lui passa au-dessus de la tête. Capturant sa bouche, il l'embrassa éperdument. Avec ses lèvres, sa langue, ses dents, il fit en sorte de rendre ce baiser inoubliable. Pour elle comme pour lui.

Oh, Seigneur, comme elle était douce… Et cet arrière-goût épicé, suave, exquis… Mélange de miel et de cannelle chauds arrosant une pêche d'été bien mûre posée sur son lit de crème… Aspirant sa lèvre inférieure, il se délecta de ses petits soupirs lascifs qu'elle ne semblait pouvoir contenir, et de la façon dont elle agitait ses poignets contre les siens.

Malgré son sexe brûlant d'impatience, Ryder attendait depuis trop longtemps cet instant pour brusquer les choses.

Et puis, il avait envie de bien plus que satisfaire une simple pulsion naturelle… Ce soir-là, il s'agissait bel et bien de *Jamison*. Il avait l'intention de l'exciter jusqu'à la rendre dingue, l'inonder de plaisir jusqu'à lui faire perdre la tête, jusqu'à en perdre haleine, jusqu'à en oublier son nom…

En fait, suçotant allégrement sa lèvre inférieure, il dut se rendre à l'évidence : il avait envie de la contrôler. De la pousser dans ses retranchements, jusqu'aux frontières de la raison, jusqu'à ce qu'elle ait envie de lui au moins autant que lui avait envie d'elle… Jusqu'à ce qu'elle comprenne qu'elle avait besoin de lui comme de respirer… Jusqu'à ce qu'elle ne puisse plus jamais se passer de lui, comme lui-même se rendait compte qu'il ne pourrait plus se passer d'elle.

Il lui mordilla la lèvre et Jamison se mit à onduler contre lui de la plus sauvage des façons. Une fois encore, elle tenta de libérer ses poignets des siens, mais il était hors de question de la lâcher. Pas maintenant.

Il suffirait qu'elle pose sur lui ses doigts fins et experts pour qu'il explose littéralement.

Il la garda donc plaquée contre le camion à l'aide de ses mains, de son torse, de ses hanches… Et fit en sorte que chaque partie de son corps recouvre une partie du sien. Alors il la dévora.

—Ryder, haleta-t-elle en roulant la tête d'un côté et de l'autre de la carrosserie métallique du camion. Dépêche-toi, je t'en prie… Tu vas me rendre dingue…

Elle ne parlait plus que par hoquets intermittents.

—Mais j'ai très *envie* de te rendre dingue, susurra-t-il en engouffrant sa langue avide entre ses lèvres.

Jamison était douce comme la soie, comme le velours. Plus douce encore qu'il ne l'avait imaginée. Et chaude comme jamais il n'aurait osé en rêver.

Tandis qu'elle gémissait sous ses caresses, il tenta de se canaliser, de lui offrir la douceur qu'elle méritait. Mais quand Jamison réagit à son baiser en aspirant avec ardeur sa langue au plus profond de sa bouche, il ne répondit plus de rien. Un désir puissant, tranchant, irradia chaque cellule de son corps, anéantissant toute tentative de retour à la raison sur son passage. La seule chose à laquelle il pouvait encore penser, c'était à ce besoin de posséder Jamison, de la prendre sauvagement, de la marquer au fer rouge.

L'espace d'une brève seconde, juste une, il essaya de revenir à la raison. De réfléchir. Jamison n'était pas une groupie, ni une de ces filles jetables dont il ne se rappellerait pas le visage au petit matin. Aussi désespéré et intense qu'était son désir pour elle,

elle méritait mieux qu'une étreinte volée au détour d'un parking.

Regardant autour d'eux, il aperçut le camion de matériel qui n'allait pas être chargé avant une bonne heure. Sans un mot, il souleva Jamison et se servit du monte-charge pour accéder avec elle à l'intérieur du véhicule.

Ce n'était pas le plus romantique des endroits, mais ce serait toujours mieux que le parking. Ce serait toujours mieux qu'un bus de tournée surpeuplé. Il allait s'excuser de ce manque de confort, mais Jamison s'accrocha à lui, lui plantant les ongles dans le dos, ce qui déclencha en lui une salve de frissons mêlant douleur et désir irrépressible. Et quand elle referma ses dents autour de ses lèvres pour le mordiller, il capitula une fois pour toutes.

Ivre de désir, il emprisonna les poignets de Jamison pour la plaquer contre le camion. Il avait envie d'elle plus que jamais. Il s'apprêtait à s'excuser, à desserrer un peu son étreinte quand elle enroula ses jambes autour de lui, anéantissant toute pensée rationnelle. Il se laissa emporter dans un véritable torrent de désir.

Retenant son souffle, il enfouit son autre main entre ses boucles folles, fit basculer sa tête en arrière et se régala. Il manqua même de tomber à genoux quand elle explora sa bouche du bout de sa langue. Il découvrait à quel point elle avait envie de lui. À quel point son corps ne mentait pas. Déjà, il sentait monter l'orgasme en lui. Écartant ses lèvres des siennes, il ne tint pas compte de ses petits gémissements implorants et de ses doigts qui s'agrippaient désespérément à son dos.

Au lieu de cela, il la couvrit de baisers des joues jusqu'à sa nuque, avant de s'attaquer à la naissance de sa poitrine. Elle était si douce, si délicate entre ses bras que l'espace d'une seconde, il fut troublé par le besoin viscéral qu'il éprouvait : il voulait à tout prix prendre soin d'elle. La protéger. Lui épargner toute cette part sombre qu'il portait en lui. Ce côté obscur lui avait valu de faire foirer toutes ses relations amoureuses.

Il faillit tout arrêter là. Il faillit renoncer à ce plaisir décadent, dangereux, qui lui semblait soudain aussi indispensable que l'air qu'il respirait. Mais c'est à ce moment-là qu'elle l'implora, à bout de souffle, plantant férocement ses ongles dans sa peau... Et il comprit – Dieu seul pouvait savoir avec quel désespoir – que même la crainte de détruire Jamison comme il avait détruit Carrie ne pourrait plus l'arrêter.

De sa main libre, il dégrafa son soutien-gorge puis lui libéra les poignets le temps de le lui enlever. Enfin il allait pouvoir goûter à elle, sentir la pointe durcie de ses seins entre ses lèvres et se délecter d'elle comme il se devait.

S'agenouillant devant elle, il la laissa plonger ses mains dans ses cheveux, et à mesure qu'elle les triturait, ces petites décharges de douleur rendirent son plaisir d'autant plus délectable.

Puis il ne pensa plus à rien, sinon à son corps de déesse. Enfouissant son visage entre ses seins, il fut au bord de l'extase. Il s'efforçait de conserver un semblant de self-control, mais cela devenait quasi illusoire. Plus il cherchait à faire preuve de patience et de délicatesse, moins il y parvenait. Il fallait y renoncer à présent. C'était trop tard.

Le souffle court, il prit entre ses lèvres la pointe d'un sein de Jamison.

Elle gémit et ses doigts s'agitèrent dans ses cheveux. L'espace d'un instant, il se demanda s'il n'avait pas été trop loin, s'il n'avait pas franchi la limite ténue entre plaisir et douleur, limite avec laquelle il prenait plaisir à jouer. Or les hanches de Jamison ondulaient de la plus impudique des façons contre lui, et il comprit qu'elle était plus que consentante. Il lui mordilla doucement le téton, décidé à l'emmener jusqu'au bout de cette déferlante de désir qui s'abattait sur eux. Mais quand elle s'agrippa un peu plus à lui avec ce miaulement bestial, c'est lui qui perdit tous ses moyens.

Tremblante, suffocante, Jamison tenta de se presser davantage contre Ryder. Il allait la tuer à faire monter ainsi les enchères, à mettre son propre désir de côté pour satisfaire le sien en premier... Elle avait envie de lui, elle avait besoin de lui, elle était à deux doigts de lui arracher ses vêtements et de le forcer à lui faire l'amour, là tout de suite... Tandis que lui prenait tout son temps, comme si rien ne pressait.

Comme c'était bon de le sentir tout contre elle... Comme elle aimait cette sensation d'être sur le point de perdre la tête s'il ne passait pas plus vite à l'action.

Ces seuls baisers, ces seules caresses avaient suffi à la transporter aux portes de l'orgasme, prête à sombrer de l'autre côté à la moindre provocation.

Bien sûr, elle avait essayé de lutter, de résister. Mais elle avait attendu ce moment si longtemps, elle avait rêvé depuis de si nombreuses années de pouvoir serrer Ryder dans ses bras, de l'embrasser, de lui faire l'amour, qu'elle avait envie de prolonger ces instants. D'autant qu'elle n'avait aucune garantie que cela se reproduirait un jour.

Et bien qu'elle ne lui ait rien dit – comment avouer de telles pensées ? – Ryder semblait avoir anticipé son besoin de faire durer le plaisir. À moins que ce ne soit simplement son style, en tant qu'amant : langoureux, entreprenant, déterminé à lui donner tout le plaisir qu'elle serait capable de recevoir. Mais peu importe ce qui pouvait expliquer cela : Jamison saurait profiter de chaque seconde avec lui, jusqu'à la dernière.

Quand Ryder se pencha au-dessus de ses seins pour mordiller tour à tour ses tétons, elle se cambra violemment en laissant échapper un cri. Jusqu'à présent, la seule chose qui lui avait permis de se contenir, c'était la certitude que Ryder allait mettre un terme à ces préliminaires, oui, qu'il allait l'achever dès l'instant où il mesurerait la torture qu'il lui infligeait.

Sauf que lorsqu'il referma une nouvelle fois ses dents sur sa peau brûlante, avant d'apaiser sa morsure, elle sut qu'elle avait perdu la bataille. Aucun homme ne saurait se montrer à la fois aussi tendre et entreprenant, aussi généreux et dominateur…

Comment aurait-elle pu lui résister ? Comment aurait-elle pu faire autrement que de sombrer un peu plus encore sous son charme envoûtant ?

Avait-elle seulement le choix ? Cette seule idée la déchirait de l'intérieur... Prenant son visage entre ses mains, elle le plaqua contre sa poitrine, brûlant d'envie de recevoir encore ses caresses, ses baisers, ses morsures.

— Ryder, susurra-t-elle alors que sa langue se promenait entre ses seins. Je t'en supplie... J'ai envie de toi.

— Oh, ma belle, murmura-t-il en s'attardant encore sur la pointe de ses seins. Mais je viens à peine de commencer...

— Je t'en prie, implora-t-elle de nouveau.

Le corps possédé, sa voix, ses pensées, ses mouvements entièrement suspendus aux caresses, à la bouche de Ryder, elle enfonça ses ongles plus profondément dans ses épaules. Elle était à sa merci. À la merci de son indomptable désir.

Ryder recouvra l'équilibre en capturant une nouvelle fois ses poignets entre ses paumes expertes. Puis, d'une main, il bloqua ses bras juste au niveau de ses seins déjà enflés de désir.

— Mais qu'est-ce que tu..., bafouilla-t-elle d'un ton saturé de désir.

— Regarde..., articula-t-il d'une voix rauque, pratiquement méconnaissable.

Jamison ressentit une nouvelle onde de désir à l'idée qu'elle était la responsable de tout ça, qu'elle avait rendu cet homme si beau et si talentueux fou de désir au point qu'il en trouvait à peine sa voix.

Et quand elle suivit son regard, elle fut captivée – tout comme Ryder apparemment – par ce qu'elle entrevit dans les rayons de lumière qui filtraient du toit du camion. Il lui avait emprisonné les seins dans ses bras, qu'elle montait et descendait tour à tour, pour le plus grand plaisir de Ryder.

Pour son plus grand plaisir à elle aussi, car elle sentait le sang affluer sur la zone incriminée. Mais il n'en avait pas fini. Au contraire, il lui pressa un peu plus les bras afin de faire encore remonter ses seins, dont la pointe étouffait désormais contre sa peau sensible.

— Tu es belle, Jamison, déclara-t-il, les yeux écarquillés d'appréciation lascive. Bon sang, comme tu es belle…

Quand il la regardait ainsi, elle le croyait. Tout comme quand il la caressait, et la serrait contre lui comme si elle était la seule femme au monde. Elle savait que c'était faux, qu'il coucherait probablement avec une autre femme avant même la fin de la semaine, mais elle s'en fichait royalement. Tant qu'il posait ce regard sur elle, comme si elle était la seule chose au monde qui comptait pour lui, elle s'en fichait.

Ryder se plaqua encore plus contre elle. Une fois encore, il rapprocha son visage et prit la pointe de son sein dans sa bouche.

Il la suça fort, ouvertement, et elle suffoqua, implorant sa pitié. Imperturbable, il continua à la mordiller, à la lécher, à la suçoter jusqu'à l'emporter aux portes de l'extase.

Jamison sentit chaque cellule de son corps se consumer à son contact, si bien que l'orgasme la prit par surprise. Bien sûr, elle avait senti la lame de fond monter en elle, mais n'aurait pas cru possible de jouir par le seul contact de ses lèvres sur ses seins.

Chaque fibre de son être vibra à l'unisson avec l'onde de plaisir qui la traversait de part en part. Jamais elle n'avait expérimenté de telles sensations… Si bien que cela ne lui laissait guère le choix : il fallait poursuivre cette exploration avec Ryder.

Pris de convulsions plus exquises les unes que les autres, son corps ondulait au rythme des soubresauts de plaisir. Jamison avait l'impression de s'embraser comme la scène lors des effets pyrotechniques de la fin des concerts de Shaken Dirty. Et puis, peu à peu, elle se sentit flotter, s'élever dans les airs, puis se dissoudre dans le ciel de la nuit infinie…

Doucement, lentement, elle redescendit sur Terre, impressionnée d'avoir pu se laisser transporter aussi loin. Sans trop savoir que penser de tout le plaisir que lui avait donné Ryder. Elle avait beau avoir déjà eu quelques amants, rien de ce qu'elle avait pu connaître dans leurs bras n'était comparable à ce que Ryder venait de lui offrir. Pas étonnant que les groupies se montrent prêtes à tout pour se glisser dans son lit chaque soir.

Cette seule idée la glaça, et acheva de la ramener à la réalité. Mais Ryder ne semblait pas décidé à en rester là. Il l'enlaça et la serra contre lui tout en déposant une pluie de baisers sur son ventre.

— C'était la plus belle chose que j'aie jamais vue, chuchota-t-il.

Jamison se balança sur ses pieds, ne sachant trop que répondre. Probablement parce que ce qu'elle ressentait à cet instant allait bien au-delà d'une simple jouissance charnelle.

Ryder cessa brusquement de l'embrasser, et releva vers elle ses yeux noirs comme l'onyx.

— Jamison? demanda-t-il d'une voix encore saturée de désir. Est-ce que ça va?

À ces mots, elle se détendit. Le seul fait de l'entendre prononcer son nom, de savoir qu'elle était un peu plus à ses yeux qu'un simple corps à combler, sans nom et sans visage, cela l'apaisait plus que tout autre chose.

— Ça va... Ça va même très bien, murmura-t-elle avec défi en faisant danser ses doigts autour du piercing qui ornait le téton de Ryder.

Car elle avait envie d'explorer chaque centimètre de son corps aussi sublime que sexy avant qu'il ne s'en aille. Avant que l'occasion ne s'évanouisse pour toujours.

— Quand est-ce que je vais pouvoir te caresser? susurra-t-elle.

— Dès que je serai rassasié, répondit-il à voix basse avant de s'attaquer aux boutons du short de Jamison.

— Ah, parce que tu ne l'es pas encore ? demanda-t-elle alors qu'il faisait glisser son vêtement le long de ses cuisses.

Mais elle perdit sa capacité à prononcer le moindre mot quand il commença à promener ses lèvres sur son bas-ventre, poussant sa caresse jusqu'à sa culotte en dentelle.

— Loin de là… Ouvre les jambes, rétorqua-t-il en glissant un doigt sous l'ourlet de son sous-vêtement avant de jouer avec les boucles à l'entrée de ses cuisses.

Elle obéit aussitôt, frissonnant devant le ton autoritaire avec lequel il s'adressait à elle. Et pourtant, autant elle avait envie de lui, de le sentir au plus profond d'elle-même, autant elle savait que cela ne lui suffirait pas.

— Ryder, j'ai envie de te caresser… J'ai besoin de te sentir, de…

— Ton tour viendra, ma belle… Ton tour viendra, susurra-t-il en insinuant ses doigts entre les replis de son sexe.

Elle frissonna, et en quelques secondes, elle fut sur le point d'avoir un deuxième orgasme.

— Ryder ! s'écria-t-elle, à l'agonie.

Il se mit à rire, un petit rire doux qui la fit se contracter autour de ses doigts experts, tandis qu'une délicieuse onde de chaleur se propageait dans tout son bas-ventre.

Cela suffit à lui faire perdre la tête. Poussée dans ses retranchements, poussée à bout, elle s'agrippa aux épaules de Ryder, prit une profonde inspiration et planta ses dents dans la seule partie de son corps qu'elle pouvait atteindre : le bras qui la tenait plaquée contre la paroi du camion.

Chapitre 15

Ryder se figea en sentant les dents de Jamison s'enfoncer dans sa chair. L'espace d'un instant, il fut saisi, paralysé par un désir si féroce que cela relevait désormais d'une véritable obsession. Puis Jamison se mit à gémir, et le charme fut rompu. Tout comme sa détermination. Il avait voulu passer la nuit entière à la caresser, à la faire jouir sans relâche – elle méritait bien ça. Mais en aucun cas il n'allait pouvoir tenir toute la nuit, en aucun cas il n'allait pouvoir se retenir plus de quelques minutes avant de s'enfouir au plus profond d'elle…

Bien décidé à la faire jouir au moins une fois encore avant de la pénétrer pour de bon, il lui lâcha les poignets et s'agenouilla devant elle. Avant de ramener ses mains vers l'intérieur de ses cuisses de velours.

Lentement, délicatement, il remonta une nouvelle fois ses doigts vers l'ourlet de sa culotte en dentelle violette, lui laissant le temps de s'habituer à lui, à sa présence. Jamais il ne l'aurait imaginée portant des dessous en dentelle – elle, la fille pragmatique, organisée, réservée. Or en l'occurrence, il avait rarement vu des sous-vêtements aussi sexy : le petit triangle de dentelle fine englobait son sexe de la plus divine des façons.

Rapprochant son visage, il promena cette fois sa langue le long de l'ourlet, se délectant au passage de chaque petit soupir voluptueux que déclenchaient ses caresses.

— Tu en as d'autres, des comme ça, ma belle ? demanda-t-il en tirant allégrement sur l'élastique avant de le lâcher en un « clac » des plus sensuels.

— Des tas, articula-t-elle d'une voix rauque.

— Tant mieux, dit-il dans un sourire, tout en lui adressant un regard plein de promesses.

Sans la quitter des yeux, il lui arracha la culotte d'un geste ferme. Elle poussa un petit gémissement, et il sentit une violente salve de désir le traverser de part en part. Enfin, voilà ce dont il avait toujours rêvé : Jamison, ruisselante de désir, devant lui, pour lui...

Oui, pour lui.

Elle se consumait de désir pour lui, autant que lui se consumait pour elle.

— Je t'en supplie, Ryder, murmura-t-elle en posant une main sur son torse.

Elle joua avec le piercing autour de son téton. Avant de descendre sa paume brûlante le long de son ventre, jusqu'à l'ourlet de son jean.

— J'ai envie de toi, reprit-elle en un souffle à peine audible avant de remonter ses mains le long de ses épaules pour l'enlacer.

—Envie, ça ne suffit pas, rétorqua-t-il, bien décidé à la pousser à bout. Je veux que tu aies *besoin* de moi, comme moi j'ai *besoin* de toi.

—C'est le cas ! s'écria-t-elle d'une voix plaintive alors qu'il commençait à mordiller l'intérieur de ses cuisses.

Il adorait l'entendre haleter quand il la léchait, quand il la mordait, quand il l'embrassait… Quand il faisait tout ce qu'il pouvait pour lui faire crier son nom. Tant de sensualité et d'impudeur allaient le rendre fou. Et il tenait à lui faire perdre la tête, à elle aussi…

—C'est ce qu'on va voir, chuchota-t-il en parcourant son intimité du bout de la langue.

Il se délecta de ce goût fruité, mielleux, doux comme de la crème, mais cela ne suffisait pas. Il plongea sa langue au plus profond d'elle, car ce n'était pas encore assez. Il voulait la posséder tout entière.

—Ryder ! cria-t-elle d'une voix qui accentua encore le désir qu'il éprouvait pour elle. Ryder, je t'en prie… Prends-moi… Je t'en prie, prends-moi…

Comme il aimait ce ton implorant, comme il aimait ces mots suffocants s'échappant de ses lèvres. Mais cela ne suffisait pas, non… pas encore. Une petite voix lui soufflait que de toute façon, cela ne suffirait jamais avec Jamison, que son désir pour elle ne s'éteindrait jamais. Mais lorsqu'elle gémit de plaisir en s'agrippant à lui, il perdit de nouveau toutes ses capacités de raisonnement. Tout ce qu'il était capable de faire à présent, c'était de s'abandonner à la nuée de sensations qui s'emparaient de lui.

Le désir qui couvait en lui depuis plusieurs jours finit par se déchaîner, brûlant et dangereux. Il respirait à peine, et son sexe, raide et douloureux, menaçait d'exploser au moindre contact avec Jamison. Mais il s'efforça de se maîtriser encore un peu. Elle allait jouir pour lui, encore une fois, et dans sa bouche... Et c'est seulement à ce moment-là, une fois qu'elle aurait mis de côté toutes ses inhibitions, une fois qu'elle se serait laissée aller, qu'il s'autoriserait à céder à ce désir qui allait le rendre fou. C'est seulement à ce moment-là qu'il la prendrait pour de bon.

Le souffle court, il enroula une de ses jambes au-dessus de son épaule. Elle poussa un soupir de surprise, mais plongea de nouveau ses mains dans ses cheveux. Il remua ses épaules de sorte qu'elle se sente le plus à l'aise possible. Et il lui chuchota alors tout ce qu'il prévoyait de lui faire. Avant de plonger une nouvelle fois sa langue au plus profond d'elle.

Ondulant sauvagement des hanches, elle se plaqua contre lui plus fort que jamais. Il poursuivit inlassablement ses caresses, la maintenant d'une main ferme sur son ventre. Oh, comme elle était délicieuse, envoûtante... Jamais il n'avait goûté à quoi que ce soit d'aussi doux. Et à cet instant précis, il la désirait plus qu'il n'avait jamais désiré quoi que ce soit de toute sa vie.

Au point que cela lui faisait peur. Au point qu'il préféra la pousser un peu plus dans ses retranchements, histoire de laisser de côté les sentiments qui bouillonnaient en lui. Ce qui aurait presque marché si elle ne s'était pas mise à crier son nom, à le projeter de nouveau au milieu de ce déchaînement de désir.

— Ryder !

Il s'agissait là d'une supplique, d'un ordre, d'une demande de répit, mais il ne pouvait plus s'arrêter. Il devait goûter à Jamison, se délecter de chaque goutte de son nectar, de chaque frisson, de chaque soupir qu'elle pourrait lui donner. Du bout de sa langue, il s'appliqua à la caresser jusqu'à trouver son point sensible, jusqu'à l'emmener au plus haut du plaisir, plus haut que personne ne l'avait jamais emmenée.

Alors qu'elle était sur le point d'atteindre l'extase, hoquetant et approchant du point de non-retour, il retira sa langue de sa chaleur enivrante. Puis, glissant ses mains sous ses fesses, il la souleva un peu plus haut, lui écarta un peu plus les cuisses, et referma doucement ses lèvres autour de son clitoris.

Elle se cambra violemment lorsqu'elle se mit à jouir, se frottant si brusquement contre lui qu'il en perdit presque l'équilibre. Mais il tint le coup, et se servit de sa langue, de ses lèvres, et de ses dents pour prolonger son plaisir…

Il se sentait comme possédé, littéralement ensorcelé… Accro à ce sentiment exquis qu'il lui donnait du plaisir. Et il aurait pu rester ainsi une éternité, le sexe palpitant de désir, la bouche enfouie entre les replis de Jamison, si douce, si réactive… Sa nouvelle obsession serait de la faire jouir.

Il avait connu de nombreuses femmes au cours de sa vie, n'hésitant pas à se servir de sa notoriété et de ses charmes pour avoir les femmes qu'il voulait, quand il le voulait. Il s'était servi du sexe pour tenir ses démons et ses échecs à distance.

Mais le sexe avec Jamison était différent.

Parce que Jamison est différente, lui souffla une voix au fond de lui sans trop savoir s'il s'agissait d'un avertissement ou d'un encouragement.

Il plongea une dernière fois sa langue en elle, la regardant trembler de plaisir, puis remonta ses lèvres le long de ses hanches, de son ventre plat. Incapable de se retenir, il la mordilla tout le long, se délectant des petits gémissements qu'elle ne cherchait même plus à dissimuler. Puis il apaisa les rougeurs sur sa peau en y promenant sa langue avec gourmandise.

— Qu'est-ce que…

Confuse, tremblante, elle bafouillait. Mais il savait que c'était à cause du plaisir – et non du froid qui régnait dans le camion. Sa peau était fébrile, brûlante, même…

Tout comme la sienne. Il avait l'impression de se consumer, il brûlait de s'enfouir dans la chaleur douce et humide de Jamison. Sans un mot, il la mit à terre, à plat ventre. Oh, comme il avait envie de voir son visage quand ils feraient l'amour, de voir son regard se brouiller, s'embuer… Mais non, il ne savait pas faire l'amour ainsi. Il ne l'avait jamais fait. Cela aurait eu quelque chose de trop personnel. Il se serait montré trop vulnérable. Et s'il mourait d'envie de tout savoir, de tout connaître de Jamison, de se rapprocher d'elle autant qu'il était possible de se rapprocher de quelqu'un, il redoutait de lui laisser entrevoir ce qu'il dissimulait vraiment au fond de lui. Il redoutait qu'elle se refuse à lui une fois qu'elle aurait compris à quel point il était paumé.

— Ryder !

La plainte stridente le tira de ses pensées, le ramenant à une réalité ô combien délectable.

Déterminé à la prendre là, tout de suite, il ramena ses fesses – ses voluptueuses fesses – vers lui. L'instant d'après, il sortit un préservatif de la poche arrière de son jean, défit son pantalon, enfila sa protection... Puis, entremêlant ses doigts aux siens, il se glissa en elle par-derrière.

Elle poussa un cri en se cambrant violemment, se débattant comme pour tenter d'échapper à son emprise. Mais il s'accrocha à elle, la recouvrant de tout son corps. Plus question de la lâcher à présent. Dès l'instant où elle l'avait accueilli en elle, une musique avait démarré dans sa tête. Une mélodie palpitante, électrique, qui le galvanisa... Jamison était en train de le faire mourir de plaisir.

Il était brusque, plus qu'il ne l'aurait voulu, mais impossible de se maîtriser à présent. Toute la douceur qu'il avait en lui s'était volatilisée. Pourtant, tandis que cette musique prenait possession de lui, il réussit à s'assurer que chaque cri qu'il arrachait à Jamison était un cri de plaisir. Qu'à chaque coup de reins, il l'emmenait plus haut sur les cimes de la volupté.

Passant un bras autour d'elle pour éviter qu'elle ne se blesse contre la paroi métallique du camion, il accéléra la cadence. Il allait et venait en elle, vibrant de plaisir à chaque ondulation, prenant possession d'elle de la plus brutale des façons.

Et Jamison en redemandait. Oui, elle en redemandait, ses muscles les plus intimes se contractaient sans pudeur autour de lui. Glissant une main entre ses cuisses, il les lui écarta plus encore. Il fallait qu'il goûte à ce qu'elle avait de plus profond à lui offrir, il voulait être sûr de ne jamais oublier cette musique qui se répercutait dans chaque cellule de son corps.

Avec un hoquet, Jamison enfonça ses ongles dans les mains de Ryder et s'agrippa à lui comme si sa vie en dépendait.

— Viens ! pantela-t-elle, le corps secoué de spasmes. Je t'en prie, Ryder, viens !

La musique s'accéléra. Il sentait son corps au bord de la rupture, mais pas question de s'arrêter là – pas alors que Jamison semblait sur le point d'avoir un nouvel orgasme. Jamais il n'avait eu autant envie de jouir à l'unisson, de sentir un corps voluptueux s'abandonner entièrement au plaisir qu'il lui donnait.

Faufilant sa main entre les replis de son sexe, il lui caressa doucement le clitoris, en rythme avec la musique qui continuait de jouer dans sa tête.

— Non, ma belle, c'est *toi* qui vas venir, susurra-t-il en lui assenant un coup de reins désespéré. Allez, Jamison, ma beauté… Laisse-toi aller… Laisse…

Elle cria et se cambra violemment sous lui, le corps agité de spasmes. Il sentit de grosses perles de sueur rouler sur sa peau. Serrant les dents, il intensifia son va-et-vient... Jusqu'à n'en plus pouvoir. Jusqu'à ce que Jamison, en extase, se mettre à hurler son nom.

Alors, et seulement à cet instant où le crescendo de la musique devint insoutenable, il s'abandonna à la fièvre dévorante qui le possédait. Une fièvre aussi puissante le rock.

Quand ce fut terminé, quand elle put reprendre ses esprits, Jamison se cala la tête contre la paroi du camion et recommença à respirer. Elle avait connu quelques hommes, elle avait même été vaguement amoureuse, mais rien de ce qu'elle avait vécu jusqu'alors n'aurait pu la préparer à ça. À Ryder.

Il faisait l'amour comme il chantait : de façon sombre, ténébreuse et avec une telle attention aux petits détails qu'elle en tremblait encore, tout abasourdie qu'elle était. Pour la première fois de sa vie, elle se sentait comblée. Mieux encore, elle se sentait apaisée. C'était comme si quelque chose en elle avait littéralement fondu.

Ce qui n'aurait pas été grave en soi si son cœur – ainsi que les barrières qu'elle avait méticuleusement dressées entre Ryder et elle – n'avaient pas fondu avec tout le reste.

La panique s'empara d'elle à cette idée, anéantissant instantanément cette sensation de plénitude post-orgasmique qui l'avait vidée de toute énergie.

Le cœur battant, les mains tremblantes, une sinistre angoisse l'envahit en attendant que Ryder veuille bien la relâcher. S'écarter d'elle. Et ériger de nouveau cette muraille défensive qu'il affichait toujours dès qu'il se retrouvait seul avec elle.

Or il ne broncha pas. Et se contenta de rester enlacé à elle, son visage blotti au creux de sa nuque. Elle le sentait encore, là, en elle... Et redouta soudain que cette sensation ne s'efface plus jamais. Durant ces quelques minutes, Ryder avait fait bien plus que prendre possession de son corps... Il avait pris possession d'elle tout entière.

Et la panique se changea en véritable angoisse. Soudain, elle eut envie de se débattre, d'exiger qu'il s'en aille, de sorte à remettre un minimum de distance entre eux. Elle avait besoin de respirer, de réfléchir, de se retrouver seule ne serait-ce que quelques instants... Histoire de reconstituer ces défenses qu'il avait fait voler en éclats.

Elle avait passé tellement d'années à fantasmer sur Ryder, à être attirée par lui au-delà du bon sens... Or à présent qu'elle avait enfin goûté à lui, elle nageait dans la plus grande confusion.

Qu'est-ce que tout cela signifiait pour eux ? Pour elle ? Pour lui ? Étaient-ils ensemble ? Ou bien était-elle une imbécile de ne serait-ce qu'imaginer une chose pareille ?

Évidemment que tu es une imbécile ! se dit-elle en faisant de son mieux pour se retenir de le repousser. N'était-il pas idiot – ridicule, même – d'imaginer que

Ryder puisse lui trouver quoi que ce soit de spécial, alors qu'il couchait pratiquement avec une femme différente chaque soir ?

Elle aurait voulu que les choses soient différentes, que ce moment particulier entre eux ne soit pas purement sexuel, mais comment en serait-il autrement alors qu'elle s'était jetée sur lui comme une groupie ? Voilà deux fois qu'il la propulsait dans un univers de plaisir dont elle n'aurait même pas soupçonné l'existence, alors que pour lui, elle n'était certainement qu'une fille de plus… Il était évident que pour lui, elle ne représentait qu'un coup en passant. Un bon moment, dans le meilleur des cas.

Pourtant, à mesure que ces pensées assaillaient son esprit, elle savait que cela était injuste envers Ryder. L'hystérie du moment était en train d'altérer son jugement. Ryder était son ami, son modèle, son héros, depuis plus d'une décennie. Et ce n'était pas parce qu'ils avaient couché ensemble, ce n'était pas parce qu'ils avaient cédé à cette tension qui était peu à peu montée entre eux ces derniers jours, que d'un coup, Jamison ne signifierait plus rien pour lui. Évidemment qu'elle signifierait toujours plus pour lui qu'une vulgaire groupie dont il ignorait jusqu'au nom…

Mais est-ce que ça veut dire pour autant qu'à partir de maintenant, on sera amis-amants ?

Et si tel était le cas, quel était son avis sur la question ? Serait-elle capable de mettre de côté ses sentiments pour lui et se lancer dans ce genre de relation ? Ou bien le fait qu'elle était folle de lui – ou bien folle tout court – excluait-il que les choses aillent plus loin ?

— Ben alors, dit Ryder en levant les yeux vers elle, tu m'as l'air toute chose… Ça va ? Je t'ai fait mal ?

Ravalant le nœud qui s'était formé au fond de sa gorge, elle répondit d'un ton faussement léger :

— Tu veux rire ? C'était fabuleux…

— Vraiment fabuleux, précisa-t-il avec un sourire dans la voix.

Elle sourit à son tour malgré les doutes qui l'envahissaient. Oui, difficile de rester angoissée dès lors que Ryder jouait son numéro de charme…

Elle s'attendait à ce qu'il se montre fuyant, pressé de regagner le bus, mais non. Au lieu de cela, il posa un doigt sous son menton et lui releva le visage, de sorte qu'elle ne puisse échapper à son regard.

Ce fut difficile pour elle. Plus difficile encore qu'elle n'aurait pu l'imaginer, vu qu'il était toujours en elle. Mais d'une certaine façon, ces moments partagés avaient un je-ne-sais-quoi de plus intime encore, de plus effrayant que de simplement faire l'amour avec lui…

Sauf que Jamison n'était pas une mauviette. Elle était une grande fille, prête à affronter les conséquences de ses actes. Alors, au lieu de rejeter Ryder ou de se complaire dans sa propre insécurité, elle décida de se conduire en adulte, et de ravaler le plus possible les sentiments mitigés qui la tourmentaient. Et choisit ainsi de se montrer pragmatique.

— On devrait sans doute retourner au bus sans trop traîner.

— Et si je n'avais pas envie de rentrer ? murmura-t-il en remuant délicatement en elle jusqu'à atteindre un point particulièrement sensible. Et si j'avais plutôt envie de te refaire l'amour ?

Le souffle court, Jamison se cambra malgré elle, laissant son corps répondre à celui de Ryder. C'était plus fort qu'elle. Malgré les doutes et les craintes qui assaillaient constamment son esprit, elle était incapable de se refuser à lui. Surtout quand il prenait cet air taquin et manifestait son désir pour elle. Il était peut-être différent de celui qu'elle nourrissait pour lui, mais peu importait. Pour l'instant, seul comptait Ryder, et tout le plaisir qu'ils pourraient se donner, l'un, l'autre.

— Bon sang, comme tu es douce, murmura-t-il en s'enfonçant de plus belle en elle. Je n'ai pas envie de te laisser.

— Alors reste, s'entendit-elle répondre malgré elle.

Il se mit à rire, et son rire résonna au plus profond d'elle. Car Ryder ne riait pas souvent.

— J'imagine la tête de Jared s'il nous voyait en ce moment…

— Ce qu'on fait là ne le regarde pas, rétorqua-t-elle en contractant ses muscles autour de lui.

— Hmm… Recommence, s'il te plaît, implora-t-il d'une voix profonde et plus rauque encore qu'auparavant.

Elle obtempéra, et il vint poser son front contre son épaule.

—Oh, Jamie, j'aime tellement être en toi…

Ces paroles l'électrisèrent. Elle adorait l'entendre prononcer son nom. Plutôt que l'appeler « ma belle ».

—J'adore quand tu es en moi, Ryder…

Sans un mot de plus, il glissa ses mains entre ses cuisses et stimula son clitoris. Encore sensible après ses orgasmes à répétition – sans parler de la façon langoureuse dont il la pénétrait –, elle sentit son corps réagir comme s'il s'agissait de leurs premières caresses. C'était plus fort qu'elle. Quelque part en son for intérieur, elle se dit que son corps était fait pour répondre à celui de Ryder. Il n'avait qu'à l'appeler, où qu'il soit, à toute heure du jour ou de la nuit, et elle accourrait pour le satisfaire.

Cette seule idée la terrifia. À tel point que, alors qu'elle sentait déjà un nouvel orgasme monter en elle, elle posa une main derrière elle et repoussa la hanche de Ryder.

—Arrête…

On devinait dans sa voix haletante une telle excitation qu'elle aurait été incapable de lui en vouloir s'il n'avait pas tenu compte de sa demande. De toute façon, inutile de faire semblant de ne pas avoir envie de lui.

Mais elle avait sous-estimé Ryder. Et il se figea immédiatement.

—Je t'ai fait mal? susurra-t-il contre sa peau couverte de sueur.

Il se retira d'elle, la laissant avec cette affreuse sensation de vide et de solitude. Elle ferma les yeux et ravala les larmes qui lui montèrent soudain aux yeux. Ce n'était pas physiquement qu'elle avait mal, mais émotionnellement…

—Excuse-moi, je n'aurais pas dû te sauter dessus comme ça.

—J'en avais envie. C'est juste que…

Elle se retourna vers lui, et leurs regards se croisèrent pour la première fois depuis qu'il l'avait pénétrée.

—C'était merveilleux, reprit-elle d'une voix étranglée.

Il sourit de nouveau, et le cœur de Jamison chavira. Car ce n'était pas le sourire qu'il offrait à ses fans en délire, ce n'était pas le sourire qu'il affichait devant ses copains, ou ses conquêtes. Non, ces sourires-là, elle avait eu le temps de les voir des centaines, des milliers de fois au fil des années. Cette fois, c'était le sourire qu'il lui réservait. Un sourire rien que pour elle. Et le fait qu'il lui décoche ce sourire-là, à cet instant précis, l'aida à y voir plus clair.

Après tout, qui était-elle pour se plaindre de la tournure des événements ? N'était-ce pas ce dont elle rêvait depuis le début ? Que Ryder la considère enfin comme une femme ? Qu'il la serre contre lui et qu'il l'aime, ne serait-ce que durant un bref moment ? Quand ils avaient commencé à faire l'amour, elle s'était juré de prendre les choses comme elles viendraient, sans réclamer de promesses, ni d'engagement. Alors, elle n'allait tout de même pas revenir sur ces bonnes résolutions quelques minutes seulement après les avoir prises ?

Car ce n'était pas comme si elle le considérait comme son prince charmant – elle était suffisamment lucide pour comprendre que cela n'arriverait jamais. Pas Ryder. Pas avec ce qu'il avait vécu : il était persuadé que les *happy ends*, ce n'était pas pour lui.

Jamison n'était pas de son avis. Elle était persuadée qu'un jour, il pourrait faire un bon mari et rendre une femme heureuse – une fois qu'il aurait compris qu'il n'était pas responsable des drames de son passé. Elle avait consacré des années à essayer de l'en convaincre – tout comme Jared – mais en vain.

Et puis, Carrie était entrée dans sa vie, et Ryder avait pu s'épanouir. Pendant une certaine période. Jusqu'à cette maudite agression lors d'un concert de Shaken Dirty.

Ryder était sur scène, en train de chanter, quand elle s'était fait violer dans la loge. La fureur, la culpabilité qu'il avait alors éprouvées l'avaient pratiquement tué. Difficile de réagir autrement, alors que Carrie passait son temps à le tenir pour responsable de ce qui lui était arrivé. La lettre qu'elle avait laissée avant de se suicider avait constitué un acte d'accusation en bonne et due forme, un mélange explosif de haine et de douleur…

Or Ryder avait cru Carrie. Jared, Jamison et le reste de la bande avaient eu beau tout faire pour démentir de tels propos, ils n'avaient jamais réussi à réconcilier Ryder avec l'image monstrueuse qu'il avait fini par se faire de lui-même.

Ravalant les larmes qui lui montaient aux yeux comme chaque fois qu'elle pensait au calvaire que Ryder avait subi, Jamison parcourut d'un doigt les tatouages de son bras gauche. Tel le phœnix qui ornait sa peau, Ryder avait réussi à renaître des cendres d'une famille disloquée. Il s'était réinventé. Mais il demeurait tellement prisonnier des dégâts que sa famille – et Carrie plus tard – lui avaient infligés, qu'il était incapable de prendre du recul.

Ce qui ne signifiait pas pour autant que Jamison renonçait à lui ouvrir les yeux. Ryder était une personne trop précieuse – il était fort, bourré de talent, protecteur... Bref, c'était quelqu'un de fondamentalement bon. Il ne méritait pas de souffrir pour les péchés de ceux qui lui avaient fait défaut.

Pas plus qu'il ne méritait que Jamison ne le condamne pour des choses qu'il ne pouvait pas changer. Voilà qu'elle se trouvait là, près de lui, encore en transe après la plus merveilleuse expérience sexuelle qu'elle avait jamais eue, et elle faisait tout son possible pour mettre de la distance entre eux. Ce n'était pas juste, ni pour lui, ni pour elle...

Alors pourquoi est-ce qu'elle ne pourrait pas avoir Ryder ne serait-ce que l'espace d'un instant ? Elle avait effectué un véritable acte de foi en s'embarquant à bord du bus de tournée, fuyant San Diego et ses échecs désastreux. Elle avait renoncé à contrôler son destin, tout en se lançant dans l'écriture d'un livre de cuisine dont elle n'avait aucune garantie qu'il finirait par voir le jour…

Si elle était capable de se remettre ainsi en cause professionnellement, alors pourquoi ne pas faire la même chose dans sa vie personnelle ? Pas forcément pour toujours, mais au moins le temps de cette tournée ? Pourquoi ne pas oublier une fois pour toutes les mots « amour », « responsabilité », « happy end » ? Pourquoi ne pas tout simplement profiter de Ryder aussi longtemps qu'il aurait envie de profiter d'elle ? Cela ne durerait pas indéfiniment – peut-être même pas jusqu'à la fin de la semaine, mais au moins, elle saurait apprécier chaque seconde, se délecter de tout le plaisir qu'il voudrait bien lui offrir.

Une fois sa décision prise, elle se dégagea doucement des bras de Ryder, et sentit son cœur se serrer en perdant la chaleur de sa peau contre la sienne, en elle… Mais elle chassa aussitôt cette idée de son esprit, bien décidée à se concentrer sur ses désirs à lui pendant les prochaines minutes.

Elle se tourna vers lui et le prit dans ses bras avant de l'enlacer de toutes ses forces en tâchant de ne pas remarquer cette façon qu'il avait de se raidir contre elle. C'était quelque chose d'assez subtil, mais après toutes ces années passées auprès de lui, elle n'était pas dupe. Ryder pouvait lui faire l'amour sauvagement, lui faire crier son nom sans relâche jusqu'à en perdre la raison, mais il ne supportait pas une simple étreinte affectueuse.

Elle insista néanmoins brièvement – si elle ne pouvait rien lui offrir de plus durant le peu de temps qu'ils partageraient, alors elle tenait à lui témoigner cette marque d'affection. Un contact qui ne serait pas seulement sexuel. Il le méritait. Tout comme elle, d'ailleurs.

Sentant la tension s'accentuer en lui, elle s'écarta doucement. Puis, un sourire nonchalant aux lèvres, elle ramassa ses vêtements, et fit de son mieux pour ne pas trembler en remontant son short le long de ses jambes. La seule façon de s'en sortir, c'était d'agir avec autant de désinvolture que possible.

Jamison n'était pas prête à renoncer à Ryder. Pas tout de suite. Pas alors qu'elle venait de goûter aux délices qu'il avait à lui offrir. Tant pis si elle se retrouvait le cœur brisé. Elle était prête à courir ce risque. Pour une fois, elle acceptait de ne pas tout maîtriser. De s'abandonner corps et âme au chaos. Demain serait un autre jour.

Alors qu'il entraînait Jamison vers le bus, Ryder ne savait pas très bien que penser, ni comment réagir. Une partie de lui ressentait un bonheur dont il ne soupçonnait même plus l'existence – ce qui était dingue, il en était bien conscient. Après tout, il n'avait pas eu de véritable relation avec une femme depuis Carrie. Et il ne cherchait pas particulièrement à en avoir. Sauf que Jamison n'était pas le genre de fille dont on profitait une nuit, ou même une semaine, ou même un mois, avant de la jeter… Et pas seulement parce qu'elle allait passer le reste de la tournée avec le groupe. Mais parce qu'elle représentait plus à ses yeux. Beaucoup plus.

Quand Jared le lui avait demandé, il avait promis de se tenir éloigné de Jamison. Et quand il avait fait cette promesse, il avait eu la ferme intention de la tenir. Après tout, Jamison était douce, intelligente, drôle et innocente – enfin pas si innocente que cela à en juger par ce qu'il venait de faire avec elle pendant une heure. Mais quoi qu'il en soit, elle restait trop bien pour un gars comme lui. Nettement trop bien.

Et puis, Jamison avait une vie en dehors de lui, une vie dans laquelle il n'y avait pas de place pour les poètes maudits du rock. Encore moins pour les coups vite fait à l'arrière d'un camion. Il ne serait pas juste d'essayer de modifier son avenir, de lui faire porter le fardeau de son passé. Pas juste pour lui et encore moins pour elle.

Bref, difficile de dire si c'était à cause de cette époustouflante complicité charnelle ou de la façon dont elle l'avait enlacé après leurs ébats – comme si elle tenait à lui, comme si se vanter auprès de ses amies de s'être fait baiser par une rock star ne l'intéressait pas – mais quoi qu'il en soit, il ne se sentait pas prêt à en rester là. Avant Jamison, le sexe avait toujours été une sorte d'échappatoire pour lui. Même avec Carrie, c'était pour lui un simple moment de plaisir partagé, bien plus qu'une occasion de se connecter émotionnellement. Et jusqu'à présent, cela ne l'avait jamais dérangé. Au contraire.

Or voilà qu'à présent, Jamison importait bien plus à ses yeux qu'un bref moment de volupté. Bien plus que toutes les casseroles qu'il traînait depuis des années. Et même s'il savait qu'il n'était pas assez bien pour elle, qu'il ne pourrait jamais la garder, il ne se sentait pas prêt à renoncer à elle. Pas pour l'instant. Pas alors que son désir pour elle continuait de le tuer à petit feu.

Sans un mot, il lui prit la main et entrelaça ses doigts aux siens.

Elle tressauta légèrement, et le regarda à travers ses longs cils recourbés. Puis elle lui sourit, timidement. À cet instant, elle lui parut très différente de la femme qui l'avait supplié de la baiser. Tout comme il devait être aussi différent des hommes qu'elle avait l'habitude de fréquenter. Plusieurs signaux d'alarme retentirent alors à son esprit.

Une partie de lui ne voulait pas les entendre. Car il avait envie de Jamison. Envie d'elle comme jamais il n'avait eu envie de personne. Or en même temps, il ne voulait pas la blesser. Il voulait lui faire l'amour, sentir ses bras et ses jambes s'enrouler autour de lui, voir ce sourire lascif sur son visage, encore et encore… Mais il ne voulait pas lui donner de faux espoirs. La laisser s'imaginer des choses à propos d'eux deux. Même si ce qui venait de se passer entre eux signifiait bien plus pour lui qu'un simple intermède sexuel, il ne pouvait pas lui laisser croire qu'il y avait quoi que ce soit de plus que ce qu'il pourrait lui offrir.

— Jamison, dit-il à voix basse.

—Oui ?

Il s'apprêta à lui faire part de ses pensées, à tout lui avouer. Qu'il avait envie d'elle, mais qu'il ne voulait pas la blesser. Qu'il avait envie de continuer à lui faire l'amour, mais sans qu'elle tombe amoureuse de lui. Cependant, quand il posa les yeux sur elle, avec ses yeux tout ronds, pétillants et curieux, il ne put se résoudre à prononcer les paroles fatidiques.

—C'était…

—Je sais, l'interrompit-elle en portant sa main à sa bouche pour l'embrasser tendrement.

Une onde de chaleur irradia toute la zone où elle venait de poser ses lèvres, et l'espace d'un instant, il crut qu'il ne pourrait pas se retenir de la prendre de nouveau, là, au beau milieu du parking. La seule chose qui l'en empêcha, c'était le fait de ne plus avoir de préservatif. Enfin, ça, et le fait d'être à portée de vue de tous ceux qui auraient rejoint les bus de tournée.

—Tu sais que ça va aller, hein ? murmura-t-elle en baissant ses mains toujours entremêlées aux siennes.

À vrai dire, il n'était plus sûr de quoi que ce soit. Perturbé, bouleversé, il ne s'était pas laissé aller à de tels sentiments depuis des lustres.

Et comme il ne répondait pas, Jamison poursuivit :

—Ne crains rien, je ne vais pas tomber amoureuse de toi. Je sais exactement ce qui se passe entre nous.

Il était ravi de l'entendre, parce qu'en ce qui le concernait, il avançait en territoire inconnu. Mais c'est aussi ce qu'il aimait chez Jamison. Elle avait toujours compris les choses sans qu'il ait besoin de les lui dire.

— Tu sais que je tiens à toi.

Elle leva les yeux au ciel.

— Pitié, épargne-moi tes commentaires à l'eau de rose, Montgomery! Allez, relax, quoi! On se détend. Profitons-en tant que ça durera. Et quand ce sera fini, bye bye…

Il demeura bouche bée un instant.

— Mais… Qui êtes-vous? Et qu'avez-vous fait de Jamison Matthews?

— J'en ai assez d'être la gentille fille… J'ai envie de m'amuser pour une fois, déclara-t-elle en lui embrassant l'épaule, avant de promener sa langue sur son tatouage. Je suis une grande fille, maintenant.

À ces mots, il sentit les dernières tensions s'évader de son corps. Si Jamison était consciente de ce qu'il avait à lui offrir, et si elle était d'accord, qui était-il pour la contredire? Et puis, peut-être s'était-il tout simplement fait des idées en imaginant qu'une fille comme Jamison puisse attendre quoi que ce soit de plus venant d'un type comme lui…

Il l'attira vers lui et, du bout de la langue, traça un chemin de feu le long de son décolleté. Et se délecta de sa peau salée, d'autant qu'elle poussa un gémissement de plaisir.

— Et moi qui croyais que tu appréciais la façon dont je m'occupais de toi, la taquina-t-il en cherchant son regard.

— Oh, mais j'apprécie, répondit-elle en plaquant ses seins contre son torse nu. Et j'ai même hâte que tu t'occupes de nouveau de moi.

Bon sang, elle n'imaginait pas à quel point lui aussi.

Chapitre 16

—Ne fais pas ça! se fâcha Jamison en repoussant la main de Ryder pour la millionième fois. Tu n'as donc jamais entendu parler de la salmonellose?

Il se contenta de rire, glissa ses bras autour de sa taille et l'éloigna de son saladier de pâte à brownie. Puis il plongea un doigt dans la préparation avant de le porter langoureusement à ses lèvres.

—Allons, dit-il de sa voix d'ange déchu, il faut savoir vivre dangereusement!

La spatule ornée de chocolat toujours en main, elle frissonna sous son regard. Il se pressa contre elle dans l'espace confiné de la kitchenette du bus, et sentit une onde d'excitation parcourir son bas-ventre. Mais le reste du groupe se trouvait juste de l'autre côté du mince rideau de perles qu'elle avait installé dans un effort désespéré de démarquer son espace de travail du reste du bus. Et tandis qu'ils sommeillaient devant un épisode de *Sons of Anarchy*, il aurait suffi que l'un d'eux se réveille pour percer à jour le secret de Jamison et Ryder.

Après avoir remis de l'ordre dans ses pensées et dans sa libido débridée, elle s'écarta des bras de Ryder.

— Tu pourras dire que je suis vieux jeu, mais à mes yeux, s'exposer à une grosse infection bactérienne s'apparente plus à vivre stupidement qu'à vivre dangereusement.

Il leva les yeux au ciel et continua à se lécher ostensiblement les doigts.

— Tu sais que parfois, tu n'es pas drôle du tout, Jamison.

— Ce n'est pas ce que tu disais hier soir, lui rappela-t-elle en versant la pâte dans un moule à gâteau qu'elle enfourna aussitôt dans le mini-four.

— C'est parce que hier soir tu ne voyais aucun inconvénient à me lécher où j'en avais envie, rétorqua-t-il avec un regard espiègle tout en promenant un doigt sur les rebords du saladier pour récupérer les restes de pâte.

À son tour, elle leva les yeux au ciel avant de plonger le saladier dans l'évier.

— Est-ce que ça t'arrive de penser à autre chose qu'au sexe ?

— Absolument, dit-il en venant presser contre elle son sexe dur comme un roc à travers son pantalon, après avoir vérifié que personne ne pouvait les voir. Figure-toi qu'hier soir, j'ai passé un temps incroyable, allongé sur ma couchette, à repenser à la douceur mielleuse de ta…

Les joues soudain en feu, Jamison se retourna d'un bond et posa un doigt sur sa bouche.

— Ne dis rien ! s'insurgea-t-elle à voix basse alors même qu'une irrésistible onde de désir irradiait tout son bas-ventre.

— Dire quoi ? murmura-t-il en promenant son doigt couvert de chocolat sur ses deux lèvres. Que j'adore te caresser ?

À ces mots, il déposa un long baiser sur sa bouche.

— Que j'adore ton goût sur mes lèvres ? poursuivit-il en suçotant le chocolat qu'il avait déposé sur sa bouche. Que j'adore t'entendre haleter quand tu m'accueilles en toi ?

Il lui mordilla la lèvre, et elle fut séduite par ses paroles autant que par le petit jeu de sa bouche sur la sienne. Et quand il planta ses dents dans sa lèvre inférieure avec une infinie douceur, elle ne put lutter davantage contre cette onde voluptueuse qui irradia chaque cellule de son corps. Elle gémit de plaisir.

— Voilà, c'est exactement ce petit bruit-là, dit-il de cette voix rauque qui la rendait dingue.

Le désir s'empara d'elle, et elle se tortilla tout contre lui. Comme elle avait envie qu'il la comble… Comme chaque fois qu'ils se trouvaient tous les deux. Même si en réalité, elle voulait bien plus qu'une relation purement physique avec lui.

Jamison chassa aussitôt cette pensée de son esprit, refusant de s'appesantir sur ce qu'elle ne pourrait jamais avoir – sur ce que Ryder ne pourrait jamais lui offrir – alors qu'il était déjà en train de partager avec elle tout ce qu'il avait à lui donner.

Car ce n'était pas comme si elle ne l'avait pas su dès le départ. Il n'avait rien de mieux à lui offrir. Et cela ne l'avait pas dérangée, la semaine précédente, lorsqu'il l'avait entraînée à l'arrière de ce camion pour lui faire l'amour pour la première fois. Tout comme cela ne la dérangeait pas à ce jour. En aucun cas, il ne lui serait venu à l'idée de se plaindre de ce que Ryder ne pouvait lui promettre. Surtout pas maintenant, alors qu'il se tenait debout devant elle, brûlant, dur, et tellement, tellement sexy…

Voilà pourquoi, quand il se mit à étaler un peu plus de chocolat sur ses lèvres, elle finit par se dire que le risque de salmonellose était finalement assez négligeable. Tout en le mordillant, elle passa sa langue sur ses lèvres puis aspira le doigt de Ryder dans sa bouche.

À son tour, il poussa un gémissement de plaisir. Elle promena alors lentement sa langue le long de son doigt.

Ryder plongea sa main dans ses cheveux, mêlant ses doigts à ses boucles. Certes, elle aurait mieux fait d'arrêter là, car Ryder risquait de partir en vrille à tout moment, mais c'était trop tard. Le regard du rockeur vibrait déjà de désir et d'un je-ne-sais-quoi d'autre qu'elle ne lui connaissait pas. Un je-ne-sais-quoi qui aurait pu ressembler à s'y méprendre à de la tendresse.

—Viens là, murmura-t-il après une minute en rapprochant son visage du sien.

—Mais, les gars vont…

— Ils sont occupés, l'interrompit-il. Et si je dois attendre d'arriver à Seattle pour t'embrasser, je n'arriverai pas vivant...

À ces mots, toutes les objections de Jamison s'évanouirent. Après tout, il s'agissait là de sa vie à elle, et Jared n'avait aucun droit de lui dicter ce qu'elle avait à faire, ni avec qui elle pouvait le faire. Elle avait beau comprendre la nécessité de rester discrète puisque Ryder et elle ne prévoyaient pas d'avoir une relation sérieuse – pour rien au monde elle n'aurait voulu se dresser entre Jared et Ryder – cela ne donnait pas à son frère le droit de décider de la façon dont les choses devaient évoluer entre Ryder et elle.

Elle ferma les yeux alors que Ryder prenait son visage entre ses mains. Elle attendit son baiser, la chaleur de ses lèvres sur les siennes. Au lieu de cela, elle sentit son pouce se promener sur sa lèvre inférieure. Une fois. Deux fois.

— Tu es si belle, murmura-t-il. Tellement belle que parfois cela me fait presque mal de te regarder.

— Ne te sens pas obligé de dire ce genre de choses, rétorqua-t-elle en rouvrant les yeux.

Hypnotisée par la profondeur ténébreuse de son regard, elle savait néanmoins qu'elle n'était pas à la hauteur, et de très loin, face à la beauté des femmes qu'il avait l'habitude de fréquenter. Et encore moins de sa beauté à lui, avec son visage aux traits frôlant la perfection, avec son corps d'athlète.

— Et si j'avais vraiment envie de te le dire ? demanda-t-il en explorant son visage du bout des lèvres. C'est la vérité, tu sais.

Inclinant la tête en arrière pour s'abandonner à ses baisers, elle s'agrippa à ses épaules. Sans un mot, il glissa sa langue à la naissance de son décolleté, et Jamison se sentit fondre. Littéralement.

Ryder en profita pour l'empoigner par les hanches, et la faire pivoter contre le comptoir, tandis qu'elle lovait ses fesses contre lui. Puis elle s'accrocha au plan de travail alors qu'il mordillait l'ourlet de son débardeur.

Sentant la pointe de ses seins se durcir, elle mourut d'envie de se retourner. De passer ses bras autour de lui, de l'enlacer comme elle en rêvait depuis toujours. Mais tout au long de cette semaine où ils étaient devenus amants, elle avait compris qu'il préférait la prendre par-derrière. Il faisait tout pour que leurs regards ne se croisent jamais dans ces moments-là.

Elle avait donc fait son possible pour ne pas le contrarier, supposant que c'était sa façon à lui de maintenir une certaine distance entre eux. Il n'y aurait rien de sérieux entre eux, lui avait-elle affirmé. Et ils ne faisaient que s'amuser, partager de bons moments. Rien de plus, rien de moins. Si elle avait parfois l'impression qu'il y avait quelque chose de plus entre eux – ou qu'elle en avait envie – alors c'était son problème à elle. Même chose pour ce désir d'annuler purement et simplement cette distance artificielle qu'ils maintenaient entre eux.

—À quoi tu penses ? demanda-t-il à voix basse.

Elle sentit son souffle chaud contre son oreille, et ses mains glisser le long de son ventre, vers l'intérieur de ses cuisses.

Touché, coulé.

—À toi…

Il éclata d'un rire sonore dont les vibrations la firent frissonner au plus profond d'elle-même.

— Ça alors, murmura-t-il. Figure-toi que je pensais moi aussi à toi.

— Sans blague ? dit-elle en tournant son visage vers lui. Et que pensais-tu exactement à mon sujet ?

Le regard de Ryder se mit à étinceler, et elle comprit que la réponse la laisserait pantelante et les jambes en coton. Mais avant qu'il ne puisse parler, quelqu'un se mit à toussoter derrière eux et le bruissement des perles des rideaux résonna dans la pièce.

Ryder se figea puis s'écarta brusquement d'elle. Bien sûr, tout ça était ridicule, mais Jamison ne put s'empêcher de se sentir abandonnée.

— Désolé, lança Wyatt en passant devant Ryder pour atteindre le Minibar. Je venais prendre un peu d'eau.

Tout en se servant dans la porte du minuscule réfrigérateur, il ne fit aucun commentaire sur ce qu'il venait de voir. Mais cela n'empêcha pas Jamison de se raidir, persuadée que les choses ne pourraient en rester là. Il s'agissait tout de même de Wyatt, qui n'avait été rien de moins qu'un grand frère d'adoption pour elle au cours de toutes ces années.

—Est-ce que quelqu'un d'autre aurait besoin de quoi que ce soit ? demanda-t-elle, brisant le silence gêné qui s'intensifiait entre eux à chaque seconde.

—Ils se sont tous endormis.

—Je vois, dit-elle en passant une tête à travers les rideaux.

—Écoute, Wyatt, ce n'est pas…

—… ce que je crois ? dit-il en terminant la phrase de Ryder. Il ne faut pas se fier aux apparences, pas vrai ?

Mais le regard de Wyatt était sans équivoque : il n'était pas dupe. Il passa devant eux sans un mot et rejoignit le coin salon du bus. Jamison le regarda lancer l'épisode suivant sur le DVD.

—Et merde ! s'écria Ryder en agitant une main en l'air.

Jamison sentit son cœur voler en éclats. Car c'était une chose de savoir que Ryder ne voulait pas d'une relation sérieuse avec elle et préférait garder tout cela secret. Mais c'en était une autre de le voir se mettre en colère parce qu'il avait été pris sur le fait avec elle. D'autant qu'elle venait de le prévenir que cela risquait d'arriver.

—Il ne dira rien à Jared, articula-t-elle en ouvrant le four pour vérifier la cuisson des brownies.

Elle savait parfaitement qu'ils ne seraient pas cuits avant une bonne dizaine de minutes, mais c'était une diversion indispensable pour dissimuler ses larmes.

—Ce n'est pas ça qui m'inquiète.

—Ah bon ? Et qu'est-ce qui t'inquiète alors ?

—C'est juste que je…

Il s'interrompit brusquement. S'ils ne s'étaient pas trouvés à bord d'un bus de tournée, elle eut l'impression qu'il se serait mis à faire les cent pas. Sauf qu'ils étaient bel et bien confinés dans cet espace et qu'il n'avait nulle part où aller.

Pas plus qu'elle d'ailleurs. Si cette discussion devait devenir plus embarrassante encore, elle ne pourrait compter sur aucun refuge.

—Il va se faire des idées. Je ne veux pas qu'il s'imagine…

—Qu'il s'imagine quoi ?

—Que je me sers de toi.

—Ce n'est pas ce qu'il pensera.

—C'est exactement ce qu'il va se dire, affirma Ryder avec un soupir désabusé. Bon sang, je ne peux pas lui en vouloir. Ce n'est pas comme s'il ne m'avait pas vu avec toutes ces nanas, au fil des années. Moi comme les autres, d'ailleurs. Mais toi, tu es différente. Entre nous, ce n'est pas la même chose, c'est juste que…

—Qu'on s'amuse ? compléta-t-elle pour lui rappeler cette discussion où elle lui avait avoué en avoir assez de jouer les filles sages.

—Exactement, acquiesça-t-il sans percevoir la note désabusée qu'elle avait mise sur ces mots. Et plus encore.

—Et plus encore ? répéta-t-elle en sentant son cœur s'accélérer.

—Carrément, murmura-t-il avant de s'approcher d'elle pour l'embrasser.

Ce fut un baiser torride, long, langoureux… Un baiser qui ne fut interrompu qu'au bout de plusieurs minutes, par la sonnerie de la minuterie indiquant la fin de la cuisson des brownies.

Quatre heures plus tard, Jamison ne dormait toujours pas. Les yeux rivés sur le matelas de la couchette au-dessus de la sienne, elle écouta le silence autour d'elle. Il était 6 heures du matin. Tout le monde dormait, mais elle avait passé l'essentiel de la nuit à se tourner et se retourner dans ses draps.

Sans même savoir pourquoi. Car après que Wyatt les avait surpris dans la cuisine, Ryder et elle l'avaient rejoint sur le canapé pour regarder *Sons of Anarchy*. En moins de deux épisodes, ils avaient dévoré la moitié des brownies. Comme Ryder et elle l'avaient espéré, Wyatt n'avait pas fait la moindre allusion à ce qu'il avait vu.

Mais alors, pourquoi Jamison se sentait-elle aussi perdue ? Elle avait l'impression de se trouver à l'aube d'un grand changement. Pourtant, le changement avait déjà eu lieu, non ? (Et pour le mieux.) Bon, elle savait qu'elle ne pourrait suivre les gars en tournée indéfiniment. Qu'elle ne pourrait rester avec Ryder pour toujours. Mais c'était pour elle une bonne expérience, de vivre ainsi le moment présent, de profiter pleinement de chaque seconde de cette tournée auprès de Shaken Dirty. Elle n'avait pas eu l'occasion de passer autant de temps avec Jared et sa bande depuis sa première année d'apprentissage, depuis l'époque où ils avaient démarré leurs premières tournées.

Et puis, voilà deux semaines qu'elle expérimentait de nouvelles recettes – dont la plupart avaient fait un carton auprès des gars. Elle les consignait toutes méticuleusement, dans l'espoir d'en publier un recueil à la fin de la tournée. Car si la mode était à la publication de livres de recettes signés de célébrités, elle ne se souvenait pas avoir vu d'ouvrages parlant de la nourriture des rock stars, de ces plats préparés à la va-vite dans une kitchenette de bus de tournée. Bref, Jamison était convaincue que cela pourrait faire un best-seller.

Quant à Ryder, il avait pratiquement admis avoir des sentiments pour elle ce soir-là, dans la cuisine. Car lorsqu'elle avait souligné qu'ils ne faisaient que s'amuser ensemble, il avait prononcé ce « Et plus encore ». Si elle n'était pas sûre d'avoir compris le sens exact de ces mots, il était clair que cela signifiait quelque chose. Et si jusqu'à présent elle s'était volontiers contentée de « s'amuser » avec lui – après tout, Ryder et elle s'étaient entendus dès le début là-dessus – ce n'était pas comme si elle était déterminée à décliner quelque chose de *plus*.

Si seulement elle pouvait savoir ce que ce « plus encore » signifiait dans la bouche de Ryder…

Assez lucide pour savoir qu'elle ne trouverait plus le sommeil, elle rejeta ses couvertures sur le côté et se leva du lit. Jared, Ryder et Micah dormaient tous sur les couchettes autour d'elle, mais Quinn et

Wyatt avaient disparu. Ils étaient sans doute encore endormis sur le canapé.

Mais quand elle arriva dans le coin salon, seul Quinn y dormait. Wyatt était assis dans l'épais fauteuil près de la fenêtre, contemplant l'océan que le bus longeait lentement. Le soleil se levait au-dessus des flots, baignant le ciel de reflets rouge, orange, et violet. La vue était à couper le souffle, mais Jamison pressentait qu'elle échappait au regard de Wyatt.

— Insomnie ? demanda-t-elle en posant une main sur son épaule.

— Toi aussi ? murmura-t-il en hochant la tête.

— Mouais. C'est sans doute à cause de tous ces brownies qu'on s'est envoyés !

— Ouais, dit-il avec un soupir blasé. Ça doit être ça.

Il se décala sur le côté et donna une tape sur l'espace vide à côté de lui sur la banquette. Jamison n'hésita pas un instant avant de s'asseoir à côté de lui. Elle adorait Jared et Ryder – de façon, certes, très différente – mais Wyatt et Quinn étaient à ses yeux des amis chers. Des types avec qui elle partageait une complicité sans faille. C'est eux qui l'avaient initiée à la drague, au lycée, qui l'avaient aidée à se faufiler dans des concerts que Jared ou son père estimaient trop malfamés pour elle… Ils l'avaient même emmenée choisir sa robe pour le bal de promo, comblant ainsi l'absence de sa mère.

— Alors, qu'est-ce qui t'empêche de dormir ? demanda-t-elle à Wyatt après s'être blottie contre lui.

— Je ne sais pas… La meth, sans doute.

— Quoi ? s'exclama-t-elle en se redressant avec horreur. Wyatt !

Il se mit à rire.

— Désolé, Jamison. Très mauvaise blague. Mon humour de junkie n'est pas adapté à tous les publics...

— Mais ça n'a rien de drôle ! protesta-t-elle en lui donnant un coup de poing sur l'épaule. Bon sang, mais qu'est-ce qui ne va pas chez toi ?

— Crois-moi, cette question-là, je me la pose tous les jours.

Il passa un bras autour de son épaule, et l'attira de nouveau vers lui. Elle ne résista pas, mais ne put s'empêcher de remarquer combien il avait la peau froide. Et combien il était maigre. *Trop* maigre. Elle passait son temps à lui mitonner ses plats favoris, de préférence très nourrissants, mais elle avait constaté qu'il n'avait pas d'appétit. Les brownies avaient beau être son dessert fétiche, c'est Ryder qui leur avait fait un sort. Wyatt, lui, en avait à peine goûté un.

Ce qui l'inquiéta. La terrifia, même. Qu'allaient-ils faire s'ils perdaient Wyatt ? En tant que leader du groupe, Jared savait forcément toujours quoi faire en cas de souci. Quant à Ryder, c'était l'âme du groupe, véritable caution de leur honnêteté, et de celle de leur musique. C'était lui qui s'assurait que tout le monde était raccord, que tout le monde allait bien. Quinn, lui, était le cerveau, celui dont l'intelligence logique et pratique veillait à l'aspect créatif et professionnel de chaque musicien. Micah, d'une certaine façon, le secondait à cette tâche. Mais Wyatt... Wyatt était le cœur du groupe. Sans lui, elle ne voyait aucun avenir à Shaken Dirty.

Cette seule idée suffit à la convaincre de passer à l'action. Depuis le premier jour où elle avait embarqué à bord du bus, elle avait fait l'autruche. Elle s'était dit que ce n'était pas son rôle, qu'elle n'était pas membre de ce groupe. Ce qui était vrai. Mais il n'en restait pas moins que Wyatt était un de ses meilleurs amis. Elle ne pouvait pas le regarder se détruire sans rien faire. Sans même essayer de l'aider.

— Wyatt ?
— Mouais ?

Elle fit une pause, consciente qu'elle se devait de poser la question, mais redoutant la réponse comme jamais elle n'avait redouté quoi que ce soit au cours de sa vie.

— Est-ce que tu as vraiment replongé ?

Il se raidit et tenta de se dégager d'elle. Mais elle le retint fermement par le bras. Pas question de le laisser se dérober. Bien sûr, il aurait pu se débattre – il avait beau être très maigre, le fait de jouer de la batterie des journées entières lui garantissait une force non négligeable dans les bras – mais il n'en fit rien.

Plusieurs secondes s'écoulèrent, qui finirent par se transformer en minutes. Mais Wyatt demeurait mutique. Jamison songea que cette absence de réponse devait s'interpréter comme un « oui ». Or le silence de Wyatt parlait pour lui. Et puis, elle ne pouvait pas faire comme si de rien n'était. Elle avait vraiment besoin de savoir s'il avait replongé dans l'héroïne.

Cette drogue l'avait pratiquement tué plus d'une fois, et la seule idée qu'il ait replongé malgré tout ce qu'il avait enduré la dernière fois, la rendait malade.

Alors elle attendit jusqu'à ce que, finalement, il reprenne la parole.

—Juste un peu… Juste pour me détendre.

Bon sang! Elle eut envie de lui hurler dessus, de lui cogner la tête contre les vitres du bus jusqu'à ce qu'il l'écoute. Mais Jared et Ryder avaient déjà tenté de le raisonner avec ce genre de méthode, par le passé. Ce qui n'avait eu pour effet que d'empirer les choses.

—Ce n'est pas l'héroïne qui t'aidera à te détendre, mon chou, articula-t-elle, la gorge nouée. Est-ce que tu te shootes tous les jours?

—Quoi? Bien sûr que non! Seulement quand je suis à bout…

—Ah oui? Et à quelle fréquence est-ce qu'il t'arrive de te sentir «à bout»?

—Je n'ai pas envie de parler de ça avec toi.

—Eh bien, moi non plus. Sauf que dans la vie, on ne fait pas toujours ce dont on a envie. Dis-moi juste à quelle fréquence tu consommes, insista-t-elle.

La mâchoire de Wyatt se crispa, mais il garda les yeux rivés sur la fenêtre, fuyant son regard.

—Une ou deux fois par semaine. Maximum.

Devait-elle lui en vouloir d'être retombé dans un tel merdier, ou au contraire être soulagée de constater que sa dépendance n'était peut-être pas tout à fait hors de contrôle? Deux fois par semaine, c'était déjà beaucoup, mais tellement moins grave que deux fois par jour.

— Je peux te faire confiance, hein ? Pas de mensonges entre nous ?

— Non, pas du tout ! assura-t-il en levant les yeux au ciel. Je maîtrise la situation, Jamison, je te le jure !

— Vraiment ? C'est ce qu'ils t'ont appris en cure de désintoxication ? Que tu pouvais « maîtriser la situation » ? Que tu pouvais t'accorder quelques shoots, par-ci, par-là, sans que ça ne risque rien ? As-tu conscience à quel point tes paroles sont ridicules ?

— Aussi ridicules que quand tu essaies de te convaincre qu'avec Ryder, ce n'est que pour t'amuser, grommela-t-il tout en se levant de la banquette.

Jamison demeura abasourdie devant cette attaque surprise. Elle avait beau savoir que Wyatt ne cherchait qu'à changer de sujet, elle ne put s'empêcher de rétorquer :

— Tu nous as entendus ?

— On ne peut pas dire que vous vous soyez vraiment cachés.

— Justement, on était en tête à tête, fit-elle remarquer en se levant à son tour pour le rejoindre.

Mais cette fois, quand il lui tourna le dos pour regarder par la fenêtre, elle ne le laissa pas faire. Ils allaient mettre les choses au point, et tout de suite.

— D'accord, d'accord, je vous ai entendus, admit-il en la fusillant du regard.

Elle n'allait pas se laisser impressionner. Du moins, pas tant qu'ils n'auraient pas réglé la question de l'héroïne.

Sauf que Wyatt était d'une intelligence redoutable. Et il avait une intuition infaillible. Il profita donc de son avantage en lui adressant un regard soudain préoccupé.

— Je ne veux pas que Ryder te fasse du mal, Lollipops.

Sa sincérité était tout simplement désarmante.

— Il ne me fera aucun mal.

— Pour l'instant, murmura Wyatt en lui prenant doucement la main. Mais, Jamison, je sais ce que tu ressens pour lui. Je le sais depuis des années. Comment peux-tu être naïve au point de croire que ça pourrait marcher entre vous ? Que tu pourras juste t'amuser, prendre du bon temps avec lui, et puis reprendre ta vie d'avant, comme si de rien n'était…

Désarçonnée, elle décida de contre-attaquer. Après tout, ce n'était pas comme si Wyatt n'avait aucune notion en matière de choix autodestructeurs.

— De la même façon que tu te persuades que tu peux prendre un peu d'héroïne de temps en temps, juste pour le fun, certain que tu pourras arrêter du jour au lendemain, rien que par un claquement de doigts.

Oui, elle allait le prendre à son propre jeu.

— Tu vas donc continuer comme si de rien n'était, hein ? demanda-t-il en l'observant d'un air grave.

— Je ne sais pas. Et toi ?

— Bon sang, Jamison. Il va te détruire !

— Ça, tu n'en sais rien.

— Bien sûr que je le sais, s'esclaffa-t-il avec ironie. C'est tout ce qu'on sait faire, c'est ce qu'on a toujours fait… En dehors de toi et de Jared, on n'est tous qu'une bande d'abrutis, de désaxés ! Et ça ne changera jamais. Tu ne changeras pas Ryder…

— Je n'essaie pas de le changer. Je veux juste être avec lui.

— Ça, c'est des conneries. C'est peut-être ce dont tu veux te persuader, mais voyons, Lollipops… Entre toi et moi, soyons honnêtes. Tu essaies de nous changer, tous autant que nous sommes. Tu nous prépares à manger, tu prends soin de nous, tu soignes tous nos bobos… Mais tu te berces d'illusions. Ryder ne se remettra jamais de ce qui est arrivé à Carrie. Quinn ne se remettra jamais des sévices que lui a infligés son père… Micah ne se remettra jamais de ce qu'il a vécu à l'orphelinat, et…

Il s'interrompit brusquement.

Jamison avait beau être encore sous le choc de ce qu'il venait de dire au sujet de Ryder, elle se devait de terminer sa diatribe. Comment ne pas faire autrement alors qu'il évitait leur principal sujet de conversation ?

— Et toi, tu ne te remettras jamais de ce qui est arrivé à ta famille… C'est bien ce que tu allais me dire, non ? Que tu ne te pardonneras jamais ce qui est arrivé à ta mère et à ta sœur ? Et que tu n'arrêteras jamais de prendre les drogues qui t'aident à surmonter ta douleur ?

De longues secondes s'écoulèrent sans qu'il réponde. Il resta là, planté devant elle, la dévisageant, les yeux rougis. La mâchoire serrée. Déglutissant péniblement.

—Excuse-moi... Je ne voulais pas te...

—Non, l'interrompit-il. Ne t'excuse pas. Tu as raison. Je veux vraiment essayer d'arrêter la dope. J'ai essayé. Tu sais que j'ai essayé, mais je ne supporte pas de rester sobre. Je ne supporte pas de ressasser ce cauchemar à l'infini.

Le temps de la dispute était terminé. Et Jamison prit Wyatt dans ses bras. Il avait beau avoir six ans de plus qu'elle, elle le serrait contre elle comme un enfant. Comme si c'était lui, le fragile. Car il l'était. Dangereusement fragile...

Il enfouit son visage au creux de son cou et elle sentit bientôt ses larmes chaudes ruisseler contre sa peau. C'était la première fois qu'elle le voyait pleurer. Elle en était malade. D'autant que s'il craquait ainsi, c'était en partie à cause d'elle...

Mais cet instant de faiblesse fut de courte durée. Wyatt se ressaisit rapidement et se frotta les yeux.

—Et merde... Désolé, Lollipops.

—Tu n'as pas à être désolé, assura-t-elle en lui offrant le meilleur sourire qu'elle put.

—Mais je ne veux pas te voir souffrir, Lollipops.

—Ça, tu l'as déjà dit...

—Parce que c'est la vérité, insista-t-il en soupirant. Tu sais mieux que personne que j'aime Ryder comme un frère. Mais ce n'est pas un type pour toi...

— Euh... tu as dit ça de tous les types avec qui j'ai eu des histoires...

— Et j'ai eu raison chaque fois... Mais je ne suis ni idiot, ni aveugle, quoique tu puisses en penser. Tu n'as jamais aimé personne comme tu aimes Ryder. Je le comprends. Vraiment. Et j'espère que ça marchera entre vous, mais... fais bien attention à toi, d'accord ? Surveille tes arrières.

— Pourquoi est-ce que je devrais m'inquiéter de tout ça alors que tu le fais déjà très bien pour moi ?

Ses derniers mots ne le firent pas rire, ce qui ne manqua pas de la surprendre.

— Mouais, sache que je ne serai pas toujours là, donc tu vas devoir apprendre à te surveiller toute seule...

Le sang de Jamison ne fit qu'un tour.

— Comment ça ?

Il secoua la tête et lui adressa ce petit sourire en coin qui faisait se pâmer les femmes aux quatre coins du monde.

— Ne t'en fais pas, murmura-t-il. Ce que je veux dire, c'est qu'on sait toi et moi que si je perds la maîtrise de la situation, je vais devoir retourner en désintox. Qui te surveillera si ça arrive ?

Ne sachant trop que faire de cette réponse, elle le dévisagea longuement. Elle ne voyait que de la sincérité dans son regard. Pourtant, ils n'en avaient pas fini avec cette conversation.

— Et si on passait un marché ? proposa-t-elle après une minute d'hésitation. Tu ralentis sur l'héroïne, et moi, j'essaie de ne pas devenir accro à Ryder. On fait en sorte de ne pas s'y mettre jusqu'au cou, quoi…

—Toi, tu y es déjà jusqu'au cou.

—Mouais… Toi aussi.

Il la foudroya du regard.

—Tu n'es pas sérieuse, là, Lollipops ? J'essaie vraiment de t'éviter de sérieux ennuis, tu sais.

—Même chose pour moi, lui fit-elle remarquer.

Cette fois, il leva les yeux au ciel.

—Si je comprends bien, j'arrête l'héroïne et toi, tu arrêtes Ryder ?

—Non. Toi, tu arrêtes l'héroïne *pour de bon*, et moi, je fais en sorte de continuer à m'amuser un peu. Juste de quoi profiter de ma jeunesse.

—Mais ce n'est pas juste. On doit déployer autant d'efforts l'un que l'autre…

—Excuse-moi, mais pour ce qui est de profiter de ta jeunesse, je ne vois pas trop ce qu'il te reste à expérimenter…

—Alors que toi, tu n'en es qu'à tes débuts en matière d'expérimentation…

—Très drôle, lança-t-elle en imitant sa voix. En tout cas, je suis bien décidée à en profiter.

—Mouais… Ça, j'en doute pas, marmonna-t-il avec un sourire suffisant. Mais que feras-tu après la tournée ?

—Je reprends ma vie en main. Ni vu, ni connu. Personne n'aura le cœur brisé. Et toi, tu redeviens sobre. Alors, marché conclu ? demanda-t-elle en lui tendant la main.

Avec réticence, il finit par la lui serrer.

— Marché conclu…

— Mais il y a une condition pour que ce marché soit efficace : je veux récupérer toutes tes saloperies.

— Mes *saloperies* ?

— Ben, oui : la drogue, tes seringues… Tout.

— Pas question. Si je te mets ces trucs-là entre les mains, ton frère va me casser la gueule.

— Je n'ai plus trois ans, tu sais.

— J'en suis conscient, mais je ne suis pas sûr que lui le sache…

Pour le coup, elle était plutôt d'accord avec Wyatt.

— Crois-moi, il ne sera qu'impressionné d'apprendre que j'ai réussi à te déposséder de ton matériel…

Il s'esclaffa.

— Tu sais, il n'y a que les flics et les profs pour dire « matériel »…

— Sans doute. Mais les junkies sont bien les seuls à s'accrocher à cette merde en clamant à qui veut l'entendre qu'ils vont décrocher. Et toi, tu n'es plus un junkie.

Il eut de nouveau un rire d'une amertume troublante.

— Tu sais très bien que je serai toujours un junkie, ma belle. Que j'aie arrêté la drogue ou non.

Refusant de céder, elle lui tendit de nouveau sa main.

— Wyatt, donne-moi cette merde.

Il marmonna dans sa barbe, mais finit par se diriger d'un pas traînant vers l'arrière du bus. Quelques minutes plus tard, il revint avec une petite mallette en cuir marron.

—C'est tout ce que tu as ? demanda-t-elle en réprimant un frisson au moment de saisir la boîte.

Voilà, elle tenait entre ses mains cette saloperie qui pourrissait la vie de Wyatt depuis trop longtemps déjà.

—C'est tout.

Elle plissa les yeux.

—Tu ne serais pas en train de me mentir ?

—Et qu'est-ce que tu comptes faire si c'est le cas ?

—Te botter le cul.

Il haussa les épaules.

—Alors je ne te mens pas…

—Bordel, Wyatt ! Tu vas finir par y laisser la peau, si tu continues avec cette merde et…

Il éclata de rire.

—Détends-toi, Lollipops. Je rigolais. Je t'ai donné tout ce que j'avais.

À ces mots, elle ouvrit la mallette et frémit en découvrant les aiguilles, les petits sachets de poudre, le briquet…

Plus furieuse et écœurée que jamais, elle se précipita près de la fenêtre. Et l'ouvrit en grand.

—Eh là ! s'écria alors Wyatt en montrant pour la première fois depuis le début de cette conversation un semblant de panique. Mais qu'est-ce que tu fais ?

Sans un mot, elle sortit la drogue et jeta tout le matériel par la fenêtre. Les objets dégringolèrent le long des falaises désertes, hors d'atteinte. En temps normal, Jamison était parmi les défenseurs de l'environnement, mais en l'occurrence, elle se devait de dégager ces saloperies du bus sans plus attendre. De retour dans la cuisine, elle vida les sachets d'héroïne dans l'évier.

— Est-ce que c'était vraiment indispensable ? demanda Wyatt quand elle eut enfin fermé le robinet.

— Le fait que tu sois aussi contrarié me prouve que j'ai eu raison.

La mâchoire crispée, il lui lança un regard noir.

— Si je dois arrêter net, du jour au lendemain, alors toi aussi : toi et Ryder, c'est fini.

— Ce n'est pas ce sur quoi on s'était mis d'accord.

— J'en ai rien à faire. Tu es aussi accro à lui que je peux l'être de l'héroïne. Tu me demandes de décrocher, mais alors, tu dois le faire, toi aussi.

Et cette fois, c'est lui qui lui tendit la main.

Sans un mot de plus, elle lui donna une franche poignée de mains, même si, en son for intérieur, elle était consciente de commettre là le plus grand mensonge de sa vie. Pourvu que Wyatt n'en fasse pas de même…

Chapitre 17

Cinq heures plus tard, le bus arriva enfin à Seattle. Il était 11 heures du matin, et Jamison avait prévu de préparer aux gars une sorte de brunch. Or il s'avéra que Ryder avait d'autres projets pour eux deux.

— J'ai envie de t'emmener faire un tour, déclara-t-il.

Il l'avait suivie dans la chambre à l'arrière du véhicule – le seul endroit vraiment privé du bus – pendant que les gars émergeaient doucement de leur couchette, tasse de café en main.

— Un tour ? Mais où donc ? demanda-t-elle en troquant son vieux jean contre une robe autrement plus présentable.

— J'en sais rien. On pourrait jouer les touristes ou faire du shopping. Peu importe. J'ai juste envie de passer un moment avec toi, sans avoir ton frère ou le reste du groupe sur le dos.

Elle repensa à l'accord qu'elle avait conclu au petit matin avec Wyatt, et aux regards en coin que celui-ci avait lancés à Ryder depuis qu'il était debout.

— Et on partirait quand ?

— Tout de suite, répondit Ryder en fouillant dans un tiroir.

Il choisit un tee-shirt à l'effigie de Nirvana, représentant une guitare noire sur un fond rouge. Jamison aurait juré qu'il s'agissait d'un vêtement de Quinn – du moins elle était à peu près sûre de l'avoir vu le porter récemment. Cela dit, les gars n'étaient pas très regardants sur leur garde-robe, et après quelques semaines passées à bord du bus, tout ce qui s'y trouvait semblait acquérir le statut de propriété commune.

— Accorde-moi quelques minutes pour me maquiller un peu, dit-elle en enfilant sa robe.

— Te maquiller ? Mais tu es déjà superbe, murmura-t-il en posant ses lèvres au goût de jus d'orange sur les siennes.

Un goût qui eut pour effet de faire pointer ses seins sous le tissu léger de sa robe.

— Mouais, pour un zombie, je ne dois pas avoir l'air trop mal. Je n'ai pas beaucoup dormi cette nuit.

Il s'empara de son eau de Cologne au milieu du bazar qui s'étalait sur la commode, se parfuma, puis se tourna vers elle d'un air préoccupé.

— Quelque chose te tracassait ?

Elle repensa à Wyatt et à son aveu. Au fait qu'il avait replongé dans l'héroïne. Cela l'avait anéantie. Tout comme cela anéantirait les autres membres du groupe s'ils venaient à l'apprendre. Surtout Ryder. Et elle se devait de le lui dire. Mais pas ici. Pas maintenant. Car Wyatt était encore trop vulnérable. Mieux valait choisir un endroit et un moment où

Ryder aurait le temps de canaliser sa colère avant de faire face à son batteur.

— Je ne sais pas. Mon cerveau avait du mal à s'éteindre, j'imagine, murmura-t-elle en essayant de dompter ses boucles, plus rebelles encore qu'à l'accoutumée.

Puis elle renonça à se coiffer pour se couvrir avec la casquette préférée de Ryder. Une vieille casquette à l'effigie des Guns N' Roses. Et le seul fait qu'il ne cherche pas instantanément à la lui arracher était plus révélateur de ses sentiments que n'importe quelle parole. Car Ryder adorait cette casquette plus que n'importe quelle autre. D'ailleurs, c'était la seule de ses affaires que personne dans le groupe ne se serait amusé à emprunter.

— Tu as envie d'en parler ?

Oh, oui, elle aurait eu un million de choses à lui raconter. Comme par exemple le fait qu'elle avait conclu un pacte avec le diable – ou plus précisément avec Wyatt James – même si elle était folle amoureuse de Ryder. Ou le fait qu'elle était terrifiée à l'idée qu'il lui brise ce cœur qu'elle s'attachait à préserver du mieux qu'elle pouvait.

Bien sûr, elle s'était lancée dans cette relation pour « s'amuser », sans promesses, ni engagement, et de façon très lucide. Sauf que les deux semaines qu'elle venait de passer en tant que maîtresse de Ryder avaient été les meilleures de sa vie. Et elle avait envie que tout cela continue. Elle en crevait d'envie. Même si elle n'en avait pris conscience qu'au moment où elle avait promis à Wyatt d'arrêter de voir Ryder.

Ce qui, en tout état de cause, n'était pas près d'arriver. Pas question de rater la moindre chance de faire en sorte que Ryder craque vraiment pour elle. Pourtant, l'impératif de discrétion n'avait jamais été aussi fort. Du moins pour l'instant. Au moins le temps que Wyatt tienne deux semaines sans se shooter, et retrouve les idées claires.

— Non, répondit-elle malgré elle. Je te remercie.

— Comme tu voudras. Je vais appeler un taxi pendant que tu te maquilles, puisque tu y tiens… Et ensuite, on file !

— Attends ! appela-t-elle alors qu'il ressortait dans l'étroit couloir.

Ryder se retourna et l'interrogea du regard.

— Qu'est-ce qui se passe, ma belle ?

— Rien… Enfin, c'est juste que… Qu'est-ce qu'on va dire aux autres ? À propos du fait qu'on va faire un tour ensemble ?

— On n'a qu'à leur dire qu'on va faire les courses, grommela-t-il avec un haussement d'épaules. De toute façon, personne n'aura envie de venir pousser le caddie.

Ryder avait raison. Ils détestaient tous les magasins. Les gars avaient l'habitude de se ravitailler dans les stations-services quand le chauffeur s'arrêtait pour faire le plein. Le reste du temps, ils demandaient à Jamison de faire les courses pour eux. Seul Ryder ne rechignait pas à se hasarder dans les supermarchés, et il l'avait d'ailleurs accompagnée durant ces deux dernières semaines. Autrement dit, l'excuse pourrait fonctionner sur Jared, Quinn et Micah, à condition de revenir les bras chargés de provisions. Mais avec Wyatt, ce serait une autre paire de manches. Elle le pressentait.

Tout en se maquillant, Jamison réfléchit à une façon de passer outre les éventuels soupçons du batteur. Finalement, elle n'eut besoin de mettre en œuvre aucun des subterfuges auxquels elle avait pensé. Wyatt s'était assoupi sur la banquette pendant que le reste du groupe organisait son après-midi. Et avec un peu de chance, elle serait rentrée avant même qu'il ne soit réveillé.

— Je reviens tout de suite, dit Ryder à Jamison tandis qu'elle contemplait les « différences subtiles » entre plusieurs fromages artisanaux.

Sur un coup de tête, il l'avait emmenée au marché de Pike's Place, persuadé qu'elle apprécierait la visite du fait de sa passion pour la cuisine. Apprécier. Le mot était faible pour décrire le plaisir qu'elle manifestait à papillonner d'étal en étal, de vendeur en vendeur. Ryder s'y était rendu de nombreuses fois – après tout, Seattle était un peu la capitale du rock, et Shaken Dirty s'y était déjà produit une dizaine de fois. Cela dit, il s'agissait de la première visite de Jamison, et cela se voyait à l'enthousiasme qu'elle manifestait.

— D'accord, dit-elle sans même lever les yeux de la vitrine de fromages triple-crème qu'elle était en train d'examiner, comme si choisir l'un d'eux relevait d'une question de vie ou de mort.

Il ne savait d'ailleurs pas trop quoi penser du fait qu'il fondait devant son air préoccupé.

Après l'avoir observée encore une ou deux minutes, il remonta l'allée par laquelle ils étaient arrivés. En entrant sur le marché, ils étaient passés devant un fleuriste à la devanture garnie de fleurs colorées en tout genre. Le ravissement qu'avait alors éprouvé Jamison devant ces bouquets d'été l'avait ému au point qu'il avait eu du mal à ne pas lui offrir tout l'étal sur-le-champ. Mais en définitive, il avait préféré lui faire la surprise. D'où son idée de faire diversion avec ces fromages artisanaux.

Il retrouva aisément l'étal et, si de nombreux passants admiraient les compositions florales, peu semblaient enclins à acheter. Tant mieux : il ne comptait pas passer sa journée dans une file d'attente. Tout ce qu'il voulait, c'était acheter de belles fleurs, et les offrir à Jamison avant la fin de leur visite.

Il se décida pour un bouquet aux tons jaunes orangés qui, sans trop savoir pourquoi, lui rappelèrent le sourire de Jamison. Puis il aperçut un bouquet de lys orientaux et sut qu'il devait les lui offrir. De même que ces petites fleurs violettes qui se trouvaient dans un seau près des arums. Et d'autres fleurs rouges dont il ignorait le nom mais qu'il trouva absolument ravissantes.

En un rien de temps, il assembla lui-même un énorme bouquet qu'il dut porter à bout de bras. La fleuriste applaudit d'enthousiasme avant de l'aider à ajuster le bouquet pour l'emballer dans du papier cadeau. Il était tellement épaté du résultat qu'il cilla à peine lorsqu'elle lui annonça le prix — l'équivalent de la dette d'un petit pays du tiers-monde. Il tendit sa carte de paiement sans se départir de ce petit sourire bête — signe que cette relation devenait bien moins superficielle que ce qu'il avait voulu au départ.

Or il s'empressa de chasser cette idée de son esprit. Après tout, Jamison n'était pas la première femme à qui il offrait des fleurs. Peut-être n'avait-il encore jamais mis autant de soin à composer un bouquet, mais c'était seulement parce qu'il n'avait jamais eu l'occasion de faire ses emplettes sur une devanture aussi bien achalandée. Bon, peut-être que Jamison occupait une place à part dans son cœur. Ce qui n'avait rien de surprenant. Jamison avait toujours occupé une place à part, et ce bien avant qu'ils ne couchent ensemble. Et elle garderait cette place à part bien après la fin de leur petite aventure. C'est d'ailleurs ce que symbolisait ce bouquet de fleurs.

N'appréciant guère la façon dont son cœur se serrait à la perspective de voir leur relation se terminer, il décida de chasser aussi cette idée de son esprit. Après tout, il s'agissait d'une belle journée. Et il se trouvait en compagnie d'une belle femme. Que demander de plus ?

Rien du tout, se dit-il en se frayant un chemin le long de l'allée bondée pour rejoindre Jamison.

Non, il ne pouvait rien lui demander de plus.

Sauf qu'elle se mit à sourire quand elle l'aperçut, les fleurs aux bras. Son visage tout entier s'illumina, et il se sentit fondre devant un tel élan. Mais surtout, il se sentit bête de nourrir de telles idées à l'eau de rose.

Ce devait être à cause des fleurs. Du moins, c'est ce qu'il préférait se dire. Pour la version officielle.

— Tiens, elles sont pour toi, déclara-t-il en lui mettant le bouquet dans les bras.

Ce n'était certainement pas la plus gracieuse des façons d'offrir un bouquet, mais Jamison semblait s'en moquer. Elle était trop occupée à enfouir son visage dans les pétales odorants pour remarquer qu'il avait bel et bien perdu la tête. Dieu merci.

— Elles sont magnifiques ! finit-elle par articuler après avoir méticuleusement humé les fleurs une à une.

Puis elle se hissa sur la pointe des pieds et vint presser ses lèvres contre les siennes.

— Merci, Ryder, reprit-elle. Je les adore.

Ce n'était pas là un baiser passionné, ni même particulièrement sensuel. Mais la douceur et l'innocence qui s'en dégageaient ne firent que renforcer l'embarras de Ryder.

— Tu as pu acheter tes fromages ? demanda-t-il alors.

À peine eut-il prononcé ces mots qu'il voulut se gifler. Dans le genre romantique, difficile de faire pire…

Tu as pu acheter tes fromages ?

Bon sang, il n'avait vraiment aucune notion en matière de techniques de drague… Non pas que ce soit ce qu'il essayait de faire. Mais si cela avait été le cas, il aurait tout simplement été nul.

Jamison se contenta d'un petit rire, et ajouta :

— Tu ne crois pas si bien dire ! Du fromage, et du bon pain, des olives et du raisin. Je me suis dit qu'on pourrait pique-niquer au bord de l'eau.

— Ça me ferait plaisir.

— À moi aussi.

Il lui fallut près d'une heure pour l'attirer hors du marché, et ils finirent par trouver un coin où s'asseoir, sur le quai à l'arrière de la halle. On était en milieu d'après-midi, et comme la foule du déjeuner commençait à se clairsemer, et qu'il ne voyait personne à proximité immédiate, Ryder décida de prendre le risque de faire tomber ses lunettes noires.

En temps normal, cela ne lui posait pas de problème d'être reconnu dans la rue. Cela lui était égal de se faire prendre en photo, ou de signer quelques autographes. Mais ce jour-là, il n'avait pas envie d'être Ryder Montgomery, le rockeur. Il voulait simplement être Ryder, le mec de Jamison. Et si ce genre de chose était peut-être encore possible, chez lui, à Austin, il n'en était rien pour Seattle. Cette étape de la tournée, à Seattle, avait bénéficié d'un véritable matraquage publicitaire et médiatique, et il avait déjà été reconnu au cours de la journée par un nombre impressionnant de fans de Shaken Dirty.

—Tiens, dit Jamison en lui glissant un grain de raisin entre les lèvres après avoir rincé la grappe sous son eau minérale.

Il lui mordilla d'abord les doigts, et se mit à rire quand elle poussa un petit cri perçant, mais ouvrit docilement la bouche quand elle lui proposa d'autres grains.

—Tu t'amuses bien ? demanda-t-il en étalant du brie sur une tranche de pain avant de la porter aux lèvres de Jamison.

—Comment pourrais-je ne pas m'amuser ? Cet endroit est épatant. Merci de me l'avoir fait découvrir, dit-elle en mordant avec appétit dans la tartine.

—J'espérais que ça te plairait.

—C'est le cas. Ça me plaît beaucoup, dit-elle en souriant.

C'était un sourire différent de celui auquel il était habitué. Ce sourire-là était doux, spécial… Intime. Et Ryder en était dingue. Sans doute plus qu'il ne l'aurait dû.

Il la dévisagea longuement, mémorisant chaque trait de son visage.

Ses yeux brillants, pétillants, avec ses longs cils recourbés.

Cet arc de Cupidon presque parfait au centre de sa lèvre supérieure.

Ces petites taches de rousseur éparpillées sur son épaule. Oh, comme il aimait ces taches de rousseur. Il les avait toujours adorées. Déjà quand elle était plus jeune, il s'imaginait relier du bout de la langue ces points qui formaient une étoile.

Bien sûr, il ne l'avait jamais fait. Il n'en avait pas le droit. Jamison n'était alors pas à lui. Sauf qu'à présent, elle l'était. Même si ce n'était que de façon passagère. Et soudain, il sentit l'eau lui monter à la bouche. Rien qu'à l'idée de goûter à sa peau lisse et soyeuse.

Alors il se pencha vers elle, et fit exactement ce dont il rêvait. Il parcourut ses taches de rousseur avec la pointe de sa langue. Une fois. Deux fois. Encore et encore. Se délectant de son odeur, de son goût… Vanille, cannelle, pêche…

Et comme chaque fois qu'il se pressait contre elle, il eut cette violente envie de l'engloutir tout entière.

— Tu veux encore du raisin ? demanda-t-elle.

— C'est toi que je veux, répondit-il en l'entraînant sur ses genoux.

Il s'attendait à ce qu'elle lui résiste – question de discrétion en public – mais elle n'en fit rien. Elle se laissa attirer dans ses bras, tournant son visage vers le sien avec une telle ardeur que le bref baiser auquel il s'était attendu se transforma très vite en autre chose. En tout à fait autre chose.

Leurs lèvres et leurs langues se rencontrèrent en une étreinte explosive. Plongeant ses mains dans ses cheveux, Jamison l'attira tout contre elle, tandis que Ryder faisait courir ses mains partout sur son corps. Il prenait son visage en coupe, faisait glisser ses mains le long de son cou, de son dos, de ses hanches… Il la serra contre lui de toutes ses forces jusqu'à ce qu'il n'y ait plus qu'elle. Elle et elle seule.

Ryder se fondit en elle, se noya dans sa douceur, dans sa chaleur. Tout était comme cela devait être. Et s'il avait le choix, il arrêterait le temps, là, à cet instant précis. Pour toujours. Avec les lèvres de Jamison sur les siennes. Ses seins voluptueux plaqués sur son torse. Son sexe brûlant se pressant contre le sien à travers leurs vêtements.

Mais soudain, ils entendirent des sifflets et des applaudissements derrière eux. Et Ryder comprit que leur étreinte avait attiré l'attention. Avec n'importe quelle autre femme, cela lui aurait été égal. Bon sang, si cela avait été n'importe quelle autre femme, il l'aurait déjà plaquée depuis longtemps contre un mur des docks pour s'enfoncer en elle jusqu'à n'en plus pouvoir.

Sauf que là, il s'agissait de Jamison. Pas d'une illustre inconnue. Elle tenait à lui, au vrai Ryder, et non au « prestige » qu'il pouvait y avoir de coucher avec une rock star. Avec le chanteur de Shaken Dirty. Et ce n'était pas juste de la traiter ainsi, surtout que tout ce qu'il voulait – en plus de lui faire l'amour – c'était prendre soin d'elle.

C'est donc avec réticence qu'il s'écarta d'elle, et la reposa sur le quai à côté de lui. Elle avait le regard tellement confus – de désir, d'envie, de besoin – qu'il faillit la prendre par la main pour courir la cacher dans le premier recoin discret qu'il aurait trouvé. Or à peine eut-il posé une main sur sa joue, que son instinct protecteur envers elle reprit le dessus. Il s'agissait là de Jamison, de *Jamison*, et elle méritait tellement mieux que ce qu'il avait offert aux innombrables femmes qu'il avait connues avant elle...

Sans un mot, il se releva, puis l'aida à en faire autant avant de ramasser les restes de leur pique-nique. Puis il lança un regard assassin à un groupe d'ados dont il était à peu près sûr qu'ils étaient à l'origine des sifflets. Un groupe de gamins qui reluquaient à présent Jamison comme s'il s'était agi de l'incarnation même de tous leurs fantasmes.

Il ne pouvait pas leur en vouloir, car en glissant une main autour de sa taille pour l'emmener de l'autre côté du quai, il songea que depuis deux semaines, Jamison était bel et bien devenue son fantasme à lui. Que cela lui plaise ou non.

Chapitre 18

Cinq jours plus tard, Jamison se prélassait dans les bras de Ryder, qui lui couvrait le dos et les épaules de baisers.

— Hmm, murmura-t-elle en se cambrant légèrement. Continue…

— Tu es insatiable, n'est-ce pas ?

Elle le sentit sourire contre la peau de ses épaules, de son décolleté, de ses seins…

— Comment ne pas être insatiable ? J'ai Ryder Montgomery dans ma chambre d'hôtel, pour moi toute seule. Je ne vois pas comment je pourrais être autre chose qu'insatiable…

Il se figea très brièvement, mais le temps qu'elle tourne son visage vers lui – pour deviner ce qui l'avait contrarié – il s'était détendu.

Enfin presque, pensa-t-elle malicieusement, alors qu'il la plaquait sur le dos pour mieux s'allonger sur elle.

Ils se retrouvèrent donc face à face, une position dont elle avait compris que Ryder préférait éviter. Au début, cela l'avait quelque peu blessée, cette façon qu'il avait de se détourner d'elle juste avant de la pénétrer. Et puis, elle avait compris que c'était sa façon à lui de garder ses distances, de faire en sorte que les choses ne deviennent pas trop fusionnelles entre eux. Et même si cela avait quelque chose de douloureux pour elle, elle savait qu'il ne cherchait pas à la protéger autant qu'il se protégeait, lui… Pourtant elle ne pouvait s'empêcher de se demander : aux yeux de Ryder, qui d'elle ou de lui avait le plus besoin de prendre ses distances ?

Elle promena sa main le long de ses cheveux, et il se lova contre elle comme un chat affamé. Retenant son souffle, elle savoura la douceur soyeuse de ses mèches glissant entre ses doigts. Et se délecta du fait qu'il lui permettait une telle intimité, lui qui faisait d'ordinaire tellement attention à ne pas trop laisser s'installer de connivence entre lui et les autres.

Bref, elle se délecta de lui.

Elle savait bien que c'était idiot. Elle savait que si elle se laissait aller à l'aimer, elle finirait avec le cœur brisé, même si elle lui avait assuré que cela ne risquait rien. Mais tant pis. Comment résister, à présent qu'elle se trouvait sous lui, succombant à la sensualité qu'il déployait pour elle ? Comment résister, alors qu'il se montrait si prévenant avec elle, si doux, si charmant et attentionné qu'elle en avait envie de s'enrouler autour de lui sans plus jamais desserrer son étreinte ?

Non, tout cela était impossible, se rappela-t-elle tout en passant ses bras autour de son cou alors qu'il venait à la rencontre de ses lèvres. Mais ce n'était pas parce qu'elle ne croyait pas aux contes de fées, qu'elle ne pouvait pas profiter de l'instant présent. Oh, et quel instant…

Ryder l'embrassa langoureusement, explorant la courbe de sa bouche du bout de sa langue avant de se glisser entre ses lèvres. Inclinant son visage, elle s'ouvrit à lui. Et se délecta du petit grognement qu'il laissa échapper.

L'instant d'après, il enfouit une paume dans ses cheveux et se mit à jouer avec ses boucles. De l'autre main, il l'étreignit d'un geste extraordinairement possessif. Si n'importe quel autre homme l'avait enlacée ainsi, Jamison se serait certainement rebiffée. Elle se serait dégagée, même. Mais c'était Ryder. Et tout ce qu'il lui faisait lui paraissait naturel, bon, et incroyablement sensuel… Et puis, il y avait ce désir au plus profond d'elle, cette envie de lui appartenir… Un désir qu'elle combattait tous les jours. En vain.

Mais pas question de le montrer à Ryder.

— Bon sang, que tu es douce, grogna-t-il en levant les yeux vers elle. Je ne me lasserai pas de toi…

Ces quelques mots n'avaient rien d'anodin dans sa bouche, mais Jamison se refusa à y voir trop de choses. Il était brûlant de désir, excité comme jamais. Ce qui ne signifiait pas pour autant qu'une fois sortis du lit, il tiendrait le même genre de propos. En fait, elle était même sûre du contraire.

— Ryder, tu…

Mais il la pénétra, lui retirant alors toute faculté de parler, ou même de raisonner. Pour l'heure, tout n'était pour elle que sensations, alors qu'il commençait à aller et venir en elle.

C'était la première fois qu'il la prenait ainsi, les yeux dans les yeux. Et elle adorait ça. Oh, elle adorait tout ce qu'il lui faisait – c'était un amant incroyablement inventif, qui lui avait donné en trois semaines plus d'orgasmes qu'elle n'en avait eu tout au long de sa vie – et pour être honnête, elle rêvait de ça depuis la première fois où ils avaient fait l'amour.

Pouvoir le regarder dans les yeux, enrouler ses bras, ses jambes autour de lui tandis qu'il se glissait en elle, cela représentait pour elle un plaisir très différent de celui qu'il lui avait offert jusqu'alors. Mais c'était aussi une tout autre façon de faire l'amour. D'habitude, il était très vif – sauvage, même – lorsqu'il l'emmenait au septième ciel. Des contrées où le plaisir était si intense qu'elle croyait frôler de près la folie pure.

Or cette fois, c'était différent. Cette fois il était doux, langoureux et époustouflant d'une tout autre manière.

Elle avait envie de le caresser, de lui donner au moins autant de plaisir qu'il lui en donnait. Mais chaque fois qu'elle essayait, chaque fois qu'elle posait ses paumes sur son torse, sur son dos, elle se retrouvait distraite par la lueur au fond de ses yeux, par la cadence langoureuse de ses coups de reins.

Ryder s'appropriait ainsi chaque centimètre carré de son corps, même les zones qu'elle aurait préféré garder secrètes. En son for intérieur, elle savait qu'il y avait à cela quelque chose de dangereux, de masochiste à s'abandonner à lui ainsi. Mais pour l'heure, tout ce qu'elle voulait, c'était que cette étreinte dure toujours, c'était garder Ryder en elle jusqu'à ne plus avoir la force de le retenir. Et la tension montait, montait en elle, jusqu'à la mener à l'extase, comme chaque fois qu'il était en elle, comme chaque fois qu'elle se sentait perdre la raison.

Pourtant, elle s'efforçait de tenir encore et encore. Tout cela était tellement bon, tellement naturel, que pour rien au monde elle n'aurait voulu que cela se termine.

Ryder dut sentir ses réticences, car il semblait se contenir, gardant une cadence douce et apaisée alors qu'elle savait qu'il mourait d'envie de jouir. Sa respiration s'accélérait, des perles de sueur roulaient sur sa peau et son corps se tendait de plus en plus contre elle, mais il ne fit rien pour la brusquer. Il tenait le rythme pour elle. Elle savait qu'il faisait ça rien que pour elle.

Soudain, des larmes envahirent ses yeux, et elle détourna le visage pour ne pas qu'il les voie. Finalement, il n'était peut-être pas le seul à apprécier le fait de faire l'amour sans voir son partenaire… Car face à lui, elle se sentait soudain à sa merci… Tellement plus vulnérable.

Or à sa plus grande confusion, Ryder semblait tout à son aise. Il prit son visage entre ses mains et le ramena face à lui, cherchant son regard. Les yeux pleins de larmes.

Alors, il lui donna un baiser d'une douceur, d'une fougue et d'une profondeur qu'ils n'avaient encore jamais partagées.

Quand il écarta son visage du sien, elle tremblait – mélange d'émotion et de cette tension qui s'accumulait à force de contenir la déferlante de plaisir qui menaçait de s'abattre sur elle. C'est à cet instant que Ryder craqua :

—Allez, ma belle, murmura-t-il de cette voix qu'elle aimait tant, de cette voix qui lui avait valu de vendre des millions de chansons et de briser presque autant de cœurs. Viens, Jamison. Viens pour moi. J'ai besoin de te sentir.

Ces seules paroles suffirent à la propulser vers l'orgasme. Elle fut parcourue de spasmes durant de longues secondes, jusqu'à ce qu'il promène ses doigts autour de son clitoris, en même temps qu'il lui mordillait un téton. Étouffant un cri, elle jouit instantanément.

Il la suivit aussitôt et, leur désir ayant été longuement attisé, leur orgasme se poursuivit en longues vagues langoureuses... Jamison se laissa envahir par cette chaleur, aussi douce qu'exquise.

Ryder devait ressentir la même chose, car une fois les derniers soubresauts disparus, il s'affala sur elle, enfouissant son visage à la naissance de ses seins. Grisée de sentir enfin tout son poids sur elle, Jamison le serra contre elle de toutes ses forces. Elle ne voulait surtout pas l'effrayer, mais elle ne pouvait se résoudre à le laisser partir. Du moins pas sans avoir essayé de lui offrir cette chaleur, cette sécurité que lui-même lui offrait.

Et, contre toute attente, il se laissa faire.

Combien de temps restèrent-ils ainsi, ne faisant qu'un ?

Assez pour que les battements de leurs cœurs ralentissent enfin, à l'unisson.

Assez pour que leur peau ne refroidisse, pour que leur sueur s'évapore.

Bien assez pour qu'elle ne puisse s'empêcher de penser qu'elle aurait aimé que les choses soient différentes. C'est d'ailleurs cette prise de conscience qui la poussa à chuchoter :

— On devrait sans doute se relever.

Le temps passait, et elle avait beau avoir envie de rester, de se délecter de cette affection qu'il ne lui manifestait que lorsqu'ils faisaient l'amour, elle était consciente de jouer contre la montre. Ce qui pouvait paraître ridicule, vu qu'il s'agissait là de sa chambre — les rares fois où ils avaient séjourné dans des hôtels ces dernières semaines, Ryder s'était toujours assuré qu'elle possède sa propre chambre. Il avait su rester discret — et n'avait rien fait qui aurait pu éveiller les soupçons de Jared, Wyatt ou les autres — tout en s'arrangeant pour que Jamison et elle puissent avoir un endroit où se retrouver.

À aucun moment il ne lui avait donné l'impression qu'elle l'ennuyait, ou qu'il n'avait pas envie de la voir. Et Jamison tenait à ce que les choses restent ainsi. Peut-être que si elle parvenait à ne pas trop lui en demander, à ne pas trop attendre de lui, elle pourrait le garder un peu plus longtemps…

— Tu en as déjà marre de moi ? demanda-t-il en fronçant légèrement les sourcils.

— Un peu, oui, plaisanta-t-elle en souriant. Mais, sérieusement… J'ai autre chose à faire qu'à m'occuper de toi aujourd'hui.

— Ça, c'est dommage.

— N'est-ce pas ?

Il déposa un baiser sur le bout de son nez, avant de se retirer doucement d'elle. Et elle s'efforça de chasser cette sensation de vide en elle. Ce n'était pas de la faute de Ryder si elle attendait de lui plus qu'il ne pourrait lui offrir.

— Tu veux prendre une douche avec moi ? demanda-t-il en se dirigeant vers la salle de bains.

— Est-ce que c'est un message codé pour me proposer des jeux coquins ?

— Possible.

— Alors ça, c'est une non-réponse comme j'en ai rarement entendu !

Il agita ses mains devant lui d'un air innocent. Un air innocent qui le rendait plus sexy encore qu'aucun autre homme pouvait l'être.

— Eh bien, je ne fais qu'essayer des répliques pour déterminer quelle réponse a les meilleures chances de te faire atterrir sous la douche avec moi !

Elle lui jeta un regard noir – du moins, elle essaya. Difficile d'avoir l'air intimidante quand l'homme le plus sexy de tout l'univers se pavanait devant vous.

— Tu aurais pu tenter la carte « préservation des ressources en eau » : après tout, nous sommes au Texas !

À ces mots, il fit claquer ses doigts.

— Je sentais bien que je pouvais faire mieux ! Et si je retente maintenant, j'ai des chances que ça fonctionne ?

Elle le rejoignit devant la salle de bains et lui lança une serviette éponge.

— Aucune chance, mon pote.

— Tu en es sûre ? lança-t-il en venant se planter derrière elle, passant ses bras autour de sa taille avant de l'attirer contre lui.

Il déposa une pluie de baisers au creux de son cou. Aussitôt, elle sentit ses seins se durcir. Malgré le fait qu'ils venaient de passer plus de trois heures au lit, ensemble.

Elle ne put s'empêcher de se demander si elle réagirait toujours ainsi. Si elle continuerait d'avoir envie de lui, alors qu'il venait tout juste de lui faire l'amour. Ce qui était un constat terrifiant, d'autant plus qu'elle s'était engagée dans cette aventure en connaissance de cause. Il ne serait pas très fair-play de changer les règles en cours de jeu, ni pour elle, ni pour Ryder.

— Tu es si belle, susurra-t-il en promenant ses lèvres le long de son lobe d'oreille.

— Mouais, c'est ça…

Jamison n'avait jamais été du genre à se dénigrer. Elle se savait par exemple intelligente, cultivée, très bien organisée, elle écrivait bien... Mais elle connaissait aussi la définition du mot « belle », et celle-ci ne lui correspondait pas. Certes, on pouvait la considérer « attirante », mais pour Ryder, cela ne comptait pas vraiment.

Or comment ne pas perdre la tête quand les mains solides de Ryder, quand ses mains de musicien remontaient lentement le long de son ventre avant de lui empoigner les seins ? Quand il pinçait doucement leur pointe durcie de désir, jusqu'à la faire frémir de plaisir ?

— Regarde donc, murmura-t-il en désignant le miroir devant lequel ils se tenaient.

Le miroir qu'elle avait fait en sorte d'éviter soigneusement.

— Je préfère te regarder, toi, répliqua-t-elle en se tournant vers lui.

Mais il la retint pour l'obliger à regarder son reflet dans le miroir. Avec réticence, elle finit par croiser son regard dans la glace.

— Regarde-toi, reprit-il d'une voix rendue rauque par le désir. Regarde-toi, Jamison.

Quand il lui parlait ainsi, elle ne pouvait rien lui refuser. Alors elle obéit. Et vit la même Jamison qu'elle avait toujours vue. Avec ses boucles rousses rebelles, sa peau trop pâle, ses taches de rousseur sur les bras et sur la poitrine, sans parler de ses hanches et de ses cuisses qui manquaient de fermeté, qui n'avaient rien d'athlétique.

— Qu'est-ce que tu vois ? demanda Ryder à voix basse.

Elle ne savait que répondre. Que dire pour le lui faire comprendre ? Finalement, elle se contenta de lui dire la vérité.

— Je te vois, toi…

Impossible d'atténuer la pointe d'adoration qui vibrait dans sa voix, tandis que ses yeux traçaient les contours de ses muscles affolants, de ses tatouages sublimes.

Il soupira de dépit et se passa une main dans ses cheveux épais et soyeux.

— Ma belle, j'adore te regarder, murmura-t-il en lui caressant la joue. Tes yeux me transpercent. Avec ce violet mystérieux, je ne sais jamais ce que tu penses. Et même quand ça me frustre, je prends mon pied, poursuivit-il en descendant ses doigts le long de ses lèvres. Et ta bouche… J'adore la couleur de tes lèvres. J'adore cette petite fente, là, juste entre ta lèvre supérieure et ton nez. Tu serais choquée si tu savais combien de fois j'ai imaginé, ces dernières semaines, tes lèvres se refermer autour de mon sexe.

Elle frissonna, appuyant son visage contre son torse viril. Fermant les yeux, elle se laissa happer par la promesse sensuelle de ses paroles.

— Ouvre les yeux, ordonna-t-il sur un ton sans appel.

De nouveau, elle obtempéra sans broncher.

— J'adore ta peau. Douce et soyeuse. C'est pour ça que j'ai tout le temps envie de t'embrasser. Parce que j'adore ton goût de pêche, de crème et de miel chaud, susurra-t-il en promenant sa langue le long de ses épaules.

Chatouilleuse, elle eut un petit rire aigu malgré le désir que Ryder faisait naître en elle.

— Et j'adore ton rire, lui dit-il avec un sourire coquin. Presque autant que j'adore ça…

Il lui empoigna les seins, qu'il caressa longuement, délicatement.

— Et ça, ajouta-t-il en descendant une main au creux de son sexe.

Une onde de chaleur s'empara d'elle. Les jambes en coton, elle sentit sa peau se tendre, sensible, douloureuse de désir. De nouveau, elle tenta de se tourner vers lui et, de nouveau il la retint fermement par le bras.

— Regarde, ordonna-t-il d'une voix plus profonde que jamais.

Et elle obéit. Mais pour la première fois, elle commença à entrevoir ce qu'il voulait dire. Elle n'était peut-être pas belle, mais elle était incroyablement attirante, avec ses cheveux en désordre, ses yeux mi-clos de désir. Entre les doigts écartés de Ryder, elle devinait la pointe de ses seins, brune, durcie de désir. Les jambes ouvertes, elle ondulait sensuellement des hanches tout contre ses doigts, alors qu'il l'emmenait, lentement mais sûrement vers un nouvel orgasme.

— Tu vois ? demanda-t-il d'un ton plus rocailleux que jamais.

Elle hocha la tête contre son torse, sans voix.

— Dis-le. Dis-moi que tu comprends.

— Je vois, articula-t-elle en ayant l'impression que ces mots l'écorchaient comme des lames de rasoir. Je comprends.

— Enfin! lâcha-t-il en la faisant pivoter vers lui avant de tomber à genoux. Mais continue de regarder.

Il écarta encore ses jambes et se mit à lécher les replis déjà humides de son sexe. Puis il lui désigna d'un signe de tête le deuxième miroir, qui se trouvait directement face à celui devant lequel elle se tenait.

— Ryder! cria-t-elle, pantelante, en s'agrippant à ses épaules pour ne pas s'affaisser complètement sous l'effet du plaisir qui la terrassait.

Il dut déceler le désespoir dans sa voix, car il la souleva par les hanches et l'assit sur la table de toilette. Sans la quitter du regard, il lui ouvrit les cuisses et elle se retrouva là, face à lui, entièrement offerte… Vulnérable. Si elle n'avait pas eu entièrement confiance en lui, elle n'aurait pas supporté de se retrouver ainsi.

Or elle avait confiance. Comment ne pas avoir confiance après tout le plaisir qu'il lui avait déjà donné?

Il choisit cet instant pour refermer ses lèvres autour de son clitoris. Elle rejeta la tête en arrière, les yeux fermés, car elle n'en pouvait déjà plus…

Mais Ryder n'en avait pas fini avec elle.

— Regarde! ordonna-t-il de nouveau.

Cette fois encore, elle obtempéra malgré le désir éblouissant qui lui brouillait la vue.

Elle était dans la position la plus intime qui soit, mais elle laissa faire Ryder. Sans détourner le regard. Au contraire. Elle contempla ses lèvres, sa langue, sur elle, sur son sexe… Elle-même s'agrippait à ses épaules, à ses cheveux, se cambrant contre sa bouche à mesure qu'elle sentait le plaisir monter en elle.

— Ryder ! hurla-t-elle de toutes ses forces, terrassée par le plus violent, le plus bouleversant orgasme de sa vie.

— Je te tiens, ma belle ! murmura-t-il en plongeant allégrement deux doigts en elle juste pour prolonger son orgasme. Je te tiens…

Et même si elle savait que c'était une grave erreur – pour ne pas dire un désastre sur le plan émotionnel –, elle s'autorisa à le croire. Et donc à tomber profondément, irréversiblement amoureuse de lui.

Chapitre 19

Quelque chose avait changé. Quelque chose que Ryder n'arrivait pas à définir, mais à un moment donné, au cours de la plus intense expérience sexuelle de toute sa vie, quelque chose s'était modifié en lui. Et pour être franc, cela le faisait carrément flipper.

Il voulait Jamison. Il la voulait rien que pour lui. Il la voulait comme jamais il n'avait voulu autre chose. Ou, plus précisément, il la voulait comme jamais il ne s'était autorisé à vouloir quelque chose. Du moins depuis Carrie.

Et s'il était tout à fait honnête envers lui-même, c'était bien cela qui le terrifiait. Ce n'était pas tant le fait que pour la première fois depuis longtemps, il éprouvait des sentiments. Mais bien le fait que Jamison aussi ressentait la même chose. Bien sûr, elle se la jouait décontractée, faisant mine d'être capable de gérer une relation « pour s'amuser », sans promesses ni engagement… Mais la lueur dans son regard tout à l'heure ne lui avait pas échappé. Une lueur qu'il n'avait eu aucun mal à reconnaître, puisqu'il avait vu la même sur son propre visage.

Sauf qu'il ne voulait lui faire aucun mal. Pas question de laisser quoi que ce soit de sa vie de fou, de sa vie de débauché déteindre sur elle. Il ne s'était jamais inquiété de ce genre de chose avec Carrie, or celle-ci en avait souffert et avait fini par payer le prix fort. De plus, Jamison s'était déjà fait agresser, l'autre soir. Depuis, il avait – tout comme Jared – fait son possible pour qu'elle soit désormais en sécurité pendant la tournée. Mais on ne pouvait jamais être sûr de rien, et il préférait vendre son âme au diable que voir Jamison se faire agresser en coulisses par un loser dont le groupe n'aurait jamais aucune chance de percer – même avant d'être jugé pour viol.

Non pas que les charges aient tenu, d'ailleurs. Carrie avait été tellement bourrée de calmants le jour de l'audience que son témoignage avait été considéré «suspect», et Ryder n'avait rien pu y faire. À part prendre sa part de culpabilité pour la souffrance qu'elle endurait, pour sa nouvelle addiction, tout en la regardant, impuissant, s'éloigner irrémédiablement de lui. La seule idée de revivre ça, de voir Jamison souffrir comme Carrie avait souffert le réveillait au beau milieu de la nuit, en proie à des sueurs froides.

Et puis, s'il était tout à fait honnête envers lui-même, il admettrait que cette histoire entre Jamison et lui n'avait pas la moindre chance de fonctionner. Bien sûr, elle pourrait exercer son métier en cuisinant pour le groupe, rédiger son bouquin, mais la vérité, c'était que Jamison n'aspirait qu'à une chose : la stabilité. Jamais elle n'accepterait de vivre de la même façon que sa mère. Alors que lui ne se voyait pas vivre autrement. Dès qu'il restait un peu trop longtemps au même endroit, il devenait claustrophobe. Il avait l'impression de suffoquer, de ne plus avoir les idées claires.

Non, la meilleure chose à faire, ce serait de mettre un terme à leur relation dès à présent. Avant que Jamison ne s'attache trop à lui. Avant qu'il n'oublie toutes les raisons pour lesquelles il n'était pas l'homme dont elle avait besoin.

Au fond de lui, une petite voix lui soufflait d'aller lui parler tout de suite, mais cela serait compliqué. La nuit tombait sur Houston, les fans ne tarderaient pas à affluer devant la salle de concert. Et comme la dernière chose dont il avait envie était de se retrouver coincé au milieu d'une foule de fans hystériques avant d'atteindre la scène, il se devait de rejoindre la loge au plus vite.

D'autant qu'il voulait voir comment allait Wyatt. Jamison lui avait raconté avoir confisqué sa drogue et lui avoir fait promettre de rester clean, mais Ryder avait un désagréable pressentiment. Et depuis l'instant où Jamison lui avait révélé que Wyatt avait bel et bien replongé, Ryder surveillait en douce son batteur pour tenter de déterminer s'il avait vraiment décroché, ou s'il avait juste mené Jamison en bateau. Jamison, et le reste du groupe. Car si Ryder avait retenu une chose à propos de Wyatt et de son addiction ces dernières années, c'était que toute situation était susceptible de basculer en un clin d'œil. Oh, il espérait bien que les choses resteraient calmes, mais l'espoir seul ne menait jamais bien loin. Surtout dans ce métier.

Faisant un signe de main à Gerald, un des vigiles du groupe, il s'engouffra *backstage* et se dirigea vers la loge que l'organisateur de tournée avait réservée pour Shaken Dirty. Le concert ne débutait pas avant deux bonnes heures, mais Ryder avait besoin de temps pour réfléchir. Pour respirer.

Mais il s'arrêta net en voyant Jared adossé contre le mur à l'extérieur de la loge, son téléphone portable en main.

— Salut, mec. Un problème avec Victoria ? demanda Ryder.

Il ne voyait pas pour quelle autre raison Jared se tiendrait dans le couloir avec un air aussi sinistre alors que sa fiancée était censée être dans les parages.

— Non, elle va bien, je pense. Elle est partie faire du shopping il y a quelques heures, mais je n'arrive plus à la joindre.

— Elle est avec un garde du corps ?

— Ouais.

— Donc elle va bien, dit Ryder en souriant. Elle a sans doute voulu t'acheter un petit cadeau pour le concert de ce soir.

— Ouais, tu dois avoir raison, reprit-il en consultant son écran pour la troisième fois depuis le début de la conversation. Bref, je suppose qu'on n'aura pas trop l'occasion de te voir ailleurs que sur scène pour les prochains jours.

Jared avait prononcé cette dernière phrase la mâchoire crispée, et Ryder sentit qu'il n'avait pas l'esprit préoccupé seulement par Victoria – sentiment qui se renforça quand son ami ajouta :

— Il me semble qu'on ne t'a pas beaucoup vu ces derniers temps ?

Devant le ton presque trop neutre de son ami, Ryder se figea. Ils se connaissaient depuis assez longtemps pour savoir que quand Jared se contenait ainsi, les choses n'étaient pas loin de dégénérer.

— Tu as quelque chose à me demander ?
— C'est ce que je viens de faire.

Merde.

— Jared, je…

Il agita une main en l'air alors qu'une partie de lui avait envie de dire à son ami de s'occuper de ses affaires. Il s'agissait là de son histoire avec Jamison, et cela ne regardait personne d'autre. Mais cela n'aurait pas été juste. Il était normal que Jared s'inquiète pour sa petite sœur.

— Tu avais dit que tu ne t'approcherais plus d'elle.
— C'est ce que j'avais prévu.
— Et merde, lâcha Jared qui donnait l'impression d'avoir été renversé par un bus. Tu t'amuses vraiment à t'envoyer en l'air avec ma sœur ?

À ces mots, Ryder sentit chaque muscle de son corps se crisper.

— Ne parle pas d'elle de cette façon. Jamison n'est pas le genre de fille avec laquelle on « s'envoie en l'air »…

—Je parlais de *toi*, lança Jared d'une voix radoucie. Donc, entre vous deux, c'est sérieux ?

Il n'avait pas la moindre idée de ce qu'il était censé répondre à cela. De toute façon, quoi qu'il dise, il savait qu'il était damné. Mais il ne pouvait pas non plus continuer indéfiniment à faire l'autruche. Il se devait de répondre quelque chose à Jared, et tout ce qu'il trouva fut :

—Jamison n'est pas comme les autres.

Ce qui n'impressionna nullement Jared.

—J'en suis bien conscient. C'est justement pour ça que je t'avais demandé de ne pas t'approcher d'elle.

—J'ai essayé ! Tu sais, coucher avec la petite sœur de mon meilleur ami ne faisait pas franchement partie de mes projets.

Jared fit la moue.

—Je me serais volontiers passé d'avoir à entendre ce genre de connerie, Ryder !

—Je comprends. Et moi, je me serais volontiers passé d'avoir à les prononcer.

Cette fois, Jared ne répliqua pas et un lourd silence s'abattit entre eux.

—Pourquoi *elle* ? finit-il par demander. Tu aurais pu choisir n'importe qui d'autre. Alors pourquoi courir après Jamison ?

—D'abord, je ne lui ai pas couru après. Je me suis moi-même laissé déborder par les événements. Ensuite, pourquoi *pas* Jamison ? Elle est intelligente, drôle, belle et attentionnée. Et puis, elle m'écoute, tu vois. Elle comprend des choses que personne d'autre ne peut comprendre…

En fait, ce qu'il préférait avec Jamison, c'était de pouvoir la prendre dans ses bras, juste après lui avoir fait l'amour. Ce n'était pas que le sexe ne suffisait pas – non, le sexe avec elle était renversant, incroyable, absolument époustouflant. Mais d'un autre côté, il appréciait vraiment de pouvoir se confier à elle. Elle avait un sens de l'humour décoiffant, qui ne se manifestait qu'après le deuxième orgasme, et il adorait quand elle le faisait rire. Tout comme il adorait le fait d'être le seul auprès de qui elle exprimait cet aspect de son caractère.

— Bordel de merde ! Tu es amoureux d'elle.

La panique s'empara de lui.

— Je n'ai jamais dit ça.

— Pas la peine. Tu crois que je ne reconnais pas cet air idiot sur ton visage ? Exactement le même que quand je parle avec Vicki…

— Qu'est-ce que tu en sais ?

— Wyatt m'a photographié avec elle, une fois. Et il prend un malin plaisir à me faire chanter avec ces images. À me rappeler à quel point je suis mordu…

— C'est clair que tu es mordu d'elle, approuva Ryder en riant.

— Je le suis. Et c'est un beau sentiment, reprit Jared d'une voix soudain sérieuse. Alors, toi et Jamison…

— C'est encore tout neuf. Si tu comptes me filer une raclée, je t'en prie, je t'en offre une gratuite. Mais je te préviens, dès la deuxième, je me défends…

—Mec, je n'ai pas l'intention de te frapper.

Ryder se détendit légèrement.

—Merci, je...

—Mais puisque tu en parles...

Sans prévenir, le poing de Jared atterrit violemment sur sa mâchoire, et Ryder se retrouva projeté contre le mur.

—Merde! hurla-t-il en se prenant la joue. Bordel, mais qu'est-ce qui te prend? Je te rappelle que je monte sur scène dans moins de deux heures!

—Mouais. Ça ajoutera un peu de piment au spectacle.

—Mais tu venais de dire que tu ne comptais pas me frapper.

—Je le pensais vraiment. Et puis je me suis souvenu que tu te tapes ma petite sœur. Tu devrais même me remercier de n'avoir mal qu'à ta joue, ajouta Jared avec un sourire entendu.

Ryder le fusilla du regard, mais ne répliqua pas. Les arguments de Jared étaient légitimes.

Mais lorsque le sourire de Jared s'effaça, celui-ci prit un air grave que Ryder lui avait rarement vu.

—Ne déconne pas avec elle, Ryder. Je sais que tu as vécu des choses atroces par le passé, mais Jamison n'est pas non plus une petite rose fragile... Tu piges?

—Je pige. Et tu dois aussi savoir que la dernière chose que j'ai envie de faire avec ta sœur, c'est de déconner.

—Ça, ce n'est pas une promesse.

Ryder secoua la tête. Comment pourrait-il faire des promesses alors qu'il avait passé sa vie à foirer tout ce qui aurait pu lui arriver de bien ? C'était à peu près la seule chose dont il pouvait être sûr, d'ailleurs : il avait une espèce de don pour tout foirer.

Et ce n'était pas un hasard si Jared était son meilleur ami. D'ailleurs, il voyait bien sur le visage de son guitariste que son ami savait exactement à quoi il pensait en cet instant.

—Ryder, merde, soupira-t-il. Prépare-toi à bien pire que mon poing sur ta figure si un jour tu fais le moindre mal à Jamison.

—Normal.

—Tu trouves ? demanda Jared en levant les yeux au ciel.

Faisant mine de ne pas entendre les sarcasmes de son ami, Ryder posa une main sur son bras alors qu'il s'apprêtait à entrer dans la loge.

—Ne dis rien à personne à propos de Jamison et moi, d'accord ? Je ne suis pas prêt à ce que ça devienne public.

Pour une raison qui lui échappait, ces paroles firent sourire Jared de nouveau.

—Dire quoi ? Et à qui ? Je ne suis au courant de rien.

—Super. Alors restons-en là, s'esclaffa Ryder.

La porte de la loge se referma derrière Ryder et Jared. Tremblante, Jamison poussa un petit soupir et s'efforça de faire comme si elle n'avait pas entendu la fin de leur conversation. Après tout, si Ryder voulait continuer à garder leur « arrangement » secret, cela ne regardait que lui. Même à présent que Jared était au courant.

Mais que se passait-il au juste entre Ryder et elle ? Formaient-ils un couple ? Étaient-ils juste amants ? Copains de baise ? Ou encore rien de tout cela ? Si Ryder tenait à ce que personne ne sache qu'ils couchaient ensemble, il devait y avoir une bonne raison. Et si ce n'était pas par crainte que Jared ne découvre le pot aux roses, alors Ryder voulait peut-être simplement la protéger de la presse. Car il n'y avait rien de pire que des paparazzi pour fragiliser une relation naissante.

Cela dit, il devait savoir qu'elle avait l'habitude de la presse à scandale. Elle avait passé assez de temps auprès de Jared quand le groupe n'était pas en tournée pour avoir eu affaire à ce genre de journalistes – d'ailleurs, elle ne s'en était pas trop mal tirée. Mais alors, s'il ne s'inquiétait pas de la voir livrée en pâture aux questions gênantes et autres photos intrusives, pourquoi tant de secrets ? Pourquoi était-ce si important pour lui de vivre leur relation à l'abri des regards ?

Jamison ne voyait plus qu'une hypothèse, mais c'était celle à laquelle elle voulait le moins croire. Pas après ces longues heures qu'ils avaient passées au lit ce matin même. Pas après la fougue avec laquelle Ryder lui avait fait l'amour dans la salle de bains. Pour la première fois de sa vie, elle s'était vraiment sentie belle. Belle dans le regard de cet homme. Cet homme qui la voyait comme jamais elle n'avait été capable de se voir.

Sauf qu'à présent, elle s'apercevait que ce même homme refusait que quiconque apprenne qu'il était avec elle. Or elle avait assez d'expérience pour savoir que les hommes tendaient à devenir assez possessifs avec leurs conquêtes… Donc si Ryder ne réagissait pas ainsi, c'était parce qu'il ne la considérait pas comme sa petite amie. Il ne voulait pas d'elle de la même façon qu'elle voulait de lui.

Soudain elle se sentait très bête – alors même que c'était elle qui avait fixé les règles du jeu… Mais comment aurait-elle pu deviner que ses sentiments pour Ryder allaient s'intensifier, jusqu'à devenir aussi troublants – et en si peu de temps ? Certes, il l'attirait depuis toujours, et elle s'était jetée sur lui à la première occasion sans se soucier des conséquences.

Elle ne pouvait pas vraiment en vouloir à Ryder. Pas alors qu'il s'était conformé en tout point aux règles qu'elle avait établies. Elle avait beau le savoir, elle avait du mal à en être totalement convaincue. Surtout que, jour après jour, elle tombait de plus en plus amoureuse de lui.

Comment faire autrement quand il se montrait aussi généreux, doux et attentionné dès qu'ils se trouvaient en tête à tête ? Bien sûr, il était normal d'avoir été aveuglée par cette affection et par leur entente sexuelle. Parce que même si elle se sentait mourir à petit feu en découvrant que Ryder n'était pas amoureux d'elle – du moins pas autant qu'elle l'aimait—, elle tâcherait de ne pas réagir de façon disproportionnée. Ce n'était pas comme si elle avait l'intention de mettre un terme à leur relation. Pas alors qu'elle avait désespérément besoin de le sentir entre ses bras, et d'être serrée dans les siens…

S'efforçant de ravaler son chagrin, elle traversa le couloir jusqu'à la loge de Shaken Dirty. À l'origine, elle était venue demander aux gars s'ils désiraient qu'elle leur cuisine quelque chose cet après-midi, ou s'ils préféraient se servir au buffet qui était en train d'être livré dans la loge.

Bien décidée à ne pas laisser sa blessure affecter son travail — ou quoi que ce soit d'autre — Jamison ouvrit grand la porte. Et crut qu'elle venait de mettre les pieds en enfer.

Chapitre 20

—Appelle les secours ! hurla Ryder à Jared. Je crois qu'il ne respire plus !

—Tu en es sûr ? demanda Jared en composant le numéro sur son portable tout en rejoignant Wyatt, qui était allongé, inconscient, sur le canapé à l'autre bout de la loge.

—Non, je n'en suis pas sûr ! Mais on dirait qu'il ne respire plus, répondit Ryder en posant une oreille contre la poitrine de Wyatt.

Il chercha à distinguer le moindre battement de cœur, guetta le moindre soulèvement de poitrine à l'affût d'un mouvement respiratoire… Mais rien. Bon sang, rien !

Ça n'allait pas recommencer ! Wyatt n'allait quand même pas leur faire revivre un tel enfer !

Et pourtant… Cette fois, son ami n'avait pas seulement perdu connaissance. Il était mort.

Non. Bon sang, non ! Pas question d'accepter ça… Il n'avait aucun moyen d'estimer depuis quand son batteur était dans cet état, mais il n'allait pas perdre un de ses meilleurs amis là, dans une loge miteuse à Houston. Non, pas question de laisser une telle chose arriver.

Empoignant Wyatt par sa chemise, Ryder le traîna à terre, et se mit à lui faire du bouche-à-bouche. Ce faisant, les images de sa vague formation en secourisme se bousculèrent à l'esprit.

— Demande-leur comment on fait un massage cardio-respiratoire ! lança-t-il à Jared qui était en train d'expliquer par téléphone la situation au médecin urgentiste. Je ne me souviens plus combien de compressions d'affilée je suis censé donner.

— Trente.

Soudain, Jamison fut là, à genoux à côté de lui.

— Là, comme ça, dit-elle en plaçant ses mains au centre de la poitrine de Wyatt avant de commencer une série de pressions rapides. OK, maintenant, bouche-à-bouche, reprit-elle.

Il insuffla deux fois de l'air entre les lèvres de Wyatt, puis elle poursuivit le massage cardiaque.

— L'ambulance sera là dans moins de sept minutes, annonça Jared.

— Reste en ligne avec le médecin régulateur, ordonna Jamison à bout de souffle tout en poursuivant le massage. Mais essaie de joindre la sécurité pour voir s'ils ont un défibrillateur. Si on capte un pouls, on pourra s'en servir. En plus, il doit y avoir des secouristes pour le concert de ce soir – essaie de voir si certains sont déjà arrivés. Préviens la sécurité de l'arrivée de l'ambulance. Ils feront en sorte de guider les médecins jusqu'ici.

Puis, elle ordonna de nouveau à Ryder de respirer et il obtempéra, éberlué de la voir prendre les choses en main avec un tel sang-froid. Il n'en revenait pas de la vitesse avec laquelle elle avait réagi, alors que lui-même était paralysé par la peur.

Elle intensifia le massage cardiaque.

— Jared, j'entends de l'eau couler dans la salle de bains. Quelqu'un doit prendre une douche. Va lui demander à quelle heure il y est entré, ça nous permettra de donner aux médecins une estimation de l'heure à laquelle Wyatt a perdu connaissance.

— J'y vais, dit Jared en traversant la pièce au pas de course.

C'est alors que les événements se précipitèrent.

Le pouls de Wyatt se remit à battre.

Son corps se mit à trembler, puis à convulser.

La porte de la loge s'ouvrit en grand et deux vigiles accoururent, suivis de trois secouristes poussant un brancard.

Et Jared s'effondra contre la porte de la salle de bains. Il était livide.

— Nous allons prendre le relais, maintenant, mademoiselle, déclara l'un des médecins en s'agenouillant près de Jamison.

Ils placèrent Wyatt en position latérale de sécurité, puis l'un des secouristes les bombarda de questions tandis que le troisième préparait une intraveineuse.

Ryder leur raconta tout ce qu'il savait, déchiré entre sa peur panique de voir Wyatt mourir, sa fureur du fait que son ami s'était infligé une telle chose, et son inquiétude pour Jared, qui demeurait figé par terre. Et dont l'état semblait presque aussi préoccupant que celui de Wyatt.

Jamison courut le rejoindre alors que Victoria sortait de la salle de bains, une petite serviette enroulée autour de son corps ruisselant d'eau.

Suivie, quelques secondes plus tard, de Micah.

Micah, lui aussi trempé et vêtu d'une simple serviette. Pendant un bref instant, Ryder crut que sa tête allait exploser. Avait-il été happé par une sorte de tourbillon qui l'aurait entraîné vers une autre dimension où tout était pourri jusqu'à la moelle ?

Non, parce que là, il devait rêver. Wyatt n'avait pas vraiment refait une overdose, il n'était pas vraiment allongé, là, sous ses yeux, entre la vie et la mort... Tout cela pendant que Micah était en train de se faire la fiancée de Jared dans la salle de bains... Non, ce devait être un rêve. Ou plutôt, un cauchemar. Parce que même le rock'n roll ne pouvait pas être décadent à ce point.

Sauf qu'apparemment, il ne rêvait pas. Parce que même les secouristes, pendant qu'ils tentaient de réanimer Wyatt, observaient la scène avec cette sorte de fascination que les gens nourrissaient à la fois pour les ragots de la presse à scandale et pour les catastrophes d'envergure. Et il se trouvait que ce soir-là, Shaken Dirty leur offrait les deux.

— Jared, pardonne-moi, sanglota Victoria en se jetant à terre à côté de lui.

Mais il se contenta de la regarder fixement alors qu'elle tentait de l'enlacer.

Au milieu de ce capharnaüm, débarqua Quinn, avec trois boîtes à pizza en main, sifflotant la mélodie d'un des nouveaux morceaux sur lesquels il travaillait avec Ryder. Mais il n'eut pas fait deux pas dans la loge qu'il se figea, lâchant les pizzas qui s'écrasèrent au sol dans un bruit sourd.

C'en était trop. Ryder se leva d'un bond et fonça sur Jared qui n'avait toujours pas dit un mot, alors que Victoria et Micah s'empêtraient dans des explications plus calamiteuses les unes que les autres. Ryder n'était même pas certain qu'ils avaient remarqué les secouristes qui continuaient à réanimer Wyatt de l'autre côté de la loge.

Il s'empara de Victoria, puis la repoussa loin de Jared, et la porta malgré ses cris de protestation vers la salle de bains.

— Rhabille-toi et fous le camp! aboya-t-il.

Il lui referma la porte au nez, puis malgré ses vives protestations, il se tourna vers Micah qu'il bouscula violemment vers la sortie.

— Toi, tu dégages de là!

— Je n'irai nulle…

— Tout de suite! rugit Ryder en saisissant le bassiste par le col avant de le traîner hors de la loge.

Dehors, les coulisses étaient bondées de *roadies* et de membres des autres groupes se produisant ce soir-là et qui commençaient à affluer. À peine Ryder passa-t-il une tête par la porte qu'une bonne dizaine de téléphones portables furent brandis vers lui pour le prendre en photo. Mais il n'en avait que faire. Wyatt était en train de mourir et son groupe à lui était au bord de l'implosion…

Il claqua la porte au nez de tout le monde et se tourna vers Quinn.

— Va chercher Micah. Demande-lui s'il sait ce que Wyatt a pris et quand il l'a pris.

Puis il se précipita vers Jamison qui essayait de remettre son frère sur pied. Il aida Jared à se relever et se retint de retourner dans le couloir pour étrangler Micah. Jared était vraiment le meilleur de tout le groupe. Le plus gentil, le plus chaleureux, le plus équilibré de tous. Et tous les membres de Shaken Dirty savaient à quel point il adorait Victoria.

— Ramène Jared à l'hôtel, ordonna Ryder en sortant un peu d'argent de sa poche pour le placer dans la main de Jamison. Dans ta chambre. Reste auprès de lui, et si Micah ou Victoria sont assez idiots pour se ramener, ne les laisse pas approcher de lui. Je demande à la sécurité d'appeler un taxi pour vous.

Elle hocha doucement la tête, puis demanda :
— Et Wyatt ?
— Je m'en occupe.
— Je sais, murmura-t-elle en se hissant sur la pointe des pieds pour déposer un baiser sur sa joue, mais elle se ravisa à la dernière seconde.

Difficile de lui en vouloir. Jared était le leader, celui qui gérait les affaires du groupe. Celui qui savait toujours quoi faire en cas de souci. Mais Ryder, lui, était censé s'assurer que tout le monde allait bien. Et il avait royalement foiré… Une fois de plus. Il avait tellement été obnubilé par Jamison qu'il n'avait pas pu voir à quel point Wyatt s'était enfoncé – et encore moins à quel point Micah devenait incontrôlable. Il n'avait rien vu venir, et le drame s'était produit.

Jamais il ne s'était senti aussi minable.

— Et le concert ? s'enquit Jared d'une voix tremblante d'hésitation qui tranchait radicalement avec son timbre habituellement clair et assuré.

Ryder désigna alors Wyatt qui respirait de nouveau de façon autonome. Les secouristes préparaient son transfert vers l'hôpital le plus proche.

— Je crois qu'on ne jouera pas ce soir.

— C'est clair, articula Jared en se passant une main devant les yeux, l'air complètement sonné. Appelle-moi dès que tu as du nouveau sur l'état de Wyatt. Je passerai ensuite à l'hôpital.

— Bien sûr, dit Ryder.

Il n'eut pas le cœur de lui faire remarquer que l'affaire « Micah et Victoria » ne tarderait pas à éclater au grand jour, si ce n'était pas déjà le cas. Ajoutée à l'overdose de Wyatt, cela allait faire les choux gras de la presse à scandale. Ryder allait devoir mettre leur manager, leur agent et leur attaché de presse sur l'affaire dès que possible, mais Jared se porterait sans doute mieux en restant loin de tout ce tapage médiatique les premiers jours.

Jamison l'entraîna vers la porte juste au moment où Quinn se frayait un chemin à travers la foule pour rentrer dans la loge. Ryder n'eut même pas le temps de lui donner les dernières nouvelles, que Victoria, les yeux rougis, sortit de la salle de bains en geignant.

Préférant l'ignorer, il s'efforça de contenir sa rage. Et préféra se concentrer plutôt sur Wyatt.

— Est-ce que Micah t'a dit ce qu'il avait pris ?

Mais Quinn secoua la tête, l'air écœuré.

— Il est trop occupé à essayer de se défendre. Il prétend que Victoria s'est déshabillée et est entrée dans la douche sans y avoir été invitée.

— Ce n'est pas vrai ! haleta Victoria.

Ryder lui jeta un regard si noir que même les photographes les plus rapaces reculèrent de quelques pas.

— Tu crois peut-être que ce que tu as à dire intéresse qui que ce soit ici ? Dégage de là, Victoria. Et laisse Jared tranquille, sinon je t'assure que même les pires torchons de l'industrie de la presse refuseront d'écouter ta version des faits.

— Mais je l'aime !

— Ouais, je crois qu'on l'a tous compris, grommela-t-il avant de se tourner vers Quinn. Trouve-lui un taxi, mec, d'accord ?

— Avec plaisir.

Ryder ne prit même pas la peine de regarder si elle se débattait ou non. Au lieu de cela, il se rapprocha des médecins.

— On suppose qu'il a pris de l'héroïne, expliqua-t-il.

— Oui, il présente les signes classiques d'une overdose, commenta l'un d'eux avec un hochement de tête.

L'estomac de Ryder se noua. Bordel, mais à quoi Wyatt jouait-il ? S'agissait-il là d'une overdose accidentelle – ce qui serait déjà assez grave – ou bien de quelque chose de plus grave encore ?

Il fit part de ses doutes aux secouristes, qui hochèrent la tête d'un air blasé.

— On en saura plus une fois à l'hôpital, déclara le plus baraqué des trois.

— Vous pensez qu'il va s'en sortir ?

— Pour l'instant, ses organes vitaux ne semblent pas atteints. C'est déjà ça. Mais on va devoir lui faire passer un certain nombre d'examens avant de vous communiquer un pronostic sérieux.

— Bien sûr, c'est normal.

Même si cela ne lui plaisait guère, il n'y avait plus rien à faire qu'attendre. Personne ne pouvait rien faire de plus.

— Il est transportable maintenant que son état s'est stabilisé. Vous pouvez l'accompagner dans l'ambulance, si vous le souhaitez.

Évidemment qu'il le souhaitait. Wyatt était son ami. Et ce qui lui arrivait était la faute de Ryder. Il avait déjà merdé deux fois avec lui. Pas question de merder une troisième fois.

Chapitre 21

Jamison était à deux doigts de faire un malheur. Voilà des heures qu'elle attendait que son téléphone sonne. En vain.

Ryder avait appelé Jared il y a quelques heures pour lui annoncer que l'état de Wyatt s'était stabilisé. Il ne connaissait pas encore l'étendue des dégâts, mais a priori, leur ami allait s'en sortir. Il avait même eu une brève conversation avec Ryder – il semblait encore confus, mais ses neurones paraissaient bien connectés. Ce qui laissait supposer que son cerveau n'avait que très brièvement manqué d'oxygène avant qu'ils ne le trouvent.

Bon sang, elle n'arrivait toujours pas à y croire. À se dire qu'elle était en train d'envisager d'éventuelles séquelles cérébrales au sujet de Wyatt. Si cet imbécile s'en sortait pour de bon, elle se chargerait de l'achever de ses propres mains.

Enfin, si Ryder ne le tuait pas en premier.

Ryder.

Elle poussa un lourd soupir et s'inquiéta à son sujet : que pouvait-elle faire pour lui ?

Elle avait compris que quelque chose entre eux s'était brisé. Elle l'avait su dès cet instant où elle avait mis les pieds dans la loge. C'est pour cela qu'elle s'était retenue de réconforter Ryder. La dernière chose dont il avait besoin, c'était de lui mettre la pression au milieu d'une situation déjà bien assez dramatique.

Dieu seul savait à quel point ce qui se passait avec Wyatt devait ronger Ryder de l'intérieur. Cela la rongeait, elle, alors qu'elle n'était pas un membre du groupe. Une partie d'elle voulait être à l'hôpital, aux côtés de Ryder, à le soutenir face à leur manager, aux attachés de presse et à toutes ces choses qu'il avait à gérer. Mais en même temps, il y avait aussi Jared, qui était dans un état de choc émotionnel. Pour rien au monde elle ne l'aurait abandonné. Voilà pourquoi elle était assise sur son lit, côte à côte avec son frère et avec Quinn : ils se gavaient de crème glacée tout en regardant un vieux film d'horreur. Quinn était arrivé une demi-heure auparavant, après avoir passé trois heures à l'hôpital avec Ryder, en attendant de pouvoir s'entretenir avec le médecin de Wyatt.

Micah leur avait envoyé à tous plusieurs SMS. Il se trouvait seul dans la grande suite réservée pour Shaken Dirty tandis que les autres s'étaient réunis dans la petite chambre de Jamison – ce qui ne manquait pas d'ironie – et il tenait à s'expliquer avec eux. Mais personne n'était d'humeur à entendre ses justifications, surtout pas Jared. Son frère n'avait pas dit grand-chose depuis leur retour à l'hôtel, mais Jamison voyait bien qu'il était anéanti. Il aimait profondément Victoria, et attendait avec impatience que la première partie de la tournée s'achève pour pouvoir organiser leur mariage.

À présent, Jamison ne savait plus quoi faire. Ni ce que les autres comptaient faire, surtout que la pause entre les deux parties de la tournée semblait s'imposer plus tôt que prévu. Wyatt n'était pas en état de reprendre la route, cela ne faisait pas l'ombre d'un doute. Et elle ne voyait pas comment Jared serait capable de remettre les pieds sur scène aux côtés de Micah. Certes, il savait se montrer très pro, mais Jamison savait aussi que pour lui, faire de la musique était quelque chose d'extrêmement intime, qu'il ne pouvait jouer qu'en harmonie avec des gens qu'il aimait, qu'il respectait. Or il était à deux doigts de tuer Micah. Jamison voyait mal comment il allait pouvoir gérer la situation avec lui.

D'ailleurs, personne n'imaginait la suite des événements. D'où les crèmes glacées et le film d'horreur. Ainsi, ils géraient tant bien que mal leur inquiétude. Mais Jamison en avait assez d'attendre que Ryder la contacte. À présent que Quinn était là, avec Jared, elle allait pouvoir se rendre à l'hôpital. Si elle sentait que sa présence gênait, alors elle repartirait sur-le-champ. Mais pas question de laisser Ryder seul, plus longtemps que nécessaire.

Passer entre les filets de la sécurité à l'hôpital se révéla bien plus compliqué que prévu. Apparemment, des paparazzi et des fans de Shaken Dirty avaient semé le trouble, obligeant l'hôpital à poster des vigiles tout le long de l'étage où Wyatt était soigné. Et pour prendre l'ascenseur, il fallait apporter la preuve que l'on travaillait audit étage.

Après avoir essayé par tous les moyens de parlementer pour accéder au service, Jamison finit par craquer et téléphona à Ryder. Il la retrouva devant l'ascenseur moins de deux minutes plus tard, et elle put le dévisager pour la première fois depuis la débâcle. Et son cœur se déchira.

Il paraissait exténué. En quelques heures, il semblait avoir effectué un aller et retour en enfer. Ce qui, d'une certaine manière, était bien le cas. Au diable les paparazzi et la discrétion. À la seconde où elle sortit de l'ascenseur, Jamison se jeta dans ses bras et le serra aussi fort qu'elle put. Durant de longs instants, il ne broncha pas – ni pour l'étreindre à son tour, ni pour la repousser, ni même pour respirer. Puis il se mit à frémir, et toute la tension qu'il devait avoir accumulée dans son corps musclé et athlétique, toute cette tension se relâcha en un instant. Si Jamison n'avait pas été là pour le soutenir, il se serait probablement effondré à même le sol.

— Comment va-t-il ? demanda-t-elle en le lâchant enfin.

— C'est un accro à l'héroïne avec des tendances suicidaires...

La réponse de Ryder était flippante, tout autant que la façon dont il tremblotait.

— Et toi, comment ça va ?

— Je ne suis ni accro à l'héroïne, ni suicidaire.

— Tu ne veux rien me dire de plus, hein ?

— Pour l'instant ? C'est le mieux que je puisse faire, ouais.

— Je peux le voir ?

— Bien sûr. Mais il est un peu dans les vapes. En fonction des résultats d'examens, ils vont le garder jusqu'à demain…

— Et ensuite ? demanda-t-elle.

— C'est la question à cinquante millions de dollars. Nos investisseurs le poussent à boucler la tournée avant d'entrer en cure de désintoxication et…

— Pas question !

— C'est exactement ce que je pense. La maison de disques veut le voir en désintox dès demain, de sorte qu'il soit redevenu clean pour la deuxième partie de la tournée cet automne. Ils me tannent pour que je l'inscrive dans un de ces programmes en quatre-vingt-dix jours. Ils sont prêts à payer la note jusqu'au dernier centime.

— Mais ces programmes ne te semblent pas convaincants ?

— Bordel, j'en sais rien. Qu'est-ce que j'y connais, moi ? C'est juste que je ne vois pas comment je vais réussir à le convaincre. Je crois qu'il n'est pas encore à cette étape-là, dans sa tête.

— Il a frôlé la mort aujourd'hui. Il y serait passé si tu n'étais pas arrivé à temps…

— Tu veux dire qu'il serait mort si *tu* n'étais pas arrivée à temps, Jamison, précisa-t-il en plaquant son front contre le sien. Merci à toi, tu l'as sauvé…

— Tu n'as pas à me remercier. Je n'ai fait qu'aider…

— Mouais, en tout cas, ne compte pas sur lui pour te dire merci : il faut bien que quelqu'un s'en charge, non ? dit-il en s'écartant d'elle.

Puis il longea le couloir à grandes enjambées, et un drôle de frisson remonta le long du dos de Jamison. Impossible de définir pourquoi, mais il y avait ce je-ne-sais-quoi dans sa façon de marcher, de la regarder qui la rendit nerveuse.

— Voilà, déclara-t-il une minute plus tard en s'arrêtant devant la seule chambre de l'étage à l'entrée de laquelle était posté un vigile à la silhouette de mastodonte.

Hochant la tête, elle le suivit à l'intérieur. Wyatt dormait profondément. Il était relié à une perfusion, à un appareil mesurant la tension et un à électrocardiogramme. Inquiète, elle se tourna vers Ryder et l'interrogea du regard.

— Ils ont détecté une arythmie. On doit en discuter avec le cardiologue demain, pour voir si c'est provisoire ou non.

Aussitôt, les larmes lui montèrent aux yeux. Elle s'efforça de les dissimuler, mais en voyant Ryder se raidir, elle comprit qu'il les avait vues.

— Désolée…

— Ce n'était peut-être pas une bonne idée, dit-il en se dirigeant vers la porte.

—J'ai de la compassion pour lui. Et pour toi.

—Non, pas pour moi. S'il te plaît.

Pourtant, il fallait bien quelqu'un pour le réconforter, non ? Pourquoi refusait-il de reconnaître qu'il souffrait et avait besoin d'une épaule sur laquelle s'épancher ?

—Allons, reprit-elle après plusieurs minutes d'un lourd silence. Je vais t'offrir une tasse de ce mauvais café de distributeur…

—Je ne veux pas de café.

Et voilà, de nouveau ce ton qui suggérait la tourmente qui hantait l'esprit de Ryder. Et Jamison fut prise de sueurs froides quand elle se força à demander :

—Alors, qu'est-ce que tu veux ?

La question de Jamison demeura suspendue dans l'air entre eux. Il avait beau savoir qu'elle attendait sa réponse, Ryder peinait à la lui donner. Ce n'était pas qu'il ne trouvait pas ses mots. Mais plutôt – et cela pour la première fois depuis qu'il était adulte – qu'il n'avait vraiment pas envie de les prononcer. Pas envie d'assombrir encore cette sale journée.

Mais que cela lui plaise ou non, il fallait bien que les mots sortent à un moment. Jamison avait failli se faire violer pendant cette tournée, elle avait dû subir les assauts des groupies, et assister à l'overdose d'un de ses meilleurs amis. Ajoutez à cela la tourmente de Ryder, et tous les ingrédients étaient réunis pour une foirade en bonne et due forme. Jamison allait souffrir

– par sa faute – même s'il ne voulait pas en arriver là. Il ne pouvait pas – il ne voulait pas – bousiller sa vie comme il avait bousillé celle de Carrie. Ou encore celle de sa propre mère.

Après avoir ordonné au vigile de ne pas le déranger, Ryder fit asseoir Jamison sur une chaise contre le mur de la chambre. Il vérifia que son ami dormait toujours paisiblement et que l'infirmière venait de passer.

Autrement dit, ils étaient tranquilles pour un moment. Le timing était parfait. Du moins, il ne pouvait pas rêver mieux. Ainsi, et bien que cela lui déchire le cœur plus qu'il ne l'aurait imaginé, Ryder entrouvrit ses lèvres et se força à prononcer les paroles qui allaient tout changer.

— Je crois que ce truc entre nous arrive en bout de course. La fête est finie, Jamison, et on va tous prendre des chemins différents désormais. C'est probablement le moment pour nous de redevenir de simples amis.

Durant de longues secondes, elle ne dit rien et se contenta de le dévisager de ses grands yeux améthyste. Il attendit qu'elle l'engueule, qu'elle le traite de salaud, qu'elle lui hurle dessus en lui reprochant de l'avoir allumée comme il allumait toutes les femmes qui avaient croisé sa route jusque-là.

Mais finalement, Jamison ne fit rien de tout cela. Rien du tout. Elle se contenta de hocher la tête comme s'il venait simplement de lui annoncer la météo. Ou comme si elle s'était attendue à ces paroles depuis le début.

Sans un mot, elle se leva et vint se planter devant lui. Avant de déposer un baiser sur sa joue.

— D'accord.

D'accord?

C'était donc tout? Il avait l'impression qu'il venait de s'arracher le cœur et tout ce qu'elle trouvait à dire, c'était « d'accord »?

— Je ne veux pas te blesser, Lollipops. En fait…

Elle posa deux doigts sur ses lèvres.

— Chut… Je t'ai dit quand on a commencé que j'étais une grande fille et que je saurais me débrouiller. Tout va bien. Je vais bien. Mais je ferais sans doute mieux d'y aller. Je dois m'occuper de Jared. Et m'assurer que Victoria ou Micah lui fichent la paix, murmura-t-elle avant de rejoindre le lit où dormait Wyatt. Quand il se réveillera, dis-lui que je suis passée le voir et que je reviendrai demain.

À ces mots, elle embrassa Wyatt sur la joue.

Puis, en regagnant la porte, elle s'arrêta de nouveau devant lui pour lui déposer un dernier baiser sur sa joue.

— Bonne nuit, Ryder.

L'instant d'après, elle disparut, et il se retrouva les yeux dans le vague, à essayer de comprendre ce qui venait de se passer. Avant qu'il puisse trouver une ébauche d'explication, la voix de Wyatt, faiblarde mais empreinte d'une note autoritaire, résonna dans la chambre.

— Tu es un putain d'abruti, mec, tu sais!

Chapitre 22

Ryder se tourna brusquement vers son ami.

— Depuis quand est-ce que tu es réveillé ?

— Depuis assez longtemps pour t'entendre saboter la meilleure chose qui te soit jamais arrivée.

— Mouais, alors ne le prends pas mal, mais je ne crois pas que tu sois le mieux placé pour me donner des conseils.

Wyatt se mit à rire, mais ce fut un rire rocailleux, presque douloureux à entendre.

— En fait, contrairement à ce que tu crois, je suis très bien placé. Au cas où tu ne l'aurais pas remarqué, ma vie est un pur bordel. Et quand on tombe sur quelqu'un qui t'aime comme le fait Lollipops, on s'accroche, mec. On ne brise pas son cœur en mille morceaux.

— Elle ne m'a pas paru particulièrement blessée…

— Parce que tu étais trop occupé à te sauver la face pour t'apercevoir qu'elle faisait exactement la même chose. Elle a quitté cette pièce parce qu'elle avait le cœur en miettes, pas parce qu'elle se fout de toi.

— Tu te trompes.

—Mec, je peux me tromper sur beaucoup de choses, mais pas sur ça. Jamison t'aime. Pourquoi tu crois que j'ai passé ce marché avec elle ?

—Quel marché ? articula-t-il confusément.

—Celui où j'étais censé décrocher de la dope, et elle décrocher de toi…

—Elle… Elle t'a dit ça ?

Il avait beau comprendre ce qui avait poussé Jamison à en arriver là, cela le rendait malade d'apprendre qu'elle était prête à renoncer aussi facilement à ce qu'ils vivaient tous les deux.

—Plus ou moins. On s'était mis d'accord.

Ryder dévisagea Wyatt avec dégoût.

—Eh bien, on ne peut pas dire que tu aies respecté tes clauses du marché.

L'espace d'une brève, d'une très brève seconde, une lueur de honte traversa le visage de Wyatt. Mais cette lueur s'effaça très vite pour céder la place à un rictus impatient.

—Je ne suis pas fier de te l'avouer, mais je n'en ai jamais eu l'intention. Enfin, de toute façon, elle non plus…

Ryder secoua la tête.

—On dirait que cette overdose t'a bousillé le cerveau, mec. Tu racontes n'importe quoi.

—Peut-être. Mais Jamison est une fille sage d'habitude. Elle ne fait pas de vagues. Mais ces derniers temps, au cas où tu ne l'aurais pas remarqué, elle s'est affranchie d'un certain nombre de règles…

Oh, ça, il l'avait remarqué, oui. Et cela l'excitait justement au plus haut point. Il adorait quand Jamison était sage, mais il l'adorait plus encore quand elle jouait les rebelles. Surtout depuis qu'il faisait partie des rares personnes à qui elle laissait entrevoir cette partie d'elle-même.

— Et donc ?

— Donc, je lui ai donné une nouvelle règle à briser. Une petite incitation à essayer de faire en sorte que ça marche avec toi. Et c'était en train de marcher. Jusqu'à ce que tu foires tout.

— Je n'ai rien foiré. J'ai fait ce qui était juste pour elle.

— Tu en es bien sûr ? Cette fille t'aime, mec. Elle t'aime depuis toujours, et tu le sais aussi bien que moi.

Peut-être, mais…

— Ça ne ressemblait pas exactement à de l'amour pour moi.

— Pourquoi ? Parce qu'elle n'a pas fondu en larmes devant toi ? Si c'est ce à quoi tu t'attendais de sa part, tu es vraiment pire que ce que j'imaginais.

— Évidemment que ce n'est pas ce que je souhaite.

Du moins le pensait-il. Jamais il n'avait voulu blesser Jamison. En fait, il s'était même fait violence pour éviter de la faire souffrir. S'il avait rompu avec elle, c'était uniquement pour la protéger de cette vie de débauche qu'il menait, et de toute cette merde qui arrivait toujours à ceux à qui il tenait.

Et pourtant… La regarder s'éloigner de lui avait été un des moments les plus douloureux de son existence. Une sensation de vide vertigineux s'était emparée de lui, et il n'avait pas la moindre idée de ce qu'il était censé faire désormais.

—Jamison n'est pas Carrie, tu sais. Elle est bien plus forte. Et tu as changé depuis le temps.

Il eut envie de dire à Wyatt de la fermer, de ne pas mêler Carrie à tout cela. Mais il se tut, car si quelqu'un pouvait comprendre ce qu'elle avait subi, et pourquoi elle avait choisi le suicide plutôt que Ryder, c'était sans doute Wyatt.

—Elle a souffert parce que je n'étais pas là pour la protéger.

—Non. Si elle a été violée et tabassée, c'est parce qu'on vit dans un monde rempli de tarés en tout genre. Et elle s'est donné la mort parce qu'elle n'avait pas la force de faire face. Elle a perdu la foi et n'a pas réussi à survivre sans, poursuivit Wyatt d'une voix brisée qui laissait entendre qu'il ne parlait pas seulement de Carrie, mais aussi de lui. Sauf que ça, ça n'arrivera jamais à Jamison. Ce n'est pas le genre de fille à se laisser malmener par le destin.

—Et toi ?

Un silence de mort s'installa entre eux.

—Comment ça, et moi ?

—Tu as failli mourir.

—Je vais bien et...

—Jamison et moi, on a dû te faire un putain de massage cardiaque, connard ! Quand je suis entré dans cette loge, tu étais pratiquement mort ! Tu ne respirais plus, tu n'avais plus de pouls... Sans déconner, Wyatt ! Je refuse de te regarder te détruire à petit feu !

Plusieurs minutes s'écoulèrent.

— Je suis désolé, Ryder, finit-il par lâcher.

— J'espère bien, espèce de trou du cul !

Wyatt eut de nouveau ce petit rire faible.

— Mais pour ce que ça vaut, je n'accepte pas non plus de te regarder foutre en l'air la meilleure chose qui te soit arrivée.

— Ce n'est pas pareil.

— C'est exactement la même chose. Au cas où tu ne l'aurais pas remarqué, tu peux à peine respirer quand tu n'es pas avec Jamison…

À cet instant, Ryder pensa que ce nœud qui se serrait au fond de son cœur était peut-être le premier signe d'une crise cardiaque. Machinalement, il porta une main sur sa poitrine.

— C'est mieux pour elle de s'éloigner de tout ça. Ça t'a peut-être échappé, mais cette vie que l'on mène n'est pas ce qu'on appelle une vie normale.

Wyatt eut un soupir désabusé.

— C'est ton problème, mec. Tu n'as pas encore compris que personne n'a une vie « normale ».

— Eh bien, il faut avouer que le philosophe, c'est toi.

Nullement impressionné par ses sarcasmes, Wyatt demanda :

— Est-ce que tu veux Jamison ?

— Je veux ce qu'il y a de mieux pour elle.

— Ce n'est pas ce que je t'ai demandé, crétin. Pense un peu à toi et réponds à ma question. *Est-ce que tu veux Jamison ?*

Il avait besoin d'elle plus que de l'air qu'il respirait. Pourquoi avait-il fallu la perdre pour de bon avant de s'en rendre compte ?

— Ouais. Je la veux…

À ces mots, il se leva. Il devait la retrouver. Il devait s'assurer qu'elle allait bien. Qu'elle l'aimait encore.

Il se précipita vers la porte, puis s'arrêta net juste avant de sortir. Il ne pouvait pas planter Wyatt comme ça. Il ne pouvait pas le laisser tout seul dans cette chambre, alors qu'il venait de frôler la mort. Sauf que s'il ne filait pas tout de suite, il risquait de perdre Jamison pour toujours.

Et voilà qu'il se retrouvait pris entre la femme qu'il aimait et son ami pour qui il aurait donné sa vie. Mais au final, il n'y avait pas photo… Il avait blessé Jamison.

— Je suis obligé d'y aller, expliqua-t-il à Wyatt. Je…

— Évidemment, que tu y vas !

— Je vais t'envoyer Quinn.

— Pas besoin de baby-sitter… Je vais m'en sortir.

Ryder lui adressa un regard qui en disait long sur le fait qu'il n'était pas convaincu par ces paroles.

Wyatt rougit et détourna le regard.

— Écoute, Wyatt, reprit Ryder.

— Va donc réparer ce que tu meurs d'envie de réparer. Va convaincre Jamison que tu l'aimes. Et ensuite, ramène-la-moi pour me prouver que tu l'as vraiment fait. Si tu fais ça, j'irai en désintox. Et cette fois, je ferai vraiment en sorte de ne pas replonger.

À ces mots, Ryder sentit son sang se figer. Ces paroles constituaient un aveu inattendu dans la bouche de Wyatt.

— Ne déconne pas avec ça, mec.

— Promis. Mais ne déconne pas avec Jamison. Je ne veux que son bonheur.

Tout comme lui. Comme il voulait la rendre heureuse, lui aussi... Il n'était pas certain d'être le mieux placé pour le lui offrir, mais si jamais Wyatt avait raison ? Et s'il avait brisé le cœur de Jamison sans même s'en rendre compte ? Jamais il ne se pardonnerait une telle chose.

— Je reviendrai demain matin et on choisira ton centre de désintoxication.

— Tu veux rire... Tu reviens ce soir, et avec Jamison, sinon je dégage de ce lit pour venir te botter le cul !

Ryder s'esclaffa :

— Un peu ambitieux pour un mec couché dans une blouse d'hôpital, non ?

— Ne me provoque pas ! Personne n'a besoin de voir mes fesses dépasser de ce machin !

Jamison se moucha dans les serviettes en papier à disposition près du lavabo puis s'aspergea le visage d'eau froide pour soulager ses rougeurs.

En vain. Impossible de dissimuler ses yeux rougis. On aurait dit qu'elle avait pleuré sans discontinuer pendant trois jours. Ce qui n'était pas loin d'être le cas. Car voilà près de six heures que Ryder lui avait brisé le cœur, et pour la première fois elle venait de passer plus de cinq minutes d'affilée sans éclater en sanglots. Pouvait-elle être plus ridicule encore ? Cela dit, pouvait-il être plus salaud encore ?

Le pire dans l'histoire ? Elle venait de passer quatre heures terrée à l'arrière d'un café à deux pâtés d'immeubles de l'hôpital. En quittant la chambre de Wyatt, elle avait d'abord pensé rentrer directement à l'hôtel. Mais elle n'en avait pas été capable. Pas dans cet état. Car toute la vie de Jared venait de s'effondrer ce jour-là. La dernière chose dont il avait besoin, c'était de s'occuper de sa petite sœur à moitié hystérique.

N'ayant nulle part où aller, elle avait erré pendant des heures dans les rues de la banlieue de Houston, faisant semblant de lécher les vitrines. Sauf que, où qu'elle se trouve, les gens l'arrêtaient pour lui demander si elle allait bien. Sacrés Texans. Ces gens-là avaient décidément le cœur sur la main.

Au bout de la sixième personne qui lui demanda si elle avait besoin que l'on passe un coup de fil pour elle, elle capitula. Par chance, elle se trouvait alors juste devant *Genuine Javas*, un café présentant de nombreux recoins discrets et dont les clients ne se souciaient guère des gens autour d'eux.

Mais elle n'allait pas pouvoir rester là indéfiniment. Depuis une heure, son téléphone croulait sous les SMS de Jared, de Quinn, et même de Ryder – tous venaient s'enquérir de son état, et insistaient pour savoir où elle se trouvait. En temps normal, elle les aurait tous ignorés, mais elle venait de passer une sale journée. Elle n'avait aucune envie d'ajouter du drame au drame. Et puis, il était bientôt 2 heures du matin et le café allait bientôt fermer.

Voilà pourquoi elle s'était retrouvée dans les toilettes, à s'asperger le visage en faisant son maximum pour effacer les traces de cette crise de nerfs qu'elle subissait depuis six heures. Elle avait répondu au SMS de Jared en expliquant qu'elle allait bien et ne tarderait pas à rejoindre l'hôtel. Sauf qu'elle ne pouvait pas décemment se montrer dans cet état. Ce serait prendre le risque de voir son frère verrouiller ses mains autour de la gorge de Ryder, de l'étrangler jusqu'à ce qu'il se retrouve dans le même état que Wyatt.

Même si cela l'aurait sans doute un peu soulagée – bon, d'accord, beaucoup soulagée –, Jamison était consciente du fait que Ryder n'avait rien fait de mal. Il l'avait mise en garde sur le fait que leur aventure ne pourrait durer. Que ce n'était que pour s'amuser. Bon sang, elle en avait convenu de ses propres mots, elle aussi. Ce n'était pas la faute de Ryder si elle avait laissé les choses prendre une tout autre tournure…

Quelle idiote elle avait été… Après tout, ne savait-elle pas depuis toujours qu'elle ne serait jamais assez bien pour Ryder ? Lui, c'était une légende vivante du rock, alors qu'elle n'était qu'une fille parmi tant d'autres… Quoique. À bien y réfléchir, ce qui la choquait le plus, ce n'était pas tant le fait qu'il l'avait larguée, mais plutôt le fait qu'il ait daigné la regarder comme une femme.

Elle consulta l'heure sur son téléphone, et se demanda si le taxi qu'elle avait appelé était arrivé. Quand elle s'aventura à l'extérieur, elle reçut en pleine figure l'air incroyablement lourd et humide de cette nuit d'été à Houston.

En effet, un véhicule jaune attendait près du stationnement réservé aux handicapés. Jamison s'engouffra à l'intérieur en indiquant au chauffeur le nom de son hôtel. Il hocha la tête, puis appela la centrale de répartition des taxis. Mais elle ne prit pas la peine d'écouter ce qu'il disait – elle était complètement exténuée après cette journée éprouvante. S'adossant contre son siège, elle ferma les yeux, prête à s'assoupir jusqu'à l'hôtel. Elle venait de passer six heures prisonnière de ses idées noires – un endroit pas très reluisant après tout ce qui s'était passé ce jour-là – et il était largement temps pour elle de s'accorder une pause.

Sauf que le chauffeur ne sembla guère remarquer son besoin de repos. À peine s'était-il élancé dans la circulation qu'il se mit à tripoter son poste de radio, changeant à plusieurs reprises de station avant de s'arrêter sur celle qu'il qualifia de « meilleure radio rock de Houston ».

Aussitôt, elle sentit son estomac se nouer.

— S'il vous plaît, vous pourriez éteindre la musique ?

Avec la chance qu'elle avait, ils allaient programmer une chanson de Shaken Dirty. Et elle n'était vraiment pas en état d'entendre la voix de Ryder. Du moins, pas si elle voulait éviter la crise de nerfs en arrivant à l'hôtel.

— Bien sûr, bien sûr, dit le chauffeur avec un fort accent étranger. Mais c'est une bonne radio. Avec de la bonne musique…

— Je n'en doute pas. Mais j'ai mal à la tête. Je n'ai aucune envie d'écouter de la musique pour le moment.

— Oh, oui. Je vois. Bien sûr…

Arrêté à un feu rouge, il tripota de nouveau l'autoradio, mais au lieu de l'éteindre, il changea une nouvelle fois de station, à plusieurs reprises, avant de retomber sur la même.

Elle s'apprêtait à protester, mais avant qu'elle ne puisse prononcer le moindre mot, la chanson se termina et le DJ reprit la parole.

— Vous venez d'écouter *Take Me*, par Darkness. Mais à présent, nous avons une surprise pour vous, une interprétation live et en studio d'un de vos groupes préférés ! En début de soirée, Ryder Montgomery, le chanteur de Shaken Dirty est passé nous voir pour répondre à une rapide interview, que nous vous diffuserons en intégralité demain matin dès 8 heures. Mais il nous a également interprété une toute nouvelle chanson, qui ne figure sur aucun des albums de Shaken Dirty. En fait, elle n'a même pas encore été enregistrée. Alors, voici en exclusivité *Pieces of You*, par Ryder Montgomery.

Jamison sentit son sang se figer alors que les premières notes de guitare sèche résonnèrent dans le taxi. Elle reconnut aussitôt le jeu de Ryder – elle l'aurait reconnu entre tous – mais l'idée qu'il se soit arrêté dans une station de radio ce jour-là ne faisait pas sens. Pas alors que Wyatt était à l'hôpital. Pas après tout ce qui s'était passé.

À moins qu'il n'ait agi ainsi pour tenter de limiter les dégâts sur le plan médiatique, et montrer que Shaken Dirty tenait le coup malgré la catastrophe qui avait eu lieu en coulisses et qui ne manquerait pas d'être relayée dans la presse. Mais pourquoi aller jusqu'à composer une nouvelle chanson ? Une simple interview n'aurait-elle pas suffi ?

Elle était encore en train d'essayer de comprendre ce qui se passait – tout en ayant l'impression d'être tombée d'une falaise – quand la voix sombre et feutrée de Ryder envahit l'habitacle. Sauf qu'il s'agissait là d'un Ryder que peu de gens avaient l'occasion d'entendre, un Ryder que même elle ou les autres membres du groupe n'avaient entraperçu qu'à de rares moments. Ténébreuse, languide, désespérée, sa voix pénétra chaque pore de son corps jusqu'à venir se planter en plein cœur.

Des larmes silencieuses roulèrent sur ses joues alors que les plaies qu'elle avait passé la soirée à panser se rouvrirent de plus belle.

— S'il vous plaît, articula-t-elle d'une voix étranglée. S'il vous plaît, éteignez la musique.

— Écoutez donc, répliqua le chauffeur. Écoutez donc.

Non, elle ne voulait surtout pas écouter.

Sauf qu'elle n'eut guère le choix. Car le chauffeur n'éteignit pas le poste, et elle n'eut pas la force de le faire elle-même.

Elle eut beau lutter de toutes ses forces pour ne pas se laisser envahir par Ryder, ce ne fut qu'une question de secondes avant que ses paroles n'inondent son esprit.

*« Pieces of you,
Like a puzzle in my mind —
fitting together
In a pattern I just can't find.
The freckles on your cheeks,
A perfect dot to dot.
The words at your fingertips
Painting pictures that I've sought.*

*Little pieces hold the secrets,
Little moments hold the clues,
To the whispers deep inside yourself
and the truth I couldn't choose.*

*The sweetness in your touch
skimming down my back.
The glitter in your eyes*

that won't see all I lack.

The fire in your heart,
before we turned to frost.
The roses in your lips
for the kisses that I've lost.

I want to hold you
I want to kiss you
I want to love you
Can't stand to miss you

Cuz, baby, needing you is oh-so-easy to do.
The pieces all asunder
The puzzle a scattered mess
Your smile a fading memory

Your love a broken test.
Little pieces hold the secrets,
Little moments hold the clues,
To the whispers deep inside yourself
and the truth I wouldn't choose.

I want to hold you
I want to kiss you
I want to love you
Can't stand to miss you

Cuz, baby, loving you is oh-so-easy to do.
Yes, loving you is the only thing I know to do.»

Des morceaux de toi,
Comme un puzzle dans ma tête
Qui s'assemble
Sans que je trouve le modèle.
Les taches de rousseur sur ton visage,
Parfaitement alignées.
Les mots sur le bout de tes doigts
Qui esquissent des tableaux que j'attendais depuis toujours.

Des fragments qui gardent leurs secrets,
De petits instants qui retiennent les indices,
Des murmures au plus profond de toi
Et de la vérité que je n'ai pas su choisir.

La douceur de tes caresses
Descend le long de mon dos.
La lueur au fond de tes yeux
Qui refuse de voir tout ce que je ne suis pas.

La flamme dans ton cœur,
Avant que nous nous changions en glace.
Les roses sur tes lèvres
Pour les baisers que j'ai perdus.

Je veux te serrer
Je veux t'embrasser
Je veux t'aimer
Je ne supporte pas que tu me manques
Parce que j'ai envie de toi, c'est une évidence.

Tous ces morceaux en vrac
Ce puzzle aux pièces éparpillées
Ton sourire un souvenir qui s'efface
Ton amour une épreuve que j'ai ratée

Des petits morceaux qui gardent leurs secrets,
Des petits instants qui retiennent les indices,
Des murmures au plus profond de toi
Et de la vérité que je n'ai pas su choisir.

Je veux te serrer
Je veux t'embrasser
Je veux t'aimer
Je ne supporte pas que tu me manques

Je ne sais que t'aimer, c'est une évidence.
Oui, t'aimer est la seule chose que je sache faire.

Le temps que la chanson se termine, Jamison se retrouva dans tous ses états. Elle ne comprenait rien, qu'est-ce que tout cela pouvait donc signifier ? Comment pouvait-il dire de telles choses ? Comment pouvait-il chanter une telle chanson, seulement quelques heures après lui avoir mis le cœur en bouillie ?

— Ça va aller, mademoiselle. Ça va aller, reprit le chauffeur en lui tendant un paquet de mouchoirs.

Elle épongea de son visage les larmes qu'elle n'avait même pas senti couler. Elle qui comptait se ressaisir, c'était raté.

Évidemment, le chauffeur choisit cet instant pour se garer sur le trottoir. Elle chercha de la monnaie dans son sac à main pour le payer, mais quand elle releva les yeux, elle s'aperçut qu'ils ne se trouvaient pas du tout devant son hôtel.

Elle balaya la rue du regard, au cas où elle se serait trompée d'adresse et où le chauffeur l'aurait déposée trop loin. Mais elle ne reconnaissait pas le quartier : manifestement, ils n'étaient pas dans la bonne rue.

— Ce n'est pas mon hôtel, déclara-t-elle.

— Ça va aller, répéta le taxi.

— Non, ça ne va pas. Je dois rentrer à…

— Juste là. Vous devez rentrer là-bas, expliqua le chauffeur en hochant la tête d'un air encourageant tout en lui désignant la portière. Vous devez descendre, à présent.

— Non, je dois rejoindre le *Marriott*. L'adresse exacte est…

Elle se tut net quand sa portière s'ouvrit pour révéler le visage de Ryder.

— Viens avec moi, ordonna-t-il. S'il te plaît.

Plusieurs secondes durant, elle fut incapable de bouger. De respirer, même. Un million de questions se bousculèrent à son esprit, mais il lui était impossible de les poser. Sa langue était littéralement paralysée.

Il lui tendit la main et, comme une imbécile, elle la saisit. Comment faire autrement alors que les paroles de cette magnifique chanson résonnaient encore à son esprit ?

À peine était-elle descendue du taxi que Ryder referma la portière derrière elle. Puis le véhicule s'éloigna dans la nuit. Jamison ne s'aperçut qu'elle ne l'avait même pas payé pour sa course qu'une fois que celui-ci eut complètement disparu.

Ryder l'entraîna sur le trottoir vers un banc de béton et de verre niché sous le porche d'un immeuble. Au-dessus d'eux, elle reconnut l'enseigne d'une station de radio. La même que celle qu'elle venait d'écouter dans le taxi.

— Comment tu as pu… ?

Ce furent les seuls mots qu'elle réussit à aligner de ses lèvres tremblantes.

— Après avoir passé deux heures à te chercher partout, j'ai compris que j'allais devoir être inventif. Alors j'ai payé toutes les centrales de taxi de Houston pour qu'ils me téléphonent dès qu'un de leurs véhicules prendrait à son bord une jeune femme aux longs cheveux roux avec une blouse rose. Finalement, alors que j'étais à deux doigts de me briser les cordes vocales — et de m'arracher les cheveux — j'ai enfin reçu un appel.

Jamison hocha la tête comme si elle comprenait, mais en réalité, elle ne comprenait rien. Elle avait beau entendre les paroles de Ryder, tout cela n'avait aucun sens. D'ailleurs, rien ne faisait sens depuis qu'elle avait entendu cette chanson à la radio. Parce que, à bien écouter les paroles, et à les prendre dans leur sens littéral…

— Mais… pourquoi ? bafouilla-t-elle, bien incapable d'articuler plus de deux mots d'affilée.

Il s'arrêta face à elle et la dévisagea longuement. Elle comprit alors qu'aucun sourire au monde ne saurait dissimuler le fait qu'elle avait pleuré.

— Pourquoi ? répéta-t-il d'une voix plus suave encore que lorsqu'il avait chanté cette nouvelle chanson. Parce que je suis un salaud… Je m'en veux tellement, Jamison. Pardonne-moi…

Une lueur d'espoir s'empara d'elle, mais elle s'efforça de la tenir à distance. Avalant péniblement sa salive, elle parvint à murmurer :

— Mais pour quoi ?

— Pour t'avoir brisé le cœur.

Voilà exactement ce qu'elle avait redouté. Il se sentait coupable. Ryder avait la réputation d'être très dur avec les gens, mais dès qu'il s'agissait de personnes auxquelles il tenait, tout le monde savait qu'en réalité, c'était un dur au cœur tendre. Et elle savait qu'il tenait à elle. Mais pas de la façon dont elle l'aurait rêvé… Cela dit, pas question de le laisser rongé par la culpabilité.

Secouant la tête, elle posa un doigt sur les lèvres de Ryder en s'efforçant de ravaler les sanglots qui lui nouaient la gorge.

— Je me suis brisé le cœur toute seule, Ryder…

— Non, Jamison. Pas du tout, dit-il en pressant de façon convulsive sa main sur ses épaules. C'est moi qui ai merdé. J'ai pris peur et j'ai tout saboté et je t'ai blessée. Je m'en veux tellement de t'avoir fait du mal…

— Ce n'est pas ça l'important, mais…

— Oh, que si, c'est important. C'est important parce que tu es importante. Tu comptes plus que personne, Jamison…

— Ne fais pas ça. Ne me mens pas simplement parce que je te fais pitié.

— Moi ? Comment pourrais-je avoir pitié de toi ? Tu es forte, intelligente, généreuse, et…

— Bon sang, mais je ne suis pas un chien ! s'entendit-elle crier sans avoir eu le temps de réfléchir.

Mais elle n'en pouvait plus d'être décrite de la sorte, juste parce qu'elle n'était pas assez belle ou assez attirante…

Il la scruta, visiblement décontenancé.

— Mais qu'est-ce que tu racontes ?

— Je suis une femme, Ryder.

— Crois-moi, j'en suis pleinement conscient, affirma-t-il en effleurant ses lèvres.

Et, bêtement, elle le laissa faire. Elle s'en voulut terriblement, mais elle était tout simplement incapable de le repousser.

— Je croyais qu'on avait mis les choses au clair l'autre jour, reprit-il. Tu es belle à mes yeux, Jamison. Tu es la plus belle personne sur terre.

— Mais alors, pourquoi m'avoir larguée de cette façon ? À l'hôpital, devant le lit de Wyatt ? Pourquoi m'avoir donné l'impression d'être une moins que rien ?

— Oh, ma belle, non. Tu n'es pas rien. Le moins que rien, c'est moi, susurra-t-il en déposant de tendres baisers sur son front, ses joues, sa bouche. Je suis le connard qui se laisse bouffer par toutes ces casseroles que je traîne avec moi... J'ai pensé que tu serais en sécurité si je te laissais partir. J'ai pensé que ce serait mieux pour toi.

Bien malgré elle, elle sentit son cœur se déverrouiller. Comment ne pas fondre quand il la regardait comme ça, s'ouvrant à elle, lui dévoilant son âme alors qu'elle savait à quel point Ryder était secret ?

— Et maintenant ?

— Maintenant, je suis terrifié à l'idée d'avoir foiré ce qu'on aurait pu construire, toi et moi... Je t'aime, Jamison. J'aime tout ce que je connais de toi, même ta façon un peu flippante de classer tes recettes par ordre alphabétique... Je veux passer les cinquante prochaines années à apprendre tout ce que tu pourras m'apprendre. Comme ça, je t'aimerai un peu plus chaque jour.

— Ryder...

— S'il te plaît, l'interrompit-il. Je sais que je devrais prendre du recul, te laisser le temps de réfléchir, de prendre une décision éclairée... Mais je ne peux pas. Je t'en prie, Jamison... Dis-moi que tu m'accordes une deuxième chance...

Bon sang... Son cœur n'allait pas résister. Ryder venait de prononcer les mots qu'elle rêvait d'entendre depuis des années... Mais était-ce bien réel ? Pouvait-elle vraiment lui faire confiance, faire confiance aux sentiments qu'il disait avoir pour elle ? Comment croire le beau et célèbre Ryder Montgomery alors qu'elle n'était que la petite fille qui l'aimait en secret depuis toujours ?

— Jamison, reprit-il à voix basse. Je t'aime et je sais que tu m'aimes... S'il te plaît, dis-moi que tu m'aimes...

— Quelle différence ça fait ?

— Ça fait toute la différence... Je n'aurais jamais imaginé pouvoir ressentir un jour ce que je ressens pour toi. C'est tellement énorme, tellement monumental que ça me terrifie... Parce que toi, tu vois le vrai Ryder. Tu arrives à voir au fond de moi, jusqu'à des endroits dont personne, même pas moi, ne peut soupçonner l'existence. Et je n'arrive pas à comprendre, je n'arrive pas à imaginer ce que quelqu'un comme toi peut trouver à quelqu'un comme moi...

— C'est parce que tu as une image très faussée de toi-même, répliqua-t-elle en éclatant de nouveau en larmes. J'aimerais que tu puisses, ne serait-ce qu'une minute, te voir de la même façon que je te vois. Ryder, tu es comme une étoile filante : tu es brillant, éblouissant et complètement insaisissable. Tu traverses les cieux, plus vite que la lumière et ensuite...

— ... Ensuite, je me désintègre.

— Ce n'est pas ce que j'ai voulu dire.

— Non. Mais c'est ce qui va arriver si tu me quittes, Jamison. Toi et moi, on le sait bien. Tu me trouves tellement unique que...

— Mais tu es unique...

— Je ne suis rien sans toi...

— Ryder, tu m'en demandes beaucoup…

— Je sais, dit-il en hochant la tête. Je sais. Mais en retour, je t'offre tout ce que j'ai. Tout ce que je suis. Tout ce que je serai jamais.

Il l'embrassa sur le front. Puis sur la joue. Puis sur le menton. Avant de déposer une pluie de baisers sur ses lèvres, jusqu'à ce que Jamison soit prise de vertiges, et peine à trouver son souffle. Puis il recommença.

— Crois-moi, insista-t-il. Je te jure de ne jamais te laisser tomber.

Elle le dévisagea, elle qui avait désormais le tournis. Perturbée, terrifiée, à l'idée de risquer son cœur une nouvelle fois. Mais alors qu'elle le contemplait, avec ses yeux sombres et troublants, avec ce petit sourire sensuel qu'il ne dévoilait jamais à personne, elle comprit qu'il avait raison. Aimer Ryder s'imposait comme une évidence.

Elle prit alors sa main et la serra dans la sienne.

— Je t'aime, Ryder. Je t'ai toujours aimé, et je t'aimerai toujours. J'aime l'homme que tu es comme j'aime celui que tu peux devenir. J'ai confiance en toi et je veux construire quelque chose avec toi. Je refuse de renoncer à tout ça.

— Merci ! murmura-t-il en plaquant son front contre le sien, tremblant de tous ses membres. Merci.

Jamison plongea ses mains dans cette chevelure soyeuse qu'elle aimait tant.

— Ramène-moi à l'hôtel, chuchota-t-elle en pressant ses lèvres contre les siennes. On virera Jared et Quinn de ma chambre. Ou, mieux encore, on en prendra une rien que pour nous…

— Excellente idée, approuva-t-il entre deux baisers. Mais avant ça, on va devoir faire un petit détour.

— Un détour ? Où ça ?

— Je t'expliquerai en chemin, dit-il en l'entraînant vers la limousine qui attendait à l'angle de la rue.

Il lui tint la portière, affichant ce sourire qui la faisait tellement fondre… Car ce n'était pas ce sourire de scène, pas ce sourire qu'il offrait à des millions de gens. Non, il s'agissait là du vrai Ryder qui s'ouvrait à elle, plus vulnérable que jamais. Elle en avait les jambes en coton, et son cœur tambourinait plus que jamais contre sa poitrine.

Mais cette fois, ce sourire lui apporta la foi. La foi en un véritable *happy end*. Ce n'était pas réservé qu'aux autres. Cette fois, elle y avait droit. Ryder y avait droit. Et elle avait hâte de le voir, ce sourire, chaque matin en se réveillant, jusqu'à la fin de ses jours.

Parce qu'enfin, elle y croyait. Elle n'avait rien de la petite épouse parfaite de rockeur, loin de là. Mais peu lui importait. Car Ryder n'avait rien d'une rock star parfaite non plus. Il n'y avait que quand ils étaient ensemble qu'ils étaient parfaits. Alors, que demander de plus ?

Épilogue

Un an plus tard

La voix rugissait au-dessus de la foule. Toujours aussi puissante, sensuelle, et tellement décadente que Jamison sentit ses jambes se dérober sous elle. D'émotion. De fièvre. De désir. Bien sûr, elle n'était pas la seule femme du public à éprouver un tel émoi à l'écoute des chansons de son mari – sa voix au timbre profond et écorché vous mettait dans tous vos états, il y avait de quoi perdre la tête. Mais public ou pas, ce chant mettait tous ses sens en effervescence. Elle faisait pourtant partie des fans de la première heure. Depuis une bonne décennie. Depuis qu'elle avait treize ans, et qu'elle en pinçait pour le chanteur du groupe de son frère.

Certaines choses ne changeaient jamais.

D'autres, si.

Elle posa les mains sur son ventre, sur ce tout petit secret qu'elle avait réussi à cacher à Ryder. Plutôt que le lui révéler au téléphone, elle avait attendu six interminables journées de pouvoir le lui annoncer en personne. Et elle mourait d'impatience de voir la tête qu'il allait faire.

À côté d'elle, Elise et Poppy se déchaînaient au son de la musique. Cat et Vi se trouvaient *backstage*, d'où elles assistaient au concert de Shaken Dirty – et à la prestation de leurs hommes qui étaient en train d'embraser la salle.

Cela avait été une année riche en émotions – bonnes ou moins bonnes. Un véritable grand huit émotionnel. Mais ils avaient tous fini par s'en sortir. Enfin, tous sauf Micah, qui s'était fait virer peu après avoir été surpris avec Victoria sous la douche.

Au début, la critique s'était inquiétée de voir le son Shaken Dirty amputé du jeu de basse de Micah, mais ça, c'était avant l'arrivée de Drew. Non seulement ce dernier avait remplacé Micah sans anicroche, mais son talent avait ouvert de nouveaux horizons au groupe.

Horizons qui avaient permis au nouvel album d'être récompensé d'un triple disque de platine – prouesse extrêmement rare de nos jours – et de remplir les salles à guichets fermés pour leur nouvelle tournée, pour la plus grande joie des fans. En d'autres termes, ils avaient largement gagné au change.

Quand le rythme effréné de la chanson s'évanouit, Ryder troqua sa guitare électrique contre une acoustique, puis se dirigea lentement vers le tabouret qui venait d'être installé au centre de la scène. Jamison sentit les battements de son cœur s'accélérer, car elle savait ce qui allait suivre.

Autrefois, il s'agissait du moment où Ryder interprétait la chanson de Carrie. Mais cette époque était révolue. Désormais, il s'agissait du moment où il entonnait *Pieces of you*, la ballade qu'il avait écrite pour elle un an auparavant, à Houston.

Alors qu'il s'installait sur le tabouret, il chercha du regard parmi les premiers rangs du public. Jusqu'à ce qu'il l'aperçoive. Leurs regards se croisèrent, et alors qu'il jouait les premiers accords de la chanson, Jamison oublia tout ce qu'il y avait autour. Le bruit, les lumières, la foule… Le monde entier disparut. Il n'y avait plus que Ryder et elle, et les pulsations de cette minuscule vie qui palpitait juste en dessous de sa paume.

En effet, rien n'avait changé à première vue. Pourtant, rien ne serait jamais plus pareil.

Et Jamison était la plus heureuse des femmes. Parce qu'au bout du compte, les choses étaient exactement telles qu'elle en avait toujours rêvé.

Découvrez aussi chez Milady Romance :

En librairie ce mois-ci

JoAnn Ross Shelter Bay
Le Temps d'un été

Le 23 janvier 2015

Stacey Lynn *Rien qu'une semaine*

Hope Tarr Contes de filles
Cendrillon relookée

The Fell Types are digitally reproduced by Igino Marini.
www.iginomarini.com

Achevé d'imprimer en novembre 2014
Par CPI Brodard & Taupin - La Flèche (France)
N° d'impression : 3007513
Dépôt légal : décembre 2014
Imprimé en France
81121339-1